夜市

滕雨 著

陕西新华出版

太白文艺出版社·西安

图书在版编目（CIP）数据

夜市 / 滕雨著. -- 西安 : 太白文艺出版社，2025.
6. -- ISBN 978-7-5513-3026-8

Ⅰ. I247.5

中国国家版本馆CIP数据核字第202528GV37号

夜市
YESHI

作　　者	滕　雨
责任编辑	耿　瑞
版式设计	建明文化
封面设计	郑江迪
出版发行	太白文艺出版社
经　　销	新华书店
印　　刷	文畅阁印刷有限公司
开　　本	880mm×1230mm　1/32
字　　数	250千字
印　　张	10
版　　次	2025年6月第1版
印　　次	2025年6月第1次印刷
书　　号	ISBN 978-7-5513-3026-8
定　　价	68.00元

联系电话：029-81206800
出版社地址：西安市曲江新区登高路1388号（邮编：710061）
营销中心电话：029-87277748　029-87217872

自序

凌晨三点，我写完《夜市》的最后一段文字，一个人站在阳台上，好像再一次回到了书中那些银杏飞长的夏天——小吃摊摆满街道，弥漫的香气从未消散。

作者永远是第一个读完故事的人，却不一定是第一个从故事里走出来的人。

我喜欢去老城区的路边摊，那里的小吃没有商业化，那样的小店有人情味。

偶然间，我听到一些故事，便有了写下来的想法。为了避免麻烦，书中的地名和人名都做了处理，不必一一对号入座。

有那么一段时间，一些情绪在我心里积压，我一到晚上就开始敲打键盘，很少外出，很少参加聚会，甚至有一点沉默寡言。

熬夜的时光开始变得复杂，音乐、咖啡、零食、外卖以及无休止地玩手机，直到后来头痛欲裂才沉沉睡去。

故事越写越快，我不断回忆起自己曾经走过的夜市，那些小吃、那些灯光、那些面孔，一切像电影片段一样闪过，最后揉在一起。

夜里渐渐只剩下一首轻音乐陪着我，那首曲子是班得瑞的

《但愿如此》。写到最后我关掉音响，只需要完全的安静。

书中的故事也许离我们并不遥远，就像我们近在咫尺的生活。

吃路边摊的悠闲与松弛是很多人刻在骨子里的记忆。再过很多年，不知道又会有多少老街消亡，直至被所有人遗忘。我希望那些回忆可以长久地保留。

这本书写到后来，让我感觉书中的故事不重要，甚至人物也不重要，一切都可以消失不见，只留夜市的一盏灯、一缕烟火，只留夜市给人的那种温暖就够了。

我想起王家卫执导的《一代宗师》中的一句台词"念念不忘，必有回响。有灯就有人"。

对于我来说，写作更像是在和自己的心灵对话，最终只为寻得一种自在和一片空灵。

时间有限，能写在这本书里的，也就这么多了。我们的一生有限，追求生命的真实比什么都重要。

感谢此刻拿起这本书的你。

这本书写给千千万万走过夜市的人，写给那些对人间充满深情的人。千言万语，终归静默，人间烟火，不过你我。

🥄 第一章

夏至过后，我和李墨去北方采风。

天空清澈而透明，远山连在一起，裹着一层轻纱般的雾气，车窗外不时掠过几只飞鸟，和漫天的蒲公英一起飘进山谷。

我俩轮流开着他的二手车，行驶在人迹罕至的山路上，累了就停下，在某个村头小卖部的门口坐坐，听大爷大妈讲他们年轻时的故事。

有时，李墨拿出画板，望着村庄和河流，在纸上不停地勾勒线条，似有所得。

我打开车窗，山间泥土的清香飘了进来。

"我想顺路回家看看。"李墨深吸一口气。

我看了眼地图，指了指大致的方向："前面是清泉县，你家是在那里吧？"

"嗯，就是那儿。"

李墨握紧方向盘，停顿了一下又说："我们住一晚就走，不会耽误行程。"

"你难得回家一趟，咱们晚一天走也来得及。"我说。

李墨点了点头，目光变得深邃，不再说话。

我不想多问，也没急着告诉他我去过清泉县。

我读大学时外出实习，在清泉县中转，在那里住过一夜。我记得群山环抱的小城里有个夜市，整条街汇聚了天南地北的小吃，那醉人的烟火气悠远而绵长。

想到这里，我开始期待清泉县的夜晚。

离清泉县一百多公里的时候，车子在国道上抛锚了。

天空中乌云翻滚，一场暴雨将我们困在原地。我们打了救援电话，坐在车里等待救援。

也许每个人对故乡的感情都是复杂的，李墨靠在座椅上打开音乐。

我望着天地间茫茫的雨雾，沉浸在雨水敲打玻璃的节奏中。

"一起去我家吃饭吧。"李墨低头说。

"我想到处逛逛，就不去了。"我心里惦记着去夜市，便这样说。

"我爸爸知道你和我同行，他也很想见你。"他又说。

"好。"我不好再推辞，点头答应下来。

救援人员冒雨检查了一下。

"这车得运到城里修，有几个零件得换一下。"其中一个人说。

"大概要多久？"我问。

"我们今天晚上赶赶工，最快也得明天早上。"

我和李墨坐上救援队的车，到清泉县时已是傍晚。

雨势依旧不减，这样的天气街上不会有小吃摊，我也打消了去夜市的念头。

李墨的家在一栋老旧的单元楼里，我们带着一身清冷的水汽敲开了门。

李墨的爸爸见我们淋了雨，递来两条毛巾。

我站在窗边擦头发，感觉楼下的街道似曾相识。

"叔叔，楼下是夜市那条街吗？"我问。

"对啊。你来过这儿？"李墨的爸爸给我倒了一杯水。

"来过，我记得那个夜市很热闹。"

"是啊，我在夜市摆了半辈子摊。"他笑了笑。

李墨听了我的话又惊又喜："没想到你来过清泉县，要是早几年，一定带你好好逛逛夜市。"

我来了兴致，走到李墨身边说："那我们多留一天，明天不下雨的话，你带我好好逛逛。"

"这儿的夜市已经没了。"李墨的爸爸摆了摆手，"从前几年开始，这条街就不让摆摊了。"

李墨拍了拍我的肩膀："关于这个夜市，我爸爸一定有不少故事可以讲。"

我顿时从潮湿的空气中清醒过来。

李墨看着我期待的样子，转过身说："爸爸，我朋友他平时喜欢写东西，他很想听你的故事。"

"你们先吃点东西。"李墨的爸爸边说边招呼我坐下。

饭桌上早已备好了几道菜和一瓶白酒。

"都是些陈年旧事。"他拿起酒杯喝了一口。

客厅里挂的是老式顶灯，昏黄的灯光让人更容易想起过去的事情。

窗外的雨声清脆而持久，夜色无垠。

李墨的爸爸放下酒杯，对我讲起他的一生。

这条街叫水街，我怎么来的这儿，还要从小时候说起。

我父母当年从外地调到清泉县的公办企业上班，在那个保守的年代谈了一场轰轰烈烈的自由恋爱，两个人婚后感情也一直很好，婚后第二年就有了我，他们为我取名李文生。

清泉县四面环山，雨水充沛，一年四季的早上都会升起薄薄的雾，有时到了正午才能望见冷蓝的天空。这让年幼的我觉得好像活在梦里，时光飞快而朦胧。

小城的北山上有座清泉寺，清泉县的名字便是由此而来。那里荒废已久，庭院破败，杂草丛生。爸爸喜欢那里的古香古色，总背着我爬到山顶欣赏那座庙宇。

清泉县的崇山峻岭如同天然屏障，曾作为军事重镇迁来大量军民，将军练兵屯田之余建造了寺庙。清泉寺春天桃花盛开，松柏四季常青。城中商贩往来，他们和当地人一起穿过晨雾，到山顶虔诚祈福，寺内香火鼎盛。

日升月沉，寒来暑往，人们一起建设家园，开垦出大片良田，只图日子平安祥和。

这一切随着时间而消散，往昔的盛景一去不回，清泉寺只剩残垣断壁，人们整日为生活奔波，渐渐对苦难停止思考。

那时城东的河上游还没建工厂，妈妈常去河边洗衣服，爸爸背起我光着脚在河里抓鱼，不一会儿就装满了小渔篓。我不爱吃鱼，那些鱼都是为妈妈抓的。水花溅上了我的脸，他俩看了看我，而后相顾一笑。

等我再大一点，就整天和小伙伴们在泥巴里打滚，夏天打弹弓、抓蛐蛐，冬天到河面上滑冰、打雪仗。唯一遗憾的是我们没什么玩具，谁要是有几颗玻璃弹珠，都算稀罕物。

爸爸去省城出差，买回一个足球，我高兴得上蹿下跳。那可是个宝贝，小伙伴们争着抢着和我一起玩，所以我走到哪儿都抱着自己的足球。

夏日汛期，城里的人聚到河边"看浪头"。

所谓"看浪头"，就是等雨后山洪，站在河边看河水一点点涨起来，直到最大的浪头奔腾而下。

河边站满了人，我也抱着足球和小伙伴们坐在堤坝上。

"文生，你不要乱跑，我遇见几个熟人，过去说几句话就回来。"妈妈拍了拍我的后背。

"知道了。"我点了点头，一动不动地盯着河面。

"浪头怎么还不来？真没意思。"大家等得有些不耐烦了。

我坐在原地时间久了，渐渐有些昏沉。

"哎呀，那是谁的足球掉进河里了。"旁边的人喊。

"我的。"我急了。

"快捡回来啊。"小伙伴们喊。

"下面有水啊。"我说。

"游泳过去啊。"小伙伴们急坏了。

我冲了下去，完全忘了自己不会游泳。

"你们快看河里，那是谁家的孩子，抱着足球在水上漂？"河边的人注意到了我，一起呼喊起来。

妈妈恰好回来，看见河中的我，吓得叫了起来。

岸边的几个男人刚要下水救我，又有人喊："浪头要来了。"

那几个人又退缩了。

妈妈想都没想，就往下冲，身边的人拉住她说："浪头要来了，你不要命了啊。"

我抱着足球在水里越漂越远，不停地哭喊着。

"那是我的孩子。"妈妈挣脱开，跳进河里。

她游到我身边，我死死地抱住足球，她在水里一点点把我和足球往岸边推。

"快过来，往岸边靠。"岸上的人喊着，尽量往前伸出手。

"浪头来了。"众人惊呼。

好在只是一个小浪头，妈妈呛了一口水，继续向岸边游。

快到岸边时，她用力把我一推，我被岸边的人胡乱拉起，抱上堤坝。

"你快上来。"大家呼喊着。

"哎呀，她是不是没劲了。"

"抓着它。"

不知是谁从我手中抢过足球扔进河里。

可一个大浪头把她拍在了水下，洪流中只剩一个足球漂向远方。

我被送回家后，累得倒头就睡。

醒来后我看见爸爸，就哭着问："爸爸，我的足球呢？"

爸爸也不答话。

我看见爸爸在哭，也跟着哭。

"爸爸，我的足球丢了，你为什么哭，你丢什么了？"我靠过去问他。

爸爸双手猛地抓起我的身体，仿佛要将我撕裂。

"你害死了你妈妈，你知道吗？"

奶奶一把抢过我，嗓音沙哑地说："你这是干什么？他还是个孩子，他懂什么。"

我心里害怕，只能大声哭喊。

奶奶抱紧我，双手搂住我的头："别怕别怕，等奶奶给你买个新足球……"

"妈妈呢？我妈妈呢？爸爸要打我了，她怎么不管？"我哭得更凶了。

爸爸听到我的话，无力地蹲在墙角，双手紧紧抱住头，发出猛兽般的号叫和剧烈的哭声，那种声音多年后回想起来，还是会让人心酸。

之后的几天里，我被抱着去了许多陌生的地方，经常被捂住眼睛。家里的院子布置了灵堂，通宵焚烧纸钱。

年幼的我一直在卧室里，被几个远房亲戚轮流照顾着。

我待得厌烦了，对着他们喊："外面什么声音这么吵，妈妈怎么还不来陪我？"

可从没有人回答我的问题。

从那以后，爸爸变成了一个酒鬼，和我说话也越来越不耐烦，每天夜里醉醺醺地回来，像疯子一样又哭又笑，奶奶也管不了他，他睡着了就躺在我身边打鼾。

我夜里肚子饿，找不到妈妈，又不敢叫醒喝醉的爸爸，满脑子都是妈妈唱的摇篮曲。

"风儿静，月儿明，树叶儿遮窗棂……"

我不敢去找爸爸，只能和奶奶哭诉："我不要足球了，我要妈妈。"

奶奶编了很多故事哄我，可我知道她的那些话都不是真的。

我只能去问小伙伴们。

"你们知道我妈妈哪去了吗？"

"你妈妈被大水冲走了啊。"一个小伙伴说。

"那她什么时候回来？"

"这个……不知道啊。"他挠挠头。

"他说的不对，我听我爸爸说，你妈妈是死了。"另一个小伙伴往前凑了凑。

"哦哦，那她什么时候能回来？"我抓住他的胳膊问。

"死了，好像就是永远都回不来了。"他一脸认真。

"你胡说，我妈妈不会不要我的，她一定会回来的。"我感到心脏开始剧烈跳动，我一把推开他，哭着跑回家。

忘了是过了多久的夜里，我梦见妈妈在丛林里奔跑，我跟在她身后拼命地追，没等我追上她，她回头对着我笑了笑，随即化作一只蝴蝶消失不见。

我猛然惊醒，触摸着冰冷的床沿，身旁的爸爸正在酣睡，黑暗中好像有一个声音告诉我，妈妈再也不会回来了。

我把头埋进被子里，泪流不止。

我十二岁那年，企业改革，爸爸就此失业。祸不单行，奶奶那年得了场病，送到医院后再也没有醒过来。

那时正赶上经商热，爸爸凭着以前的积蓄买了间门市，开了家五金店，生意还算景气。

以前在工厂里，同事之间互相照顾，他总能抽出一些时间打牌、喝酒，自从他独自经营五金店，忙得难以抽身，整天牢骚满腹，一直想找个帮手。

第二年春天，在街坊邻居的撮合下，爸爸再婚。

继母方玉镜是个干活的好手，婚后她就开始帮爸爸操持五金店，爸爸得了空闲，对店里的生意不管不顾，几乎每天都出去和朋友喝酒。

继母有一个比我小一岁的儿子，叫张大河，母亲再婚后他随了爸爸的姓，连着名字一起改叫李一川。

李一川和我在同一所小学，他在学校是一个十足的捣蛋鬼，可他在校园里遇见我，就会突然安静下来，回家后更加收敛，时刻与我和爸爸保持着一种微妙的距离。

我俩住在一间屋子，他不愿和我多说话，即便和我说什么也是省去称呼。

那几年，我最讨厌的就是和爸爸一起去红白喜事的宴席，爸爸为了喝酒从来不管我们，我和李一川只能凑到别的桌。

男人们喜欢逗我俩："小伙子，喝点酒啊，都说老子英雄儿好汉，你俩一点不像你老子。"

我和李一川只能闷着头吃饭。

认识我爸爸晚一点的人，对他的印象就只有好酒。

桌上有老邻居，听了也会念叨："你不知道啊，这个人以前可不是这样，他干练得很，但从他媳妇淹死的那年起……"

女人们听得难受，给我俩夹上几口菜，又和身边的人肆无忌惮地聊起那些陈年旧事："你看这孩子，也不像克死妈妈的主儿。"

我从小学升初中，爸爸觉得家里房间太挤，又担心方姨偏袒李一川，便让我住在了学校。

其实爸爸的担忧完全没必要，方玉镜进门后，一直对我很好。

在我的印象里，继母应该是偏心的、刻薄的，甚至会有毒辣的一面，可方玉镜成功避开了我想到的所有形容词。这个家因为她的到来才恢复了一些温度。

凭良心说，方姨比我妈妈还要贤惠，可感情这东西就是很神奇，即使她做得再好，在爸爸的心里，她也取代不了我妈妈。

开学前几天，方姨一直旁敲侧击地追问我，是不是因为她，我才去学校住。

等爸爸出了门，我才敢告诉她："方姨，你对我真的很好。我答应去学校住是受够了我爸爸。"

听我这样说，她才安心了一点。我临走前，她一遍又一遍地嘱咐我："在学校住不惯，就赶快回来。"

住在学校对于我来说是一种解脱。

我住在家里，最怕爸爸出去喝酒，不喝醉还好，回到家倒在床上便睡，要是喝醉了，就会随手抄起东西打我，哭着埋怨我害死了妈妈。

这个心结一直在折磨着爸爸，也折磨着我。

那时候我还小，不知道爸爸的话也刺痛着方姨的心。

我离开家，就再也不用面对喝醉的爸爸。

清泉县中学的住校生大多是附近村镇的孩子，县城里的孩子较少住校。我们宿舍有八个人，只有两个人的家在县里，一个是我，另一个是向大海。

向大海和我一样，周末也不回家，我俩就混在一起，形影不离。

那时候武侠小说风靡校园，班里的男生学着书中的招式，在操场上胡乱比画。即使几个人互相打得鼻青脸肿，回来时还能搭肩而行，称兄道弟。

我们班的武侠小说就是从向大海那里来的。离婚的父母从不管他。让同学们羡慕的是他每个月能得到两份生活费。他拿到钱便游走于学校附近的各家书店。

即使在政教老师严格的监督下，他仍保持着惊人的藏书量，教室、宿舍、走廊甚至厕所无处不有，在藏书这个领域他早已"笑傲江湖"。大家向他借书，他有求必应。

"我爸妈不管我，是为了让我成为一代大侠。你们看萧峰、杨过还有张无忌，哪个是在父母身边长大的？"

班主任王老师听说后，苦笑着说："知识储备到位了，连向大海都能举一反三、活学活用，就是没用在正地方。"

向大海的成绩太差，升学无望，干脆破罐子破摔，整天活在武侠小说的世界里。他一有新书就会先借给我看，作为替他完成作业的回报。

向大海名声在外，宿舍楼里的男生，无论哪个年级的，都找他借书，丢书自然也多了起来，有时候同样的书几经传阅，也分不清到底是谁的，这种情况让向大海很头疼。

不知道他在哪里读到了"面朝大海，春暖花开"这句诗，他头脑一热，在他所有藏书的扉页上，用他歪歪扭扭的字体写上了"面朝大海，春暖花开"八个大字，犹如独家防伪商标。

向大海的藏书过多，这项工程历时三天才完成。

上课时，他在身后小声和我说："以后再也不怕丢书了。"表情甚是得意。

我刚听完他的炫耀，王老师溜下讲台，一把揪起前排偷看课外书的同学。

王老师瞄到扉页上的字，吸了一口气，对着后排大吼："向大海，你这个害群之马。"

向大海站起来，一脸无辜："老师，我什么也没干啊。"

王老师将书拿在手里，又生气又憋着笑："还'面向大海'。你是以为我不识字，还是以为我认不出你那两笔破字？"

王老师强忍着没笑出声："你和他一起滚到教室后面站着。"

没等到下课，隔壁班的老师敲门进来，把两本扉页上向大海题字的书，扔到了我们班主任的讲桌上。

我记得那个夏天，向大海很少回到座位上。

宿舍楼后面，有一大片狗尾巴草。

周末，趁着学校没人，我和向大海偷偷从窗户跳出去，整个下午躺在草地上仰望天空，打发无聊的时光。

向大海跷着腿，给我讲他拥有的武林秘籍，以及他将来闯荡江湖的整个计划。他的未来像一部剧情混乱的小说，从加入各种帮派到功成名就，他讲得有模有样，甚至连帮主夫人的名字都想好了。

向大海讲得兴奋时，双手不停比画着。

我知道他在吹牛，却从不拆穿他，因为有他在，我就不用担心世界安静下来。

微风吹过草丛，我们鼻子痒痒的，云朵飘过湛蓝的天空。

周末，偌大的操场上，偶尔也会有第三个人，是校长的女儿兰棋。校长每次加班都会带着她。

我和向大海都觉得兰棋穿蓝色碎花裙子配上白衬衫特别好看。可我们不敢和这个女孩走得太近，校长女儿的身份有种无形的压迫感，似乎我们做了什么不好的事情，她可以马上让校长知道。

教学楼的台阶下有一个大花坛，里面有百日菊和一串红，最多的是虞美人。

兰棋提着一个大喷壶，摇摇晃晃地从教学楼里走出来，她怕水浇湿了鞋，光着脚丫站在花坛上，一只手挽起小腿上的裙子，哼着歌给花浇水。

　　我和向大海坐在不远处的台阶上，静静地看着。

　　"我们这样算不算耍流氓。"我问向大海。

　　"书上不是说了嘛，人不风流枉少年。"向大海说。

　　"假如被发现了怎么办？"我说。

　　"一人做事一人当。"他说。

　　"可我们是两个人。"我又说。

　　"那就有福同享，有难同当。"他说。

　　我心想，他一定是武侠小说看多了，说的每句都是书上的话，他要是能这样背课本，升学都不成问题。

　　回过头，兰棋已经提着喷壶向我们走来，我俩面色凝重，只能强装镇定。

　　兰棋走近问道："你是'书王'？"

　　向大海连连摆手，口中念叨着："不是，不是……"

　　我腾地一下站起来说："同学你认错人了，我们都是好人。"

　　兰棋扑哧一声笑了出来。

　　我憋得满脸通红，咽了口唾沫，又说："我们都是遵守校规校纪的好学生。"

　　"你别误会啊，我是想找你们借书。"兰棋捂住嘴笑着说，"我是校长的女儿又不是校长，你们怕什么啊？我这个人可不喜欢打小报告。"

　　"早说啊，吓我一跳。"向大海兴奋起来。

　　"我不想看武侠小说，你有言情的吗？"兰棋问。

　　"我的藏书，要什么有什么。"向大海昂起头拍了拍胸脯，"你等我一会儿哈。"

说完便飞奔向学校的食堂。

"他去食堂干什么？"兰棋问。

"那是他藏书的地方。"我挺起胸脯说。

不到五分钟，向大海气喘吁吁地跑回来，手里抱着十几本小说："这些都是言情的，你先看看有没有你想看的，没有我再去厕所找。"

我和兰棋站在原地，恨不得当场给他敬个礼。

从那天开始，整个夏天的周末，我们三个人就一起在校园的树荫下看小说，兰棋会按时回家吃饭。

我放假回家，在饭桌上得知李一川辍学了。他成绩太差了，爸爸干脆让他在店里干点零活。

我看见他胳膊上的瘀青，隐约猜到了什么。

当天夜里，爸爸再次醉酒归来，嚷嚷着要吃面，吵醒了我和李一川。

方姨急急忙忙煮了一碗，爸爸吃了一口便嘀咕："总是差点味儿。"

"我都换了多少次做法了，你想吃什么味儿？"

"说你差点味儿，就是差点味儿。"爸爸嘟囔着。

"你是想以前的味儿，也想以前的人吧！"

爸爸不说话，一张脸憋得通红。

"你再这么喝下去，迟早喝傻了。"

"喝点酒怎么了，你怎么管得这么宽？"

方姨忍无可忍："别以为我不知道你想什么。你天天出去喝酒不就是过得不舒心么。你酒后吐真言，哭着喊文生他妈妈的名字，你以为这些事传不到我耳朵里吗？"

"哪个王八蛋背后说我坏话？"爸爸恼羞成怒。

"你要是这么想她，那你就不要和我过。"

短暂的安静后，屋里传来爸爸的怒吼和方姨的抽泣声。

我不希望爸爸忘记妈妈，却也不想看到他这样对待方姨。

李一川要开门出去，我从背后用力抱住了他，爸爸喝醉后是不讲道理的，如果李一川顶嘴，免不了又挨一顿打。

"别出去，他会连你一起打的。"我看着李一川握紧了拳头，站在原地没有挣脱。

过了良久，他背对着我质问道："你爸爸为什么打我妈妈？"

我说不出话来，更加用力地抱住他。

早上醒来，我一刻也没有耽搁，匆匆回了学校。

从那以后，我很少在家过夜，周末继续留在学校，月初定期回家取钱，爸爸也不多问。

也是从那天起，我经常惦记家中的李一川，一次月初回家拿钱，从向大海那里带了几本小说给他。

李一川依旧不喜欢和我说话，却收下了我带回去的书。

我转身要走。

"哥，谢谢。"李一川叫住我。

我对着他笑了笑。

给他带小说，慢慢成了我们之间的一种默契。

上了高中，我和兰棋分到了一个班。

向大海没有读高中，开始在社会上混。第一个学期的周末，他还会找我和兰棋到校外小聚，后来他去了南方打工，我们就失去了联系。

高中的课程多，兰棋从高二开始偏科，物理学得不好。

没了向大海的存在，我平时不好意思单独和兰棋走得太近，只有等晚自习散了，才会偷偷留下来帮她补课。

我每天总觉得吃不饱，兰棋留着自己吃不完的馒头给我。教室里除了我俩没有其他人，我俩也不开灯，我吃饱了，就借着月光在教室里给她讲题。

我讲得起劲，站起来走上讲台，拿粉笔在黑板上写起解题步骤。

兰棋趴在课桌上抬头说："你的样子可真像个老师。"

"是吗？我将来还真就想当个老师。你想当老师吗？"我站在讲台上问她。

"我可不想当老师，我们一家子都是老师，看着都烦。"兰棋噘起了嘴。

我犹豫了一下："那我也不当老师，我们考同一所大学好不好？"

"听说同一所大学毕业能分配在一起。"兰棋说。

"我们分配到一起不好吗？"我停下来小声说。

兰棋看着我，有点害羞地说："好是好，可你成绩比我好，那你要少考一些分数，我们去同一所大学。"

月光如水，映在兰棋上仰的脸上。

我站在讲台上，感觉时间静止在指尖的粉笔上，那些细小的粉末在黑板上留下痕迹，擦掉后消失不见了，可我总觉得无论再过去多少年，那些痕迹都一直停留在某个地方，散发着微光。

我们高三那年，兰棋的爸爸调离了清泉县，他担心兰棋转学会影响她的成绩，便让她留下来参加高考。

兰棋的父母搬走后，她也住在学校宿舍。我知道兰棋不喜欢吃食堂的菜，时常从校外为她弄来一些小吃。

高考前学校封校，我只能回家。

我看到爸爸，感觉他憔悴了许多。

李一川也不爱回家，经常借住在朋友家里。

刚回家的几天，爸爸没有喝酒，还会关心一下我高考的事。

清泉县做五金生意的人多了，爸爸的心思又没放在经营上，店里的生意自然不是那么景气。

白天没事的时候，爸爸就搬出一个小凳子坐在五金店门口，那样子闲散而无力。他一个人静静地望着远山，时而发出一声莫名其妙的叹息。

高考前一天，爸爸又被几个朋友约出去喝酒。

"我晚上不回家了，文生明天考试，免得影响他休息。"爸爸换上衣服。

"那你别喝太多。"方姨说。

爸爸答应了一声，又对我说："明天好好考。"

"知道了。"我说。

我知道爸爸是在乎我高考的，他平日在别人面前没少吹嘘我的成绩，这也是他仅剩的一点骄傲。

可当天爸爸喝醉酒后，还是丧失了理智，他夜里闯进家门，和往常一样与方姨打得不可开交。

方姨忍受到了极限，推开爸爸，大吼："李建国，我不和你过了，明天就去离婚。"

爸爸一把推开她："离就离，有什么大不了的！你娘儿俩吃我的用我的，孩子大了，你现在想离婚，真有你的。"

方姨哭着说："家里的钱都被你败光了，这几年要不是我忙里忙外，你早喝西北风了，我不欠你什么。"

"老子当初就不该相信你的虚情假意。"

"天地良心，我对得起你。你说这话就不怕天打雷劈吗？"

方姨哭着说。

爸爸气昏了头，不知从哪里掏出一根棍子。

"爸爸，别打，会出人命的。"我对着他喊。

可他哪里还听得进去。

爸爸又骂了一句，接着一棍子打在了方姨身上，我上前阻拦，想把棍子抢下来，一棍子正好打在我的右手上。

"啊。"我疼得叫了一声，用力推开爸爸。

爸爸被我推倒，坐在地上苦笑起来。

在我的印象里，爸爸的力气很大，我从来不敢与他对抗。他真的不比当年了，被我这样一推就倒了。

午夜的房间里，只剩下方姨微弱的咳嗽声，那声音从黑暗里不间断地传来，听久了特别像钉钉子的声音。

我努力让自己平静下来，尽快入睡。

第二天的考场上，我才发现右手疼得有些不听使唤，勉强忍着疼痛写字，字迹异常凌乱。

我心中委屈，边流泪边答题。

回到家，爸爸问我："考得怎么样？"

我低头不语。

"老子问你考得怎么样。"爸爸抬高了嗓门。

"我手都被你打肿了，写字的时候疼得要命，很多题没做完，你说考得怎么样。"

我说完放下筷子，转身跑出家门，任由爸爸在身后大喊大叫。

我在学校旁的小卖部找到了兰棋。

我和她在路边坐下，我也不说话，任由泪水流淌。

兰棋猜到我没考好，也沉默不语。

过了一会儿，兰棋安慰我说："文生哥，考不好可以再读一年，明年还有机会。我暂时住在我姨妈家，等高考出了成绩再走。"

我和兰棋在清泉县的街头一直走到黄昏。

我望着夕阳说："我想起初中的周末，咱俩和向大海一起看小说的日子，那时候可真好。"

"也不知道向大海去了哪里。"兰棋不知不觉放慢了脚步。

"等出了成绩，你也要离开清泉县了。"

"以前怎么没发现，原来时光这样经不起消耗。"兰棋停下脚步，凝望着天边的晚霞。

我们走累了，在河边堤坝上坐了下来。

堤坝的石缝中，长满了野草。我随手捡起一块石头扔进水里，惊起几只水鸟，贴着水面飞远了。

"我妈妈当年就是在这里落水的，那时候我还不知道自己害死了她。"

"别难过了。"兰棋站起来，把手放在我的肩头。

我点了点头。

"你说再过十年或者更久，我们会怎么想现在的自己。"我望着河流的尽头说。

"那要以后才知道。"兰棋说。

兰棋靠近我坐下："为什么问这个问题？"

"我想说……不管我们能不能走到一起，再过十年还是二十年，我都会记得你。我想离开这里。我想去很远的地方。和你一起。"

天光暗了下来，河边的风夹杂着温润的水汽，不经意间吹起兰棋额头上的头发。她没有说话，脸转到了一旁，微笑着点了点头。

一个月后，我等到了自己糟糕的成绩，爸爸自知理亏，也没多说什么。

兰棋考上了省师范大学，她坐火车离开清泉县的早上，我去送她。

"你要保重，不知道下次见面会是什么时候了。"我说。

"我能去师范大学还挺高兴的。你不是想当老师么，以后咱们就是同行了。"兰棋说。

我笑了一下，眼泪却流了出来。

"我相信你明年肯定能考来。"兰棋说。

"好，你要记得给我写信。"我说。

"放心吧，我安顿好，第一时间给你写信。你不要哭，我在大学等你。"兰棋的眼泪也掉了下来。

我帮她擦掉脸上的泪珠："你不让我哭，你自己哭什么？"

兰棋上了车，双马尾一晃一晃的。

火车开动，她把头伸出车窗挥手向我告别。

列车渐渐远去，兰棋的声音淹没在汽笛声中，我看清了她的口型，她说的是"我等你"。

兰棋挥着手，口中一直重复着："我等你，我等你……"

饭桌上，我放下碗说："今年考得不好，我要复读一年。"

爸爸夹着菜，不紧不慢地说："嗯，那就再读一年吧。"

"那我拿钱去学校办手续了。"我说。

"文生，钱在柜子上。"方姨说。

爸爸站起来拿着钱数了数，又说："家里现在不同以前了，花钱省着点。"

五金店已经入不敷出。我心中暗想，家里的钱都是他喝酒花掉的，但不敢说出口。

"当然，该花的还是要花，总得吃饱。"爸爸把钱递给我。

我只是低着头不停夹菜，想快点把饭吃完。

这时李一川开门进来，见了我们也不说话，直接坐下端起碗吃饭。

李一川坐下后，我才意识到自己很久没见过他了，我们四个人难得在一起吃顿饭。

"你一天到晚不要在外面瞎混，不能念书，也学着做点正经事情。"爸爸对着李一川说。

李一川的眼神虽然是顺从的，可心里俨然已经不服爸爸的管束，他只是低着头大口大口地吃饭，一句话也不说。

爸爸也没心情和他置气，吃完饭独自去店里干活了。

复读班开学要早一些，我正对着窗外的柳树发呆，惦记着兰棋什么时候能来信，老师走进教室喊："李文生，你家里有人来找你。"

李一川站在走廊里，见到我，快步上前说："快去医院看看吧，你爸爸病倒了。"

我在见到爸爸的时候，他已经躺在医院的病床上昏迷不醒。

病房里的医生看见我，走过来说："他昏倒在路边，被路过的人发现，送到了医院。"

"他现在怎么样了？"我问。

"初步诊断是脑出血，这和他长期饮酒有关。现在病人的情况很严重，需要住院观察一段时间。"

"爸爸，爸爸……"我喊了他几声，他没有一点反应。

李一川倚在走廊墙上，看见我在病床前慌了神，走进来刚想说点什么，恰好方姨办完手续回来，她给了李一川一个眼神，让他回到走廊上。

方姨先是沉默了一会儿，接着无奈地摇了摇头。

她从怀里掏出一个小本子，放在我面前。

那是一本离婚证。

"我们前一段时间已经离婚了，他们不知道，还是找到了我。你爸爸还没和你说吧？"

"以后咱们各走各的路，你记住，我不欠你们李家什么。"她有些哽咽。

我不知如何开口。

"房子和五金店都在你爸爸的名下。"说完，她把一本存折塞到我手里。

"我们娘儿俩也得活，能留的我都留下了。"

我一直不知道爸爸有多少积蓄，也就无从问起，握着存折，心里乱作一团。

方姨站起来转身要走。

"方姨。"我喊住了她，又不知道该说什么。

她微微转过头说："这些年你也知道我是怎么过的，婚是他想离的，你们要是过不下去了……"

我回忆起爸爸过去的种种言行，心想方姨要说的一定是"也别来找我"或者是"也与我无关"。

可她停顿了一下说："再来找我。"

我抬头看着她，她微微转过头，没有和我对视。我点头说："好。"

夜里只剩我一个人守着昏迷的爸爸。

我看着病床上的爸爸，回想曾经的他是什么样子。

我年幼的时候他高大有力，可以一只手提起我，让我骑在他的脖子上走过大街小巷。那时的我最崇拜他，想着自己有一天也要长得和爸爸一样高。

倘若不是妈妈的离世，爸爸是不是不会变成一个嗜酒如命、脾气暴躁的人，也就不会落得这样的下场。

我坐在病床前，恍惚间仿佛又看到了卷走妈妈的洪水。我不禁问自己，难道这一切都是自己的错吗？那时候我还小，什么都不懂，可在每一个想念妈妈的夜里，我依旧无法原谅自己。而爸爸落到今天这种境地，我也脱不了干系。

家里的变故太多，压得我喘不过气，最痛苦的莫过于一切都要独自面对。

爸爸的酒友很少来探望，来了也是看一眼，安慰我几句就走，从不停留，生怕招上什么麻烦。

倒是五金店隔壁的老徐来过几次，还答应帮忙照顾五金店的生意。

老徐说起话来铿锵有力，听口音不是本地人，不知道为什么来的清泉县。我喊他徐三叔。他在我家的五金店旁边开了一间杂货铺，杂货铺近来的生意和五金店的一样惨淡。

"文生，你要多陪你爸爸说说话。"徐三叔说。

"我说了他也听不见。"我说。

"以前我在部队听别人说，昏迷的人最怕周围静悄悄的。不管他回不回答你，你都要说，他能听见就能醒来，这样小鬼就不会把他抓走。"徐三叔说。

徐三叔走后，我照着他的办法开始和爸爸说话。

我说着说着，就渐渐变成了吐苦水，开始埋怨爸爸过往的所作所为。

我期盼着爸爸像以前一样站起来，也越发清楚爸爸对自己的重要，到最后轻声的哭泣代替了言语。

不知道是不是徐三叔的办法管用，爸爸在下午有了好转。

他口中渐渐能发出一点微弱的声音，长久的昏睡和沉重的病情让他的大脑混沌，只是嘴里支支吾吾却睁不开眼睛。

当天晚上爸爸真的醒了，又经过几天的治疗，他转到了普通病房。

可结果并不如意。医生说爸爸很难再站起来了，大概率会一直卧病在床，正常说话都成了奢望，之后的治疗以服药为主，继续住院只会增加医疗费用，对病情没有任何实质意义。

半个月后出院时，我找来几个邻居，将爸爸抬回家。

家里一段时间没住人了，可整个屋子并没有太多灰尘，我知道方姨来打扫过。

爸爸躺在床上，说话含混不清，发出嗯嗯啊啊的声音。

"爸爸，我听不懂，你病好了再和我说吧。"我说。

爸爸听后也不再出声，眼睛望着屋顶，神情落寞。

我没想到照顾一个卧床的病人会耗费如此多的精力。我一个人做饭、洗衣，从早忙到晚，身心俱疲。

爸爸对康复还抱有一丝希望，每天坚持吃药。

我去学校办了退学，强忍着泪水走回家，又不忍心在爸爸面前抱怨。

过了几个月，我慢慢适应了照顾爸爸的生活，不像开始那般手忙脚乱，每天可以闲出一些时间打理其他事情，可家中还是乱七八糟，五金店更是门可罗雀。

爸爸渐渐可以缓慢说话了，双手也恢复了活动能力，再想进一步恢复恐怕就困难了，以后的日子大概只能这样度过了，这是我和他不得不接受的现实。

自从爸爸可以说话，他清醒的时候，大多是在哀叹和诉苦，有时候自己说着说着就睡了过去，心情好点会给我讲一些往事，可说来说去都是那几件事。

我不爱听了，就搬出家中的老式收音机，调到爸爸爱听的频道，自己去五金店转转。

五金店的生意是做不下去了，可我心里最难受的还是自己的学业荒废了。

半年前我还坚信自己可以考上大学，离开县城，在某个城市开始新的生活，如今这一切都成了不真实的梦。

住院和买药花去了家中大半的积蓄，爸爸看到方姨留下的存折时，我察觉到他的脸上有一丝愧疚。

"家里的钱被我折腾得差不多了，没想到你方姨还能挤出这些。"爸爸说。

"他娘儿俩……"爸爸想问点什么，却没说出口。

我从邻居口中得知，方姨母子在城南租了一间旧房子，生活也不宽裕，即便这样，方姨还是偷偷给我送过几次钱。她不让我告诉爸爸，我的确需要钱，又怕爸爸介意，也就没和他说起。

我们李家在清泉县没什么亲戚，当年爸爸是跟着企业来的北方，我的几个姑姑尽皆远嫁，爸爸和几个远房亲戚平时更无来往。

家里的积蓄早晚会花光，我需要找个工作赚钱，不能总靠着方姨和邻居的接济生活。

北方的冬天，没有什么比寒冷更让人记忆深刻的。

街道上一片萧索，只剩皑皑白雪。

白天爸爸需要照顾，我只能找夜班，我走了好几家公司，都没有合适的工作。

我试着去县里新办的一些私营企业混个文职，可他们的厂子除了工人，其余的人都是老板自家亲戚。

我回到家也不说话，爸爸见我大冷天出门找工作，转过身去默默流泪。

徐三叔帮我们处理了五金店的囤货，凑出一点钱贴补家用，余钱买了过冬的煤炭。

我在店铺门口贴上了招租的告示，但一直也没人上门。

那一年，清泉县经历了一场罕见的寒流。

大雪一连下了三天。

夜里我躺在床上，爸爸问我："家里的钱还够不够？"

"过冬没问题，可明年再不赚钱，就得把五金店的房子卖掉了。"我如实告诉他。

爸爸沉默了片刻说："找不到工作，就自己做点买卖，门市不能轻易卖。冬天先这样吧，开春再想办法。我看这事别人是指望不上了，还得靠你徐三叔。"

爸爸叹了口气，沉默了一会儿。

"文生，爸爸对不起你。"他把头转了过去。

这是我第一次听见爸爸向我道歉，病痛已经磨平了他的性子。

"你想你妈妈吗？"他问。

"嗯。"我轻声说。

"不知道为什么，这些天我特别想你妈妈，就想着这次得病我为什么不一走了之，去和她见面也好，活下来成了你的累赘。"爸爸说。

听到这里，我忍住泪水说："爸爸，你要好好活下去，我会照顾好你的。"

爸爸伸出手拍了拍我的头。

我躺在爸爸的身边，感觉自己从未和他这样亲近。

我们躲在被窝里，静静守着炉火，仿佛能听见窗外雪落下的声音。

🍜 第二章

过了正月，街道上的店铺张罗着开业，打工的人挤上大巴离乡。

徐三叔的杂货店也干不下去了，我们俩像乞丐一样坐在店铺门口。

整个下午我们也没说几句话，除了摇头就是叹气。

"文生啊，你可难倒我了。"徐三叔点上旱烟，猛地吸了一口，"天色不早了，我回家再想想。"

"好。"我站起来，挺了挺坐僵了的腰。

我锁好门，随口说："徐三叔你看，这条街傍晚散步的人还真少。"

徐三叔突然拉住了我，笑了笑："这几天县政府正在北山修公园，等公园建成了，散步的人就多了，咱们在路边支起两个小吃摊，不愁没有客人。"

"大家都是吃完了饭，才出门散步。"我说。

"这叫休闲，你懂不懂？"

徐三叔得意地说："早些年我去过北京，路边摊的生意可好了。我跟你说，你在这儿摆摊卖点小吃，不愁没人来。"

"你回家和你爸爸商量下，等过几天我和你一起干，自己做点小生意，怎么也好过干力气活。"

我将徐三叔的话告诉爸爸，他思索片刻说："正经买卖，不偷不抢，不丢人，以后有好的营生咱们再换。"

我打心底不想在街上摆摊，低着头没有说话。

"小本买卖咱们经营得起，干好了应该能糊口。"他用力向床边挪了挪，"你从小读书，没干过什么活啊，你能不能做得来？"

我知道自己已经没有别的出路了，勉强答应下来："爸爸，我先干一段时间试试吧。"

北山公园很快竣工了，山脚下建了个大广场，连带着拓宽了山下由北向南的街道，道路两侧也栽上了银杏树。

新路牌写着"水街"，这条街从此有了名字。

我家的店铺就在这条街上，离山脚的广场只有几百米的距离，是去北山公园的必经之路。徐三叔支起摊子卖起了油泼面和凉皮，我却还在为卖什么而犯愁。

一连几天春雨，清泉县安睡在一片朦胧中。

我呆坐在爸爸的床头，听见一阵敲门声，门外的人边敲门边问："请问是李建国家吗？"

我打开门，敲门的是个中年女人，身后跟着一个和我年龄相仿的小姑娘。

那女人收起雨伞，上下打量了我几眼，笑着说："你是李文生吧？你都长这么高了！"

我却不认得眼前的人。

"文生，我是你姑妈。"她又说。

躺在里屋的爸爸听见她的声音，声音颤抖着问："大姐，真的是你吗？"

那女人也不答话，绕开我走进屋内。姐弟相见，爸爸泪如雨下。

爸爸吞吞吐吐地说："大姐，我们十多年没见了吧？"

"快二十年了。上次见面还是你结婚时。你看文生现在都这么大了。"

"你怎么病成这个样子？"姑妈问。

"别提了，都是喝酒害的。"爸爸拍了拍大腿。

爸爸病倒后，第一次见到亲人，他哭了一场又一场，我也跟着哭。

姑妈嫁到南方已经二十多年了，前些年日子过得也算安稳，后来她丈夫在矿上意外丢了命，补偿款被婆家骗走了，还催着她改嫁。

"再待下去也是煎熬，我一气之下就来找你们了。"姑妈擦了擦眼泪。

"这是我女儿荷晴。"

那女孩对着我和爸爸笑了笑。

姑妈本想着来这边能有所依靠，可时过境迁，爷爷奶奶早已过世，爸爸也卧病在床。

第二天早上，我带姑妈去给爷爷奶奶扫墓。我们顶着清泉县的晨雾，去往城外的墓地。

姑妈一路上回忆着爸爸从前的事情。如果姑妈不说，我都快记不得爸爸年轻时英俊挺拔的样子了。

她说着说着，沮丧起来："咱们家的日子，怎么就过成这个样子了？"

阳光一点点透过薄雾，雨后的天空如同一面镜子，一尘不染。

山野间长出了小草，我望着山坡上的坟头有些惘然。

"文生，我们都要好好的。"姑妈看着爷爷奶奶的坟头说，"我和你妹妹都不走了，我们彼此间也有个照应。"

"那太好了。"我说。

城北大多是本地人，没找到合适的房子租住。

在邻居的介绍下，姑妈在城南租了间房子，各方面都很不错，不巧的是她和方姨做了邻居。

方姨和爸爸离婚的事，姑妈一直耿耿于怀，邻里和睦是不可能了，私下更是免不了冷嘲热讽。

我劝了姑妈几次，可她根本听不进去。

姑妈做的一手好菜，她得知我要去路边卖小吃，上门来教我做她拿手的烤香肠。

她先将猪肉切碎加入淀粉搅拌均匀，再加入各种佐料，定型后放在锅里蒸好，再穿上竹扦，然后入油锅炸至七分熟，最后用炭火烤至全熟，刷上酱料。

浓郁的香气扑鼻而来，吃上一口，外酥里嫩，香而不腻。

姑妈说："这是当年你妈妈教我做的。"我不知怎么的，眼泪就掉了下来。

徐三叔帮我置办好桌椅板凳，我白天准备食材，傍晚在街道边经营起来。

徐三叔把杂货店门口收拾干净，摆上五六张小餐桌，客人在小摊上吃完饭，慢悠悠地去北山散步。

"吃饭没？来碗凉皮吧。"徐三叔和过往的行人搭讪。

他做生意有些年头，遇人热情，客套话也说得得体，拉了不少行人品尝，没过多久就有不少回头客。

我的生意就没有那么景气，只能沾一点徐三叔的光，有些客人觉得吃面单调，顺带着要两根烤香肠当配菜吃。

徐三叔拌着碗里的凉皮说："文生你这样可不行，你要吆喝几声，一句话不说，谁知道你卖的什么。"

我实在有些不好意思，徐三叔又催了我几遍。我勉强吆喝了一句。

徐三叔大笑起来："你还是别吆喝了，太书生气了，我听着都别扭。"

"正宗的陕西凉皮，特色烤香肠，走过路过尝一尝。"徐三叔吆喝起来。

摆摊挣的钱虽然不多，但勉强够维持家用。

我每天早起出门买食材，上午在家做香肠，给爸爸喂药、按摩、擦身体，下午把香肠做好，傍晚出摊，从早到晚一刻也不得清闲，不到一个月身体像被抽空了一样。

姑妈带着荷晴在城里做零工，她们没事就来给爸爸做饭，陪着他聊聊天，两家人的日子也算安稳下来。

晚上收摊后，爸爸已经熟睡，我躺在床上，在黑暗中我觉得身边的一切都不真实，自己像提线木偶一样被命运支配着，逃无可逃，避无可避。

我内心挣扎着、嘶吼着，却敌不过反复袭来的困意，一觉醒来，我只能安慰自己，不管怎么样，这都是我该面对的生活，如此而已。

我踩在椅子上换灯泡，听见门口有人，但那人一直不敲门，我去打开门，竟是方姨。

"方姨，你怎么来了？"我问。

她做了个手势让我压低声音。

"你爸爸怎么样了？"她问。

"还是老样子，下不了床。"

她塞给我一沓钱："买点什么能用的。"

我摆了摆手说："方姨，我现在已经挣钱了，实在不好意思再拿你的钱了。"

"外面是谁？"爸爸在屋里喊。

我站在原地没有说话。

"你让她进来坐吧。"爸爸又说。

方姨走到床前，爸爸伸了伸手，示意她坐下。

"文生，她给过你多少钱？"

我支支吾吾说不出来。

"不管多少，能还的还她，以后不能再要了。"爸爸坚决地说。

"老李，你都病成这样了，能不能别和我置气了？"

"你坐吧。"爸爸看她站在那里，说了一句。

方姨坐下说："我今天既然来了，不妨把话说清楚。你病得这么重，文生照顾你也不容易，以前的事我可以当没发生过，咱们也不是一点情分没有，要不我和一川搬回来，帮着文生一起照顾你？"

听方姨这样说，我才明白，她当初离开不是因为无情，而是想通过这种方式让爸爸转变。

爸爸转过头冷笑了一声："你是来看我笑话的吧？"

我见爸爸不明事理，有些气愤："爸爸，她不是那个意思，你不知道……"

"你闭嘴。"爸爸对着我吼，又不冷不热地对方姨说，"我不需要你同情，以后各走各的路吧，我不想再见到你。"

方姨的泪水在眼眶里打转，起身快步走出大门。

我来不及追赶，回到屋对着爸爸厉声道："她明明不是那个意思。"

爸爸咳嗽了两声："给我留最后一点尊严吧，我这辈子不想再欠她的了。"

"你是故意赶她走的？"我疑惑地问。

"嗯，这段时间我也想了很多。以前是我对不起她，我不想再拖累她了。可是文生，这样就苦了你了。"爸爸说到这里，已是泪流满面。

我不知道该怎么回答他，愣在原地，任由爸爸哭泣。

从那之后，方姨再也没有来过。

转眼入夏，夕阳映在街道上，大人带着孩子散步，小孩子喜欢香肠的味道，闹着让家长买，我的生意竟红火起来，人多的时候，往往要排一会儿队。徐三叔也忙得不可开交。

我攒了一点钱，家里的收音机坏了，我想着爸爸常年卧床，有台电视可以解解闷，就去商场买了一台电视。电视搬进家的那天，邻居们瞪大了眼睛。爸爸很高兴，笑着笑着就流下了眼泪。他是心疼我挣钱太辛苦。

我和徐三叔尝到了路边摊的甜头，自然有人效仿。夏末的时候，街道两边的摊位就有十几个，等到秋末，居然有三十多个，城南一些卖小吃的摊子也搬了过来。

北山下的水街，一到黄昏就变成了夜市。

清泉县的人习惯了来街上买小吃，我们也不用再叫卖了，在摊位上立起牌子，自然有客人上门。

我在夜市摆摊，不知不觉过了五年光景。

清泉县那五年的变化，顶得上以前的几十年。

电视屏幕从黑白变成了彩色，日子好像也跟着一起变得纷繁复杂起来。

清泉县周边开始了大规模的矿山开采和山林砍伐，不少人借机发了财，一下子阔气起来。

城东的王麻子平时四处帮人讨债，闲时喝酒闹事，常年不务正业，如今摇身一变成了卖家电的老板，开上了轿车，住上了别墅。县城高中的曲老师辞职下海，开工厂，干起了外贸生意，在县城里一时风光无两。

这些人的发家之路被人们口口相传，成为大家茶余饭后的谈资，都想着这样的好运有一天也会砸到自己的头上。

城里的酒店、歌舞厅、服装店多了起来，整个清泉县一片欣欣向荣。

夜市的路边摊大概有百十个，也可能更多。

摊位从北山广场下向南延伸，一直摆到街道尽头的十字路口，五六百米的大街两侧，挤得密不透风。

夜市路口停满了等客的人力三轮车，走进来是两排水果摊。过了水果摊，是各种小吃摊，烤面筋、炸鸡架、麻辣烫、肉夹馍、臭豆腐、炒焖子、烤鱿鱼、馄饨、炒饭、生煎包……各种美食应有尽有，我和徐三叔的店铺就在这片小吃摊的最中间。

再往北几乎都是烧烤摊，摊主们撸起袖子烤着肉串，炭炉上烟雾弥漫、香气四散，客人坐在摊位后的小桌上，三五个人点上啤酒，悠闲地吃喝聊天。

最北的山脚下大多是打气球和套圈这种供小孩子玩耍的地摊，偶尔也会有人推着车卖棉花糖和雪糕。

从黄昏开始，街上的行人从不间断。

夜幕降临时，每个摊位上挂起一盏灯，整条街的灯火亮起，犹如灿烂的星河。

晚上十一点多我才能收摊，烧烤摊上喝醉的客人到半夜才渐渐散去。

去北山散步，在夜市点几样小吃，成了清泉县晚上最有意思的事。

水街夜市的生意越来越好，我在摊位后摆的五六张餐桌，时常座无虚席。趁着几天下雨的间歇，我翻新了店铺，又加了几张餐桌。

客人多的时候，我和徐三叔互相帮忙也顾不过来，我俩商量着雇一个帮手。荷晴到处做零工，姑妈觉得在自己家干活总好过看别人的脸色，就让她到我的摊子上帮忙。

爸爸的病变得更重了，说话也不如以前利索，他和姑妈有一桩心事，那就是我和荷晴都到了谈婚论嫁的年龄，两个人却一点动静也没有，身边也没有合适的人选。

姑妈心里比谁都着急，可每次嘴上却劝爸爸："婚姻总要看缘分，这事急不得。"

"我是怕我哪天走了，闭不上眼啊。"爸爸每次都这样回答她。

夜市附近的民房拆迁后，建起了清泉县首批楼房，因为拆迁费没有谈妥，留下了街道两侧低矮破旧的商铺。

住楼房成了小城里的新鲜事，方姨在水街东侧买了房子，距离我的店铺并不远。方姨身上有些老毛病，尤其怕潮湿，住进楼房里会好很多。我知道她舍不得掏空钱包，买楼房一定是李一川的决定。

我感觉方姨母子故意躲着我，虽说住得近了，我每天出摊，却从来没遇见过他们。

天边的光线从暗红变成幽蓝，直至全部黑暗。夜市的灯光或明或暗，人群走走停停。

不知道从什么时候开始，我对夜晚有了一种亲近感。

晚风吹过，银杏摇曳，远处酒杯碰撞的声音，筷子掉在地上的声音，开水沸腾的声音，小孩子舔嘴巴的声音……不管周围有多少声响，我都能感受到夜晚深处的安宁，那种安宁和自己的呼吸一样，用无声的节奏给我温暖。

那年初夏，街对面南方小馄饨的摊主不干了，摊位转让给了一个年轻女子。

路过的男人都会不自觉地瞥她两眼。

"哥，你看她真漂亮。"荷晴偷偷在我耳边说。

我朝路对面瞄了一眼，她一直安静地忙着手里的活，美得像山水画里走出来的女子，一颦一笑都和嘈杂的夜市格格不入。

对面的女子叫林小蝉，不单单是我有这样的感觉，所有人都认为她这样美貌的女子不应该属于这里。

可时间一长，大家也就习惯了。

附近街上年轻的女生并不多，客人少的时候，荷晴就溜到对面的摊位上和她聊天。

"这可是个可怜的孩子。"

徐三叔吸了一口烟，对我讲起了她的过往。

"她爸妈一直没有孩子，后来收养了她。不巧的是，几年后夫妻俩生了个儿子，她爸妈也不厚道，什么事都偏向自己的亲生儿子。当年她家里条件不好，只能供一个孩子读书，弟弟林志炎成绩一塌糊涂，父母却让林小蝉退学。"

"五六年前了吧，这孩子退学那天我看见了，她抱着学校的大门哭了半天，现在想起来还心疼。"汪婶叹着气说。

汪婶做好几屉生煎包，起身端给身后的客人，又坐回来接着说："林小蝉这孩子十几岁就跟着父母打工。林志炎书也没念好，现在整天无所事事。她爸爸好赌，她挣的钱不是帮爸爸还赌债，就是被弟弟胡乱花掉。"

"她妈妈不管吗？"荷晴凑过来问。

徐三叔冷笑一声，说："还不是任由她爸爸和弟弟胡闹，管不了，也不想管。"

众人听完，摇着头散开了。

我摊子南面是个路口，一个微微发胖的女人在那里摆上了摊子。

汪婶向我这边看了看："真是冤家路窄。"

"三叔，汪婶咋了？"我问。

"不关你的事，别问了。"徐三叔向我递了个眼色。

"我都听见了。小伙子，他们不说，你问我啊。"那女人走过来站在我面前。

我尴尬地笑了一下。

"不就是当年抢你个男人嘛。咱们都年过半百的人了，有什么不好意思的。今天正好给大伙儿讲讲，可别说我欺负人。"

"要讲你自己讲，我可没那闲工夫。"汪婶转过身去，没再理她。

"你让我讲，我还不讲了呢。咱们以后抬头不见低头见，可别一见到我就窝火。老话不是说了嘛，和气生财。"那女人又提了提嗓门。

"都忙活自己的吧，这儿还有小辈呢。"徐三叔笑了笑，又对着我和荷晴说，"你们叫她八婆就行。"

"'八婆'不是骂人吗？"荷晴侧过脸小声说。

那女人双手叉腰走过来："就这么叫。叫别人八婆是骂人，叫我八婆就算夸我。我从小到大，就怕别人不知道我是泼辣的货。"

她笑了起来："再说我家里九个兄弟姐妹，我就排行老八，要怨就怨我妈。"

听徐三叔说，八婆并没有抢汪婶的男人，只不过是她年轻的时候相亲，相中了汪婶青梅竹马的发小，不知怎么传着传着，就变成了八婆抢了汪婶的男人。八婆听了也不生气，反而添油加醋地嘲讽了汪婶几句，汪婶哪里受得了这委屈，两个人的梁子就这么结下了。

汪婶见八婆收了摊，坐过来说："我和她老公从小玩到大，要不是我对他没意思，就凭我年轻时的模样，哪有她的份。"

我和荷晴听了有些忍不住笑，只能连连点头："那是，那是。"

晚上六点到九点这段时间最忙，再晚一点就只剩零零散散的客人，可大家都不愿太早收摊，这样的等待仿佛会把时间拉长一些。

我回家的时候爸爸早就睡了，我也不能出声，只能躺下睡觉。第二天醒来又是整天的劳累，晚一点收摊，可以享受那片刻的松弛。

客流散去后，我就搬个凳子坐在路边，看着过往的行人，听徐三叔和汪婶讲些街头巷尾的故事。

徐三叔点上旱烟，深深吸上几口，一天的疲倦仿佛也随着他吐出的烟圈一点点消散。

荷晴和林小蝉在摊位后面说着悄悄话，不时传来银铃般的笑声。

汪婶望着她俩的模样，生出许多感慨，对身边的人说："我年轻时的模样，不比这两个丫头差。"

汪婶见大家不接话，识趣地安静下来，独自发着牢骚："人老珠黄了，我说的话你们还不信。"

"汪婶，我信你。"我凑过去说。

"你小子倒是嘴够甜。"汪婶笑了笑。

"哥，你快过来。"荷晴在对面站起来向我招手。

我见林小蝉拉着荷晴有点害羞，犹豫该不该去。

荷晴又喊一遍，我只好过去。

林小蝉一直低着头。

"哥，你学的东西都没忘吧？小蝉姐要问你个问题，你可别答不上来。"荷晴说。

荷晴拉了我一把，让我走近些，转头对林小蝉说："这是我们家大才子，你问他吧。他要不是家里原因，早就是大学生了。"

我有些尴尬，忙说道："你这话可别说太早，还没说是什么问题，答不上来多丢人。"

我瞥见林小蝉收款箱的旁边放着一本字典和几本书，心中暗自吃惊。

"他可是这条……条街上的秀才。"旁边的青田伸过头来结结巴巴地说，"你看他出来摆摊还穿个衬衫，像个文化人。"

荷晴猛地伸出手，朝他的头拍了一下："就你多嘴，关你什么事？"

青田嗖的一下将头缩了回去："你一个姑娘家，怎么还……还动手打人？"

听他这么说，荷晴更来气了，追着他在一旁打闹起来。

林小蝉拿着一本老版的《乐府诗集》，里面的注释极少，封面已经有些泛黄。

我承认对于一个小学文化水平的人来说，想完全读懂里面的内容是有难度的，况且书中有不少生僻字和通假字，脱离了拼音和注释，我一时也拿不准。

灯光下，我看见她指的是《木兰诗》中的一句"将军百战死，壮士十年归"。

好在这句话的解释，我在语文课上学过。

"这个是互文的写法，要翻译成将军和战士征战数十年，千百次出生入死，有的战死了，有的回来了。"我指着书上的句子解释。

林小蝉露出了欣喜的表情："我就说嘛，一直想不明白，为什么将军都死了，壮士却都平安回来了，原来是这样。"

荷晴笑着说："以后你有什么问题尽管问我哥，正好他那一肚子墨水没地方用。"

林小蝉和我们混熟后，每到晚上收摊前的空闲时间，她就拉着荷晴一起坐到我身边，让我讲些关于诗词的故事。她迷恋唐诗宋词中的诗句，也喜欢诗词背后的故事。

荷晴对这些并不感兴趣，总是坐不住，在周围几个小吃摊来回走动，打发无聊的时间。

年轻男女不免对爱情故事感兴趣，我和林小蝉聊到《长恨歌》，说起唐玄宗和杨贵妃的故事，就连荷晴也会托着下巴耐心听完。

“最后杨贵妃竟然这样死了。”荷晴惋惜道。

林小蝉叹了口气，自言自语道：“唐玄宗真的爱杨贵妃吗？说不爱吧，万千宠爱都给了她；说爱吧，在江山和她之间还是选择了江山。”

我没有接林小蝉的话，看着她的侧脸有点出神。

“哥，你再给我们讲一个。”荷晴缠着我说。

“明天再讲，早点回家。”我说。

“今天时间还早，难得荷晴想听……我也想听。”林小蝉说。

“那好。”我说。

“我说不行，小蝉姐一说你就同意，哥，你好偏心啊。”荷晴噘着嘴，对着我做鬼脸。

我不去理她，拿起林小蝉手中的书，翻了翻。

“这里面除了《长恨歌》，好像没有和爱情相干的了。”我嘀咕道，“那我讲个书上没有的吧。”

灯光下，我给她俩讲起了陆游和唐琬的故事，讲到两首《钗头凤》背后的故事，我看到林小蝉的泪水在眼眶里打转。

“你能把这词写给我吗？”林小蝉问。

“当然可以。”

我拿出笔，在那本书的空白页上写下这首词“红酥手，黄縢酒，满城春色宫墙柳……”

我一边写着，林小蝉一边低声读。

"一怀愁绪，几年离索，错错错。"读到这里，她流下一滴眼泪。

"怎么了？"我忙问。

林小蝉擦掉泪珠："哎呀，没事，不知道为什么，读到这句，心像是被揪了一下。"

林小蝉在路灯下低声重复读着这几句词，她的侧脸仿佛清泉县早上七八点钟的晨雾，朦胧而迷人。

"文生哥，那陆游也好，唐明皇也好，他们是形势所迫还是薄情呢？"林小蝉抬起头问我。

我愣了一下："这个我也说不好，无奈肯定是有的，至于真情有多少，只能留给后人去猜想了。"

"书上没有结论吗？"她追问。

"当然没有，并不是所有事情书上都有明确结论。是非对错连局中人都很难说清楚，更何况局外人。每个人都可以有自己的见解。"

"我也可以去评价他们？"

"是的。他们爱或者不爱，你可以有自己的判断。"

"也许任何评判都没有意义。"我又说。

林小蝉盯着我，良久才低下头。

"我一直想问你，你为什么这么喜欢看书。"我打破了沉默。

林小蝉摆弄着自己的头发，轻声说："假如我有一天离开清泉县，去别的地方……当然现在我也不知道会去哪里，总要有点文化。"

她抬头看了我一眼，有点不好意思。

我刚想继续问。

"我先回去了。"她起身回到对面。

盛夏的烈日灼烧着大地，太阳落山后也没有一丝微风，整条街像一个大蒸笼。

我对着油锅和炭火，大口喝水。

"李文生？"

听见有人喊我的名字，抬头一看，是我高中的班长董磊，他穿着白衬衫、黑西裤，夹着一个公文包，站在我的摊位前。

"哎呀，老同学，真没想到能在这遇见你！"他绕到我摊位旁边，伸出手来和我握手。

我慌忙擦了擦手上的油污："是啊，好巧。"

我站在原地，不知道该说什么。

"高中毕业后也没你的消息，原来是在这里当老板了。"他脸上挂着得意的笑容。

"混口饭吃而已，你就别取笑我了。"我呵呵笑了一声。

董磊没打算放过我，又接着说："我在政府办公室工作，有空去我那里转转。"

"行。"我不想多和他说一个字。

"这位大哥麻烦让让，后面有人排队呢。"荷晴瞟了他一眼。

我暗自庆幸荷晴替我解围。

"老同学，我先走了，改天再聊。"

董磊夹起包，哼着小曲消失在人群中。

我们并没有什么交情，高中的时候他喜欢兰棋，对我一直有种莫名的敌意。他打个招呼就走，我还会好受一点。他这一番假客套就是在故意羞辱我。

他的目的达到了，长久以来积压在我心里的不甘，因为他的出现彻底被点燃。

荷晴察觉到我的脸色很难看，又不知道该说什么："你别往心里去……其实……哎呀，这个人真恶心。"

客人稍微少了一点，我把摊位留给荷晴："我先走了，你早点收摊。"

荷晴也不多说什么，默默答应下来。

我望了一眼对面的林小蝉，她还在忙着招呼客人。

转身的那一刻，我感觉自己和整个夜市剥离开来，甚至和这个世界剥离开来。

回家的路上没有灯光，我一个人仿佛走进了无边的黑暗与迷茫。

我无法逃离身边的一切，只能一头倒在自己的床上，听着爸爸屋里传来的鼾声，等待困意袭来。

第二天醒来，我照旧给爸爸做饭喂药，收拾完回到屋里躺下。

"你今天不出摊了？"爸爸问。

"不想去了。"我大声说。

他听了也不回话。

一连这样几天，荷晴急了，上门来找我，跺着脚催我出摊："哥，你今天还不出摊吗？客人都问你哪去了。"

"随便吧，不想出。"我躺在床上说。

荷晴听出了我的意思，知道说再多也是自找没趣，去爸爸屋里向他问候了一声，便匆匆走了。

沉默良久，爸爸提了提嗓门说："日子该过还得过。"

"我是不是这辈子就要耗在夜市了？"我望着屋顶大声说。

爸爸没有说话，使劲咳了一声。

"我为什么混成今天这个样子，你心里清楚。我想过这样的日子吗？我应该去念大学。现在我这辈子毁了，彻底没希望了。"

我吼完了，有些后悔，我还是第一次这样对他抱怨。

"那你就让我去死，我不用你管！"爸爸用尽他最后的力气，又喊了一句，"让我去死！"然后在床上喘着粗气。

我还是不忍心，起身走过去，坐在他的床头。

"要不是有你，我早就不想活了。"爸爸转过头，没有看我。

我原以为他会接着吼我，可没想到他的气这么快就消了。

我宁愿他和我大吵一架，对骂到声嘶力竭，那样更痛快一点，可爸爸已经变了，他没了以前的刚强。

"爸爸。"我轻声唤他。

"你别生气，我已经认命了，可就是心里不舒服，过几天就好了。"我把头埋在他的床头。

爸爸闭上眼睛，微微点了下头。

这时，我听见有人敲门："文生哥，你在家吗？"

门外传来熟悉的声音，竟是林小蝉。

"……你怎么来了？"我有点语无伦次。

"这……你进来坐吧。"

"我就不进去了，你过来，我和你说两句话就走。"

我和她来到巷口。

"道理你懂得比我多，我也不知道怎么劝你。"她说。

"我没什么事啊……"

"荷晴都和我说了，你倒也不用和我说假话。"她见我不说实话，有点不高兴。

林小蝉抿了一下嘴又说："可是我有件事想问你。"

"什么事？你说。"

"你给我讲过李白、苏轼那些人的诗词和故事，他们心中的豁达都是假的吗？"

我没想到她会这样问。

"当然不是。"我说。

"那你给我讲了那么多故事，可你自己现在却豁达不起来。人最重要的是自己瞧得起自己，当然……你也别让我瞧不起你。"

"好。"我顿时感到羞愧，不敢去看她的眼睛。

"大家都很担心你。我有事先走了。"林小蝉不等我回话，便转身离开了。

夜市的银杏被路灯镀上了一层暖色。

"是你让林小蝉来找我的？"我问荷晴。

"我没啊。"荷晴想都没想立马否认。

"真没有？"我又问。

"我骗你干什么？真的没有，我就是把事情告诉她了，可没让她去找你。"

我想到林小蝉是主动来找我的，心头一热，转念又不敢多想。

林小蝉出现在我家门口的时候，我就知道不管她说什么，我都会被她说服。其实我早已经接受了这一切，只是像小孩子一样，要和自己闹一闹，演一场戏。这场戏唯一的观众就是自己。

人群散去的水街夜色静谧，时光温柔而漫长。

我和林小蝉一起看书。我们看名著，也看小说，有时甚至看笑话。

从来没人调侃林小蝉看书的事。她的冷若冰霜是在举手投足间。你坐在她身边，只要她不说话，空气也会跟着稀薄几分。

夜里打烊的时候，烧烤摊有人打架。

烧烤摊的客人酒后闹事已经不是一回两回了，我并没有在意。

我饿着肚子忙了半天，刚吃下一口油泼面，徐三叔跑过来对我说：“你快去看看，上面被打的那个人好像是李一川。”

我放下筷子，急忙赶去。

我穿过围观的人群，看见几个男人正围着李一川打。他被推倒在地上，挨了一拳，嘴角流血。

我冲上去拉开前面的人，青田和徐三叔也冲了上来，站在我身后。

“别打了。”我喊。

“你谁啊？走开。”那几个人嚷嚷着，用手指着我。

后面一个肥胖的男人走上前，拉住了前面几个人，问我：“你是李文生？”

“我是啊。”看着眼前这人的眉眼，我感觉无比熟悉，可就是想不起来。

“怎么不认识我了？哈哈，都怪我胖太多了，初中毕业的时候我一百多斤，现在二百多斤，我是向大海啊。”

“啊，怎么是你……”我激动得不知道该说什么好。

“都是误会，算了算了，他是我哥们儿。”向大海让一起喝酒的几个人停手，把他们拉到路边。

我转身扶起李一川。

“谢了，哥。”李一川对我说。

我好久没有听见他这样称呼我了，一时有点心酸。

"没事吧？"我问。

"没事。"

"你怎么在这儿？"

李一川整理了下衣服说："租了一辆货车，给夜市的路边摊送啤酒饮料，挣点送货的辛苦钱。"

林小蝉帮他处理了伤口，好在他的伤并不严重。

"哥，我赶着回货站结账，就先走了。"李一川说。

"我找你有点事情，你明天没事的话来找我吧。"我拍了拍他的肩膀。

"好。"他点头。

路边的向大海走过来，轻轻打了我一拳。

"什么时候回来的？"我也打了他一下。

"昨天。"

"回来住多久？"

"不走了。"

我感到他情绪有些低落，一时间不知道如何开口。

"等一下我。"向大海走过去，和他的几个朋友告了别。

"我这几个哥们儿，都是从外地过来的，明天就都走了。"他走过来，我带他走到自己的摊位上坐下。

"你现在就做这个？"他一脸惊讶。

"啊，是啊。"我回答。

向大海叹了口气，没有继续问。

"你怎么回来了？"我问他。

向大海骂了句脏话，说："我这几年混工地，在包工头手下当了个小包工头，钱多少挣了一些，今年春天包工头携款跑了，不少工人都是和我签的合同，后来吃了几场官司，赔得啥也不剩了。"

他停顿了一下，又说："我也是受害者，已经没有钱了，工人和债主找不到包工头，天天来找我，在那边混不下去了就回来了。"

"那你有什么打算。"我问。

"没有。"他回答得倒是干脆。

天色已晚，我们简单聊了一会儿，向大海留下一个地址，起身与我告别。

荷晴看见他走了，开始收摊。

我望着他肥胖的背影，完全看不出曾经那个四处藏匿课外书的少年。我不禁想，别人眼中的我，又变成了什么样子。

荷晴坐在林小蝉的旁边，笑着问青田："昨天要是打起来了，你敢不敢动手？"

青田被这样一问，憋得脸通红，也不答话。

荷晴又问："要是有人打我，你敢不敢动手？"

"我……我……我敢。"青田结巴起来。

"你这么点声音，还不如直接回答不敢。"周围的人笑了起来。

李一川如约来找我。

我和附近几个熟悉的摊主商量好了，以后我们这几家的啤酒饮料由他负责配送。这种额外的供货，他可以多挣一点。

"小伙子，以后我们这片儿的啤酒饮料就找你送了。"徐三叔说。

"放心，我随叫随到。"李一川接下了生意。他的言谈举止稳重了不少，再也不是以前那个毛头小子了。

"谢谢你了，哥。"他转过来对我说。

"没事，和我客气什么。"他这样客气，我心里反而不舒服，感觉他还是和我很生分。

长久以来，就连我自己都说不清和李一川的关系，明明没有仇恨却无法亲近，上一辈的恩怨压抑在心头，让我们在一起的时候总感觉呼吸不畅。

他自幼丧父，随母亲到了我家，我爸爸又不是一个合格的继父。李一川是没有错的，他只是父母婚姻失败的受害者。他想得到肯定和重视，可爸爸从来没有照顾过他的感受。

正是客人多的时候，他也没多停留，转身继续从推车上搬起箱子挨家送货。

我望着李一川的背影，反复叮嘱荷晴，不能把这件事告诉姑妈，我最受不了的就是她在这些小事上嚼舌根。

那年雨季来得早，我看着天边飘来的乌云，擦了擦额头上的汗，说："三叔，这天是不是要下雨了？"

徐三叔忙着做油泼面，低着头说："客人都等着呢，只要没下大雨，咱们也不能收摊啊。"

"这雨要下不下的，闷死人了。"八婆使劲挥着扇子。

大家准备了一些大的遮阳伞，用塑料布支起简易的帐篷，这些都是雨季必备的东西。

我招呼着客人，几滴雨落在手上。

没等大家收摊，雨水如瓢泼般倾泻而下，街上溅起一片白茫茫的水花，搭起的塑料布和遮阳伞根本挡不住。

大家抢着收摊，荷晴从店铺里拿出两把雨伞，疾风骤雨中，她根本抓不住雨伞，于是顾不得淋雨，扔下伞冲进雨里收拾东西。

"去帮你小蝉姐。"我喊。

荷晴应了一声，跑了过去。

我和徐三叔赶紧把东西搬回屋里，我们有店铺的收摊快得多，可林小蝉只租了摊位，每天出摊都是推着餐车，她身后的店铺是一家理发店，这个时间早已关门。

我看见徐三叔去帮汪姐，连忙去对面帮林小蝉和荷晴。

我推了一下餐车，车子竟没动，又加了一把力气，将车子推向自己的店铺，可她的餐车太宽了，挤不进店铺的门，我们手忙脚乱地把能拿走的东西都搬进了屋。

房檐下的雨水连成了一条条线，我们几个的衣服湿透了。

林小蝉盯着雨中的餐车，没有说话。

雨太大了，收摊再快也没来得及，被雨水一泡，很多东西都用不了了，这个月几乎是白干了。

大约过了半个钟头，雨渐渐停了。

我对小蝉说："我送你回家吧？"

"不用了，我自己就行。"林小蝉搬起地上的东西，一件件装上餐车。

荷晴转了转眼睛："这天气搞不好一会儿还要下雨。两个人推得快一点，早点回家换身衣服，我是没力气了，让我哥送你吧。"

林小蝉答应下来，回到街对面收拾淋湿的桌椅。

"哥，好像还要下雨，我用等你回来吗？"荷晴问。

徐三叔凑过来对着荷晴小声说："你等他干什么？人家整不好不想回来呢。你快收拾好关门回家吧，免得太晚了你妈担心。"

"什么叫不想回来？三叔你可别乱说。"荷晴笑着说。

"你们年轻人这点心思我还能不知道，小机灵鬼。你巴不得你哥哥和林小蝉多待一会儿吧！"

我背着身子，假装没听见。

荷晴对着徐三叔吐了一下舌头，转身进屋收拾东西了。

　　林小蝉的家在城西的小巷里，我和她一起推着沉重的餐车往回走，雨水沿着她的头发滴落下来。

　　走到半路，又下起了雨，大雨把我和林小蝉挡在了学校的大门下。

　　地面上溅起的水花形成薄雾，弥漫向街道的远方，头顶的路灯发出微弱的光亮，我看着林小蝉湿透的头发欲言又止，雨水在地上越积越多。

　　"文生哥，你想过离开清泉县吗？"林小蝉轻声问我。

　　"当然想过。念书的时候我以为自己一定会离开这里到大城市闯荡，后来我爸生病，就没办法走了。"

　　"如果有一天，你没有什么牵挂了，会离开这里吗……我是说假如叔叔的病好了。"

　　"你很想离开这里，是吗？"我转过身看着她。

　　"你知道的，我小的时候想多读一些书，等长大了去其他城市生活。并不是这里不好，是我对这里从来没有归属感。我的生活、我的家庭，我从未憎恨这些，却也从未感激。许多事情已经沉重到无法重新开始，只有离开才有机会解脱。"

　　林小蝉抬头看着我的眼睛，我的心狂跳了起来，整个世界变得空茫，我听不见雨声，只能感受到自己的呼吸急促而沉重。

　　她深吸一口气对我说："倘若有那么一天，你一定要带我走。"

　　我看着她的眼睛说："好。"

　　我看不出林小蝉是喜是忧，她的身子仿佛和水汽融为一体。我靠近她想说些什么，她却转过身去，好像是哭了。

我俩在细雨中推着车，我不由自主地低头笑。这是爸爸病倒后，我最开心的一天了。林小蝉没看我，只是放慢了脚步。

"我到家了，你回去吧。"她说。

我看着她只是笑。

林小蝉有些难为情，低着头说："今天我和你说的话，不许告诉别人。"

这时我听见开门的声音，一个女人走了出来。

"妈。"林小蝉叫了她一声。

我向她点头："阿姨好。"

可她并没理我，走近瞥了眼淋透的餐车，指着林小蝉说："你他妈的是不是没脑子，下雨天不知道收摊吗？东西淋坏了不用花钱买吗？"

"阿姨，今天雨来得太快了，当时实在来不及。"我急忙解释。

"谁是你阿姨啊？你谁啊，大半夜的来我家干什么？"

"我……"

我刚要说话，她打断我："我告诉你，你少打我们家小蝉的主意。还有事吗？没事赶紧走，少管我们家的事。"

林小蝉面无表情地站在原地，没有替我辩解。

"你快走吧。"林小蝉冷冷地说。她双手气得发抖，用力向前推动餐车，当的一声，撞开虚掩的大门，头也不回地进了院子。

路边屋子的人家开了灯，隔着窗户吼道："你家又抽什么疯，还让不让人睡觉了？"

林小蝉的妈妈用力关上门，里面的争吵声中又夹杂着两个男人的声音，大概是林小蝉的爸爸和弟弟。

我一口气闷在胸口，转身离去。

接下来的几天一直下雨，夜市没人出摊。

闲在家里，平日沉积在我身体里的疲劳开始蔓延，浑身酸痛乏力。窗外电闪雷鸣，雨水仿佛要淹没整个小城。

　　晚上我躺在床上睡不着，想着林小蝉迷雾一样的眼神，又想起那个雨夜她冰冷的声音。夜色被一点点撕裂，变成如纸屑一样的碎片，飘浮在空气中，久久挥散不去。

✍ 第三章

雨后的黄昏，有了一丝凉意，雨水冲刷后的银杏散发着淡淡的青草味。

姑妈来夜市看我，没和我说几句话，就偷偷打量着街对面的林小蝉，嘴里不停地念叨着："这姑娘真不错。"

我愣了一下，回头想找荷晴这个大嘴巴算账，一看，她早溜了。

"姑妈，你干了一天活，快回家休息吧。"我挡在她前面。

"你可别赶我走。文生，我跟你说，这男女之间的事啊，有时候就差一个人捅破窗户纸。你也不小了，别让我和你爸操心哈。"

姑妈绕过我，望着对面露出满意的笑。

我拿她没办法，任由她在一旁唠叨着。

太阳落山，客人多了起来，姑妈见我真的忙不过来，才乐呵呵地走了。

荷晴不知道是什么时候回来的，一直在埋头干活，异常安静。我上前一步，一把揪住她的耳朵："你这丫头什么时候变成一个长舌妇了？"

荷晴装出一副很疼的样子看向徐三叔："三叔，哥哥打妹妹了，你管不管？"

"哈哈，我可管不了。"徐三叔说完，望着对面的林小蝉笑了笑。

荷晴挣脱我的手，笑嘻嘻地窜到马路对面，坐在林小蝉旁边朝我摇头晃脑："小蝉姐，我哥要打你管不管？"

姑妈一直打量她，林小蝉怎么能看不见，被荷晴这样一问，她的脸涨得通红，低头捏着桌上的小馄饨："打死你个疯丫头才好。"

荷晴的性格遗传自姑妈，姑妈知道了，爸爸也就知道了。

夜里回到家，爸爸还没睡。

"你和那个女孩子怎么样了？"他问。

"八字还没一撇呢，你别听姑妈瞎说。"

"你也不小了，有机会可得抓住。"

"好，我知道啦。"我看他心情难得这么好，也没反驳他。

而我和林小蝉，如同忘记了那天夜里发生的一切，照旧每天出摊。

我不知如何提起，只能把所有情绪隐藏在心里。我亲眼见识到了她混乱的家庭，要怎么面对，我毫无头绪。

盛夏的酷热委实难熬，我面对着炭火，感觉身体也要喷出火来。

香肠开始供不应求，需要再多做一些，我早上去买食材的时间提前了一个小时。从出摊到打烊，客人源源不断，汪婶和八婆忙得都没时间斗嘴。

那几天我和林小蝉没有私下见面，等到行人散去的深夜，才能说上几句话，言语间却很不自然。徐三叔和荷晴他们心中有数，总是拿我俩开玩笑。

天热啤酒饮料销量大，李一川每天要来回夜市好几趟，可他出现在对面的次数多了点，一连几天晚上，他都在对面吃小馄饨，还时不时地坐在林小蝉旁边和她聊天。

我帮汪婶搬了两张桌子，回到摊位上，荷晴拍了下我的后背，盯着街对面说："哥，你听说过一句话没？"

"你想说什么就直说。"我打开桌上的调料瓶。

"无事献殷勤，非奸即盗。"她将手指放在身前，偷偷指了指林小蝉身后的李一川。

"没事别瞎说。这都用的什么词。"我说。

"哼，你爱信不信。"荷晴白了我一眼，扭头进了屋。

夜市的嘈杂声瞬间涌进了我的耳朵。八婆不知道因为什么和一个客人不停斗嘴。我打开饮料，一口气喝下半瓶。

晚上我谎称自己有事，留下荷晴收摊，一个人提前到林小蝉回家的路上等她。

林小蝉推车走进小巷，撞见我，吓了一跳。

"我还以为是哪个坏人呢。"她瞟了我一眼也不和我说话，继续向前走。

"我有话要问你。"我一把拦住餐车。

林小蝉停下来，倚在车把手上。夏夜的月色照亮了整个巷口，我看着她的眼睛有点出神。

"怎么了？你是不是要问你弟弟的事？"她说。

我只能点头。

林小蝉又说："你是不是想问，他是不是喜欢我？"

"嘿嘿。"我尴尬地笑了笑。

"算你有良心，还知道问我。我以为那天你让我家里人吓怕了，再不敢来找我了。"

"那倒不是。你也不是不知道，咱们最近有多忙，那你俩……"

"他是和我说了，你们兄弟俩倒是挺像，都喜欢在半路堵我。"

"那你是怎么和他说的？"我迫不及待地问。

林小蝉不理我，将脸转到一旁。

我知道自己说错了话，又改口问："那你是怎么拒绝他的？"

林小蝉就是这样的人，她心里有自己的执念和小心思。让你去猜，猜错了，她一笑而过不理会你；猜对了，她对你义无反顾、掏心掏肺。而我总能猜对。

"我就说自己心里有人了，还能怎么说？"林小蝉低头嘀咕着。

"你告诉他你喜欢的是我了吗？"我问她。

"我什么时候说过我喜欢你了？不要脸。"林小蝉的声音像被拨乱的琴弦。

她背对着我，低头摆弄着自己的头发："我什么都没说。你们家的事我可不想添乱。"

我靠在她的身边，她颤抖了一下，没有躲闪。

"你给我点时间，我想想办法。"我在她耳边说。

我送林小蝉到了巷口，我知道她不想让我进去，于是停下了脚步，看着她的背影消失在转角。

天边的乌云遮住了月亮，街上一丝风也没有，我从城西的小路独自往回走。

我可以接受有人喜欢林小蝉，可我不能接受这个人是李一川，不能允许自己和他因为林小蝉纠缠在一起。

　　回到夜市，荷晴正在锁门。

　　"收拾完了？"我问。

　　"嗯，哥，你怎么了，心里有事吗？"

　　我装作若无其事："可能是最近太累了，身体有点不舒服。"

　　想不到第二天谎话成真，我感冒发烧，浑身无力。荷晴来找我的时候，我昏昏沉沉地躺在床上，感觉脑子里有好几个陀螺在不停打转。

　　荷晴给我们做了饭，又出门给我买了点药。

　　我吃完药后退了烧，但身上还是一点力气都没有，只能休息。

　　我叮嘱荷晴去打理一下店铺，荷晴反问我："店里今天不开门，有什么可收拾的？"

　　"你晚上没事去走走，万一有什么事呢。"

　　"你是想让我去告诉小蝉姐吧。"

　　荷晴一句话戳破了我的心思，我像舞台上忘记台词的演员，呆呆地看着她。

　　我想到李一川的事，感觉一口闷气压在胸口，再也憋不住了："荷晴，既然说到这了，你也帮我想想办法，再这样拖下去我就疯了。"

　　"我是不是你的好妹妹？"荷晴俏皮地问。

　　我捂住头，虚弱地说："是是是，我都病成这样了，你快说吧。"

　　"亏你也知道不能拖着。"

　　荷晴怕东屋的舅舅听到，压低了声音："你和小蝉姐两家都有难处，却也不能一直耽搁下去，总要往前走。先告诉你爸和我妈，我敢保证他们一定喜欢小蝉姐。她家那边到时候再想办法，船到桥头自然直。再这样下去，我和徐三叔都快被你急死了。"

"你说的在理。我之前总觉得家中有一个病人需要照顾，谈婚论嫁不是时候。"

"我舅舅得病又不是一两天了，总不能他病着你就不结婚吧。"

"你妈妈是怎么想的？"我又问。

荷晴瞥了我一眼："她比我还着急。你再不提，她都快去夜市抢亲了。"

夜里，我在床上翻来覆去，感冒带来的昏沉并没有使我入眠，我的身体像被一根线牵着，如同风筝一样飘荡在空中，直到天亮才缓缓睡去。

我睁开眼睛已经九点多了，病好了大半。

我匆匆起床照顾爸爸，找荷晴一起收拾食材。她劝我再休息一天，可我哪里待得住。

出摊后，我看到林小蝉，才感到安心。

我向她微笑，她走过来问我："听说你病了，怎么样了？"

我没有回答她的问题，上前一步直接说："收摊的时候你等我，我送你回家。"

可能是我声音大了点，徐三叔和荷晴都转过来看着我，然后相视一笑。

林小蝉没想到我这样不避讳，脸一下子红了，低声答应了一句，快步溜回对面。

夜里我和她推着餐车往她家走。

"我看你今天脸色不太好。"林小蝉说。

"得病这两天有点漫长，看来'一日不见，如隔三秋'这句话不是假的。"

我见她低头不语，继续说："我想把咱俩的事告诉家里。"

林小蝉的脸上喜忧参半："是不是太早了？我没有一点准备。"

我对她说了自己的想法，她沉默了一会儿说："想让我家人接受这件事恐怕不容易。你不知道我父母是什么样的人。你家有一个病人，只是需要照顾，我家却是有两个疯子，会不停制造麻烦。"

林小蝉的言语让我感到后背发凉，要不是亲耳听见，我绝不会相信林小蝉会用"疯子"这个词来形容自己的爸妈。

林小蝉见我有些茫然，靠近我柔声说："不是我对自己的父母抱有恶意，他们过往的言行，实在让我没有信心。你不是我，不要试图理解我的感受。我也不想贬低自己，可我的家人真的都是大麻烦。"

"我知道，可这样拖着也不是办法啊。"我越想越急。

"先别让我爸妈知道，他们太难缠，等我找个时间先去你家里坐坐，看望一下叔叔。"

"好。"我应了一声，推着餐车继续走。

在我告诉爸爸自己想和林小蝉恋爱后，我们四个人开了一个家庭会议，姑妈和荷晴自然是高兴的，爸爸激动到落泪，反复问东问西。

为了给他们一个心理准备，我极力说明小蝉家的状况，或许他们是被好消息冲昏了头，并没有在乎。

我们决定忙完这段时间，请林小蝉到家中吃饭。

商业街又冒出不少新的服装店，新款的衣服摆满了橱窗，音像店门口的大音响播放着流行歌曲，老板站在门口随着音乐节拍晃动，向行人推销着磁带和光盘。

我买完东西路过街角，看见橱窗里一件橙黄色的外套，心想林小蝉穿上它一定好看，转念一想又怕她被家人问起，只能作罢，最后在皮包店给她买了一个小钱包。

我送的小钱包让林小蝉高兴了好几天，我和她提起想给她买的那件衣服，她一下子兴奋起来："我也见过那件衣服，特别喜欢。"

"那你为什么不买？"我问。

"你有没有问那件衣服的价钱？"她反过来问我。

"一件衣服能有多贵？"我不屑地说。

"得两个月工钱，你敢信吗？"

"还真是没想到。"我看着她。

"当时我被吓了一跳，现在的衣服居然可以这么贵。"她说。

难耐的酷暑终于过去了，临近收摊，我招呼着零零散散的客人，荷晴早就溜到了对面。

李一川和我打了个招呼，也去了那边。

我正出神，徐三叔搬凳子坐过来说："荷晴有男朋友了，你发现没？"

"真的假的？我不知道啊。"

"你是不是把心思都放在林小蝉身上了？"徐三叔皱了皱眉头。

"什么时候的事？她男朋友是谁？"我追问他。

"你自己看吧。"徐三叔用烟指了指对面。

荷晴坐在林小蝉和青田中间，离青田更近一点，两个人有说有笑。

"不会是青田吧！"我有些不敢相信。

晚上送林小蝉的时候，我埋怨她没有把荷晴恋爱的事儿告诉我。

林小蝉瞥了我一眼："你也太不关心自己的妹妹了。"

"别人说我也就算了，我整天心思在谁身上你又不是不知道。"

林小蝉笑了出来："不知道。"

我摇了摇头又问："你觉得他们两个合适吗？"

林小蝉说："我看比我俩要合适。"

我急了："你这话什么意思？"

"至少不用背着别人，每天只能在回家的路上单独说几句话。"

我心中窝火："这总不能怪我吧……"

林小蝉用手温柔地堵住我的嘴："好了好了，我知道不怪你，我知道是我家的问题。"

空中是一弯残月，星光璀璨。

幽黑的小巷托起了整个夜空，一颗流星恰巧在天边坠落。

我们紧靠在一起缓缓往前走，这样动人的夜晚，我们不知不觉地安静下来。

我见她有些失落，逗她说："别板着脸，我给你讲个笑话。"

"我……不……听。"她一个字一个字地说。

林小蝉捋了捋头发，抬头的瞬间吻住了我。我没反应过来，一时间竟然感觉眼前的人不是林小蝉，此刻她正化作一片汹涌的潮水将我淹没。

我看不见夜空，听不见晚风。整个过程只有几秒，但恍惚间仿佛时间停止了几个世纪。

回去的路上，我的心还在猛烈地跳动，天地万物已与我不相干，脑海里都是她含泪的眼睛，以及分别时她的那句话："但愿我们有个好结果。"

回到夜市，荷晴正好要走，我没有急于问她和青田的事，一个人坐在店里让自己先冷静下来。

半夜我从床上爬起来，找出家里的存折。我需要计算清楚，如果和林小蝉结婚，有多少钱可以支配。我这几年攒了一些钱，可还是不充裕。不买新房也要翻新一下现在的房子，还要留一些钱备用，防止爸爸病情加重。

林小蝉手中是没有钱的，她挣的钱都在父母手里，想用他们的钱几乎是不可能的。倘若真到了结婚那一步，我恐怕还要拿出一份彩礼。

各项支出算来算去，我不由得心烦意乱。

第二天上午，没等我去问荷晴，姑妈就气冲冲地上门来质问我。我每天和荷晴在一起，不好意思叫屈，姑妈问的问题我只能含糊其词。

"大清早就和别人跑了，太不像话了。"姑妈咬着牙说。

"她去哪儿了？"我问。

"我哪知道。这疯丫头，我没起床她就偷跑出去了。"姑妈说着说着，已经是哭腔了。

"姑妈，你先去上班吧。你尽管放心，荷晴又不是小孩子了。她晚上肯定能回夜市，我到时候再和她说说。"

"荷晴这孩子从小就不让人省心，以后有什么事情，你早点告诉我。"姑妈严厉要求我。

"一定一定。"我连连点头。

荷晴谈恋爱这事发生在我眼皮底下，我却一无所知，这让我既自责又懊恼。青田除了胆小、结巴，平时大家也没觉得他有什么不好，可整件事我想了几遍，总觉得心中不畅。

荷晴一整天也没来我家帮忙，到了傍晚才出现在夜市。她招呼着客人，看着我假惺惺地笑了笑，想要避开我的追问。

“你去哪儿了？”

“爬山去了。”

“青田呢？今天他怎么没出摊？”

“闹着闹着，不小心掉到山坡下面了，他腿摔坏了，在家养着呢。”荷晴笑嘻嘻地说。

我听着气不打一处来：“你自己去和你妈解释吧。”

荷晴摆出一个无所谓的姿态：“你不管我，以后你和小蝉姐的事我也不管。”

我拿她没辙，叹了口气，又问：“青田伤得怎么样？”

“没事，轻伤。”

“以后可别这么胡闹了。”我说。

“哥，你是不是觉得自己是最后知道的，面子挂不住？”

“先不说这个，你考虑清楚了吗？”

“考虑什么？”

“和青田结婚啊。”

荷晴噘着嘴：“我可没考虑那么多。在一起开心就在一起了，谈恋爱又不是非要结婚。都什么时代了，你怎么和我妈一样封建？”

“你这是什么态度？怪不得你妈生气。”

“我妈生气又不是因为这个，她还不是嫌青田家里穷嘛。”

“她也是为你好。”

荷晴见我不帮她说话，气呼呼地说：“你要找小蝉姐，她怎么不劝劝你？咱们家条件也不好，干脆就别和人家姑娘来往了。”

我本来心里就透不过气，荷晴的话戳到了我的痛处，我把勺子重重地摔在桌上。

徐三叔和周围的客人吓了一跳，纷纷侧目。

林小蝉跑过来拉住荷晴的手，瞪了我一眼："有什么事不能好好说话。"

"秀才也有生气的时候。"八婆笑着凑过来打趣。

我还在气头上，没有理他们，转身进了屋。

荷晴站在原地好像是哭了。

林小蝉跟我进了屋："你别耍性子，外面那么多客人等着呢，有什么事收摊再说。"

我喝了口水，回到了摊位上。

荷晴一直不和我说话，收摊的时候，我示意林小蝉先走，自己和荷晴一起去姑妈家。

荷晴生我的气，一路上拉着脸沉默不语。

我在姑妈家待到半夜，三个人的谈话也没有任何结果。荷晴的恋爱得不到姑妈的支持，姑妈也没有说服荷晴放弃，我从中调解，弄得里外不是人。

我为钱犯愁，又不方便和身边的人抱怨。

我想起向大海，他回清泉县有一段时间了，不知道为什么一直没来找我。

我照着他留下的地址，找到他的住处。

那间房子比我家还要简陋，狭小的门板上，被人用红色油漆赫然涂着"欠债还钱"四个大字。我敲了几下门，里面没有动静。

我从附近的小卖部借来纸笔，在门缝中留了张字条。

晚上，向大海来夜市找我。

"今天我请客。"

我提前收摊，带着他到烧烤摊坐下，点了些肉串和冰镇啤酒。

我几瓶酒下肚，醉意渐浓。

向大海对我讲他的近况。他干老本行不顺利，也没找到工作，闲来无事和人打牌，想不到被人做局，输得一塌糊涂，所以有人上门讨债。

"我最近忙，可你怎么不来找我。"我说。

"整天被人催债，没脸见你。"他说。

"你什么时候在我面前还要脸了？"我说。

"算我错了，我自罚一杯。"向大海举起酒杯一饮而尽。

"世道变了。"向大海感慨道，"现在干活好坏不重要，重要的是要有关系，否则开不了工。"

"欠了多少钱？"我问。

"输得不多，关键是窝火。在外面混了这么多年，回来居然被几个老头做局骗了。"

"总不能这样下去，得想点办法。"我说，"要不你来夜市和我们一起摆路边摊吧？我摊子北面是徐三叔，南面是一个路口，被人占了一半，现在还能摆下一个摊。"

向大海想了一会儿。

我见他犹豫不决，又说："你要是想好了，就赶快来，那地方说不定哪天就让人占了。自己的生意，干得不顺心，随时可以不干啊。"

向大海皱了皱眉头，干了一杯酒。

我的酒量比不上他，喝到一半先打了退堂鼓，向大海一直喝到烂醉。

我送向大海回家的路上，听见他口中不停重复着一句："人在江湖，身不由己。"

我扶着他肥胖的身体，感到非常吃力。

我开玩笑说："身不由己也正常，你这身子也太胖了。"

"没想到我也和你一样，沦落到在路边摆摊了。"他大声地嚷嚷。

我自然不会和他计较，两个人摇摇晃晃地走在大街上，突然一起没心没肺地大笑起来。

晚风吹得树叶沙沙作响。这月黑风高的夜晚，让我想起武侠小说中的场景。书中的侠客是多么让人羡慕，他们天南地北闯荡江湖。现在想来他们是不缺钱的，缺钱的人哪儿也去不了。原来所有浪漫和潇洒，从来都不是给穷人的。

爸爸早上醒来头疼，我带他去医院检查，各种检查用了一上午时间，耽误了出摊。

赶到夜市，我望见向大海在我和八婆之间摆了个地摊，地上铺了一块桌布，桌布上摆满了书，荷晴和林小蝉蹲在旁边，随手拿起几本翻看着。

书摊在各种小吃的包围下十分显眼，八婆一脸鄙夷地看着他，向大海并不觉得尴尬，跷着二郎腿坐在小板凳上，怡然自得。

我看着铺满一地的书，大多是高中时候我们看过的小说，免不了有些伤感："这些书留到现在，卖了有点可惜。"

向大海大手一挥："留着也没用，老子要退出江湖。"

我见他又犯了老毛病，说话不着边际，没有理他。

荷晴自然不会放过他："说得就像你在混江湖一样。"

"人不在，心还在。"

荷晴说："那你的心一定是瘦的。"

"心还分胖瘦吗？"向大海问道。

"你见过哪个大侠像你这样胖。"荷晴指着他的肚子。

向大海没了话，我们几个也笑着回到自己的摊位上。

向大海的书低价处理，卖得很快。来往的行人多了，总有人买上一两本。我和林小蝉挑了几本喜欢的留下，他做了个顺水人情，也没收钱。

可我没想到，买书买得最多的人是李一川。他来送货，看见地上的书，对每一本都爱不释手。

向大海为了表达上次打架的歉意，书的价格一降再降，即便这样，李一川也花掉了不少钱。他捧着厚厚一摞书，高兴得像个孩子。

"倒是很少见他这个样子。"林小蝉看着他的背影说。

"是啊。"我叹了口气。

小时候的李一川也曾是个调皮的少年，可这些年我已经习惯了李一川忧郁而深沉的样子。不管什么时候，他的眼神瞒不过我，他是真心喜欢林小蝉，我能确定。

书卖光后，向大海想卖臭豆腐，这个想法在我和八婆强烈的反对下作罢，后来改成了卖麻辣烫。

自从向大海来到夜市，收摊前又热闹了不少。他不像汪婶一样喜欢唠东家长西家短，他讲的大多是这些年在外打工听说的奇闻逸事，荷晴尤其喜欢听。

最郁闷的要数汪婶，荷晴不再听她唠家常，这比别人抢了她的生意还难受，向大海说什么，汪婶总要在一旁损上他几句。

对付八婆的大嗓门，向大海奇怪的语气也足够让她吹胡子瞪眼。向大海在八婆和汪婶的左右夹击下，每天废话连篇，却游刃有余。

青田伤好回来后，荷晴对他没有了以前的热情，两个人若即若离，一有时间她就和向大海聊得火热，弄得我一头雾水。

我趁荷晴在店铺里洗手，跟进去问："你最近在搞什么鬼，你和青田闹别扭了吗？"

荷晴扭扭捏捏地回答："没闹什么别扭。有喜欢他的时候，就有不喜欢他的时候啊。"

她说完扔下毛巾，一溜烟地出了屋，不想再听我说教。

我无奈地摇了摇头。

送走了几拨客人，我偷了会儿懒，到对面吃馄饨。

我小声问林小蝉："荷晴整天和向大海在一起，也不搭理青田，你说她是怎么想的。"

林小蝉看了一眼旁边魂不守舍的青田，坐在我身边说："荷晴这丫头哪都好，就是有点不安分。我觉得当初她和青田在一起，也是一时冲动。"

"这件事上，荷晴已经认定我和姑妈是一伙儿的了，我说什么她都不会听的。"我大口吃着碗里的馄饨，"你包的馄饨越来越鲜了。"

林小蝉又给我添了半碗馄饨："别贫嘴了，好吃就多吃点，一会儿又得忙了。"

"恋爱这事外人也没法管，大家抬头不见低头见，只是希望他俩不要搞得太难堪。"林小蝉摇了摇头。

"文生啊，你过来一下。"八婆压低了嗓门喊。

"你快过去吧，八婶这个声音说话，肯定是有事求你。"林小蝉说。

"你帮我给我当家的写封信吧，我写字太丑了，再说我也写不明白。"八婆拿出纸笔，放在桌上。

"好，八婶，你说我写。"

八婆想了想说："你个不要脸的，不知道你最近死哪去了，连个鸟叫都没有。你在那边别累得跟个孙子似的，在工地别整天上蹿下跳的，为了那几个臭钱把命搭里可不值。家里不用你操心，我在夜市摆摊多少能挣几个，你回来咱们也饿不死。"

向大海扑哧一声笑了出来："八婆，你这哪是写信，你这是骂街啊！"

"小兔崽子，关你什么事，我爱怎么写就怎么写。"八婆气得满脸通红。

"八婶，我给你稍微改改，你看行吗？"

"你改吧，我听听。"

"不知道你最近过得怎么样，很久没有收到你的消息了。家里一切安好，你在工地不要太辛苦。夜市摆摊的生意不错，你回来也不用担心家里钱不够。在工地工作一定要注意安全，什么也没有生命重要。"

"哎，就这么改吧。你看我这张嘴啊，就是说不出好听的话。"

八婆看着我写信，叹了口气："你的字真好看，真不该和我们一样，干这又苦又累的活儿。"

过了九月，天气转凉。

客人走得差不多了，向大海长舒一口气："干了几个月，欠的债都还清了。"

"不错啊，那你以后什么打算？"我问。

"在夜市挺好的，就干下去吧。"他说。

向大海能留下，别提我有多开心了："太好了，哈哈。"

"你怎么不问我为什么留下来？"

向大海看着我，一下子严肃起来："你在我身边，我感觉踏实，就像上学的时候，有你在，我就不用担心没人帮我写作业，也不用担心罚站吃不到午饭。"

"你这话有点矫情，我不太适应，我还是习惯你胡言乱语。"我笑了笑。

"想起咱们初中的一些事，不矫情不行。"向大海拍了拍自己的肚子，抬头望了望夜空。

"你和兰棋还有联系吗？"他低着头问。

我看了一眼对面，林小蝉还在招呼客人。

"高中毕业后就没联系了，我也不知道她现在怎么样了。"我压低声音说。

向大海没有再说话，身子向后一倒，坐在椅子上对着夜空发呆。

荷晴捂着嘴，笑着小声告诉我："关书记又来了。"

在夜市的行人中，关书记是走得最慢的。

不知道他以前是哪个地方的书记，从来都是穿一件白衬衫，迈起步来腰杆挺得笔直，双手背在后面，悠闲地踱着步子，时不时左右打量路边的摊位，像是在视察工作。

在街上偶尔有熟人跟他打招呼，喊他一声关书记，他也不出声，堆起厚厚的微笑，微微地点一下头，算是充分认可了他人的问候。

时间久了，街上顽皮的年轻人觉得好玩，也会喊一声："关书记。"

关书记一样会点头回应，而后眉头微皱，使劲想这个人是谁。

那个小伙子扑哧一声笑了出来，赶快溜走了，关书记这才知道自己被戏弄了，板起了脸继续走。

我们都清楚他已经很潦倒了。我们这种小本生意几乎没人赊账，他在小吃摊给小孙子买吃的，有时候只欠几块钱，大家也不好意思一直要，却也都记得住。

关书记带着小孙子坐到林小蝉的摊位上，点了一碗小馄饨。

向大海和几个人围了过来："关书记，你欠我的钱是不是该还了。"

"等发了工资就还，发工资就还。"关书记脸上又堆起笑。

小孙子说："爷爷你不是被开除了吗？那天我听见你在家里哭，说开除后连退休金也没有了。"

众人起哄笑了起来。

关书记见掩盖不住，正襟危坐，说："我真是晚节不保，一失足成千古恨。这都是前车之鉴，你们年轻人有时间要听一听，必须引以为戒。"

向大海他们不耐烦地走开了。

关书记指着桌上那碗小馄饨说："这小馄饨里葱花数量不达标，你尽快落实下。"

林小蝉不喜欢他打官腔，拿起一碗葱花放在他桌上："要多少你自己放吧。"

八婆哼了一声，隔着马路喊："吃东西不给钱，连个臭要饭的都不如，还他妈的在这儿装什么领导。"

关书记被八婆这么一说，脸气得铁青，全额付了一碗小馄饨的钱。

从那天起，他再也没来过。

这天黄昏，一个中年男人穿过人群直奔林小蝉的摊位，伸出手就掏林小蝉的收款箱："今天真是走背运，从下午输到现在，我应应急。"

林小蝉显然是认识他的，埋着头一声不吭。

我正纳闷，徐三叔贴在我耳边告诉我："那就是她不争气的爸。"

向大海摔下手里的勺子，骂道："就是这个老不死的，总算让我遇见了。"

我还没来得及反应，向大海已经穿过人群，冲上去一脚将他踢翻在地。

街上的行人围观起来。

"别打了，他是我爸爸。"林小蝉喊着。

我冲上去拉住了向大海，青田拉住了林小蝉的爸爸。

"你冷静点。"我喊道。

向大海推开我，怒气未消站在原地说："就是他打牌的时候抽老千，和几个混混骗我的钱，要不是看在小蝉的面子上，我今天打死他。"

我用力把他拉回来，劝他说："赌博本来就是不对的，这样闹下去警察来了对谁都不好，你别这么冲动。"

"爸爸，你拿了钱快走吧。"

林小蝉把收款箱里的钱塞给他，他拿了钱，灰溜溜地走了。

周围的人四下散开，留下林小蝉收拾一地狼藉。

荷晴也蹲下去帮忙。

我正要过去，向大海拉住了我："本来你和林小蝉的事我不管，可你自己想想清楚，她的家庭会给你造成什么样的麻烦。"

街上行人挡住了我的视线，我看不见林小蝉，几个男人在身后大声点餐。

我烤着一份又一份香肠，想着忙完后，怎么和林小蝉开口。我想她眼角一定挂着细小的泪。

落日被黑夜拉到了山的尽头，整条街人流不断，我感觉那个夜晚无比漫长。后来我才知道，林小蝉没有哭，那时想哭的人也许是我自己。

林小蝉穿过人群对我说："我家里有事，先走了。"

"这么早？"我说。

"嗯，我爸拿了我的钱，不知道干什么，我再不回家，估计我妈又要闹翻天了。"

我追了上去，问："你没事吧？"

"我能有什么事？"她微笑着说。

向大海消了气，坐在一旁像个犯了错的孩子，不敢插话。

徐三叔和汪婶在一旁议论着，我也没心思听。

第二天林小蝉刚到，我就走了过去。

"你今天怎么来得这么早？"林小蝉问我。

"我早点摆好摊，来你这边坐坐。"我说。

"你还没吃饭吧？"

"嗯。"

"正好吃碗小馄饨。"她从锅里盛出一碗馄饨给我。

"大海的性子有点急，当时也不知道那个人是你爸爸。"

"你不用解释，你应该看得出来，我没有一点怪他的意思。"

"那是你大度。"我说。

林小蝉摇了摇头："不，是我习惯了。我爸爸和我弟弟总是不停地惹麻烦，我妈妈你也见过，一家人都有病。"

"别这么说，你不是挺好的吗？"我咬了一口馄饨。

"我可能也有病，只是你还没有发现。"

"有病的人可做不出这么好吃的馄饨。"

"快点吃吧，一会儿客人就来了。"

我回到摊位上，荷晴在一旁对向大海说："我觉得你还真有一点侠客的样子。"

"哦？"向大海高兴起来。

"你打人的样子还真有点帅。"

我瞥了荷晴一眼："他冲动惯了，你可别学他。"

"我可不用学，因为我天生就是那样。"说完，她和向大海互相做了个手势。

林小蝉对向大海的态度没有任何改变，就像什么都没发生过一样，这样一来，向大海反而有些愧疚。

没有人知道林小蝉经历了多少，才换来这样的波澜不惊。

一场秋雨过后，金黄的银杏叶飘落满地。

街上的行人渐渐稀少，我们裹紧衣服抵御夜里袭来的寒风，小吃摊一个接一个停业，摊主们在街上走一圈，和相识的人打一声招呼，约好明年再见。

徐三叔他们年纪大了，累了大半年，冬天就窝在家里休息。荷晴又回去陪着姑妈做零活。

向大海和青田他们没什么牵挂，停业后极为潇洒，每天打麻将、玩扑克，找朋友喝酒，他们知道我不喜欢喝酒，也从不找我。

我找了个送液化气罐的工作，时间灵活，可以照顾爸爸，送多少趟拿多少钱，有事也不怕耽搁。我也有自己的小心思，林小蝉在城东的一家酒店当服务员，我为酒店送液化气罐时可以见到她。

林小蝉要到夜里才下班，我每天提前在酒店门口等她，骑着送液化气罐的三轮车，载着她回家。

深秋的街道上一片冷清，汽车从我们身旁飞驰而过。

我望着飞驰的轿车，对林小蝉说："要是有一天我能开车接你就好了。"

林小蝉拍了拍三轮车，身子倚在我背上，笑着说："我觉得这辆车比他们的好。"

"你别拿我开玩笑了。"我说。

林小蝉认真起来："没开玩笑，他们的车太快，我们慢慢走，你能多陪我一会儿。"

落叶在车轮下沙沙作响，我骑得更慢了。

"你哪天有时间，来我家一起吃顿饭。咱们忙来忙去都拖了好几个月了，我爸爸早就等不及了。你不要紧张，我姑妈也去，荷晴会陪着你。"我说。

林小蝉犹豫了一下说："等我几天，最近……最近家里有些事情。"

"好。"我蹬起三轮车，继续往前走。

寒流过后温度骤降，我躲进酒店，坐在大厅的沙发上等林小蝉。

我看着酒店巨大的吊灯有点走神，楼上传来几声尖叫，我听见其中有一个声音是林小蝉的，立刻飞奔上楼。

陶瓷碎片散落一地，林小蝉和另一个女生倒在地上。

我上前扶起林小蝉："没受伤吧？"

林小蝉对着我摇了摇头："没有。"

经理闻声赶来，大声呵斥道："这是谁干的？"

那个女生站在原地，咬紧了嘴唇。

打碎的是一个比我还要高的大花瓶，幸好没有砸到人。

那个经理打量了我几眼，又对林小蝉说："你俩怎么都不说话？"

"是刚才那个客人碰倒的。"那个女生说。

经理又提高了些声音："哪个客人？你不要瞎说。那可都是咱们的贵宾，碰倒了会不承认吗？"

"是我碰倒的。"林小蝉说。

"那这个就由你赔偿了。"经理淡淡地说。

我急于替林小蝉解围，掏出钱给了他。

经理抬了抬眼镜，转身走了。

"小蝉姐……"那个女生一脸委屈。

我扶着林小蝉往外走，问她："真的是你碰倒的吗？"

林小蝉说："不是我，你看经理那欺软怕硬的样子，和他争辩也没用。"

"那是谁？"

"有个喝醉的客人推了赵霜一把，她才把花瓶撞倒了。"

赵霜这个名字我好像在哪听过，但一时又想不起来。

走出酒店，林小蝉对我说："赵霜家里最近好像缺钱，我就想帮帮她，没想到那个破花瓶这么贵。"

"等一下。"

我听见身后有人喊。

赵霜从后面追上来。

"小蝉姐，谢谢你。"她说，"我会把钱还你的。"

"不用了。你给我，我也不会要的。我知道你家里急着用钱，我就是看不惯咱们经理欺负你。"

过了几天，赵霜为了感谢我俩，约我和林小蝉吃饭。

聚会地点定在向大海家附近的一家川菜馆，我叫上了向大海。餐馆门面不大，我们坐在窗边的小桌上，点了几道老板拿手的菜。

玻璃窗凝结着朦胧的雾气，隔绝了窗外的一切。

饭桌上，向大海滔滔不绝，我发现身旁的林小蝉眼中带泪，连忙问她："怎么了？"

"你们男的就是粗心。"林小蝉夹了一口菜，不再说话。

"文生哥，你不知道今天是小蝉姐的生日吗？"赵霜说。

我一下子慌了神："我……"

林小蝉看着我尴尬的样子，笑了笑说："你也知道我是父母收养的。说起来有点可悲，我不知道自己真正的生日，只能按身份证上的日子。我从来没提过，不怪你。"

"以后每年我都会记得的。"我一把握住她的手。

林小蝉微微一笑，对赵霜说："小霜，谢谢你，我长这么大，第一次有人为我过生日。"

林小蝉伸出手擦掉玻璃上的一片雾气，望向窗外。

天空中飘下了那年的第一场雪。

回去的路上，雪还没有停，初冬的小雪有种温婉的气息，如一层白纱，落在地上随即融化，街道旁的店铺纷纷关灯打烊。

我问林小蝉："你真的不在乎自己的生日吗？"

"说不在乎是假的，谁不想自己得到重视，只是我已经习惯了被遗忘。"

"你别这么说，你知道我……"

我刚要说话，林小蝉靠近我，用手堵住了我的嘴："好了，你知道我最怕什么，我宁愿你把话藏在心里，一说出来我反而觉得是假的。"

"那你知道我想说什么吗？"我问。

"我知道你想说的是好话就行了。"她贴近我。

就在那一刻，我们遇见了李一川。他在为一家店送货，目光来不及躲闪，正好和我们对视，他点了下头，慌忙搬起箱子走进屋内。

我仰起头，雪花落在脸上，瞬间融化。

"别纠结了，他早晚也要知道的。"林小蝉拍了拍我。

"嗯。"我深吸了一口气。

林小蝉停顿了一下说："这个周末，我请一天假，去你家里吃饭。"

"好。"我说。

走到巷口，我抱住了她。

每个冬天，我都感觉夜晚格外漫长，时间好像也随着冰冷的空气凝固起来，而隐藏于每个人心底的悲伤，却在这片寒冷的空气中疯狂生长。

🥄 第四章

　　为了迎接林小蝉，我和姑妈忙了两天，将整个家里里外外收拾了一遍，又给爸爸换了套新衣服。

　　当天一早，姑妈就出门买菜，亲自下厨，她信不过我和荷晴的厨艺，不许我俩动手。

　　中午，林小蝉带着两包礼物来到我家门口。

　　"小蝉姐，快进来。"荷晴跑出去牵着她走进屋。

　　"来就来呗，带什么礼物。"姑妈放下炒菜的铲子，笑嘻嘻地接过林小蝉手里的东西。

　　"我给叔叔买了点补品。"林小蝉说。

　　"以前都是在夜市看见你，这走近看，样子更标致。我就说我们家文生的眼光准没错。"姑妈左右打量她道。

　　"您别取笑我了。"林小蝉说。

　　爸爸在屋里故意大声咳嗽了两下，我笑着说："我爸爸着急了。"

　　"你俩先进去，还有两个菜马上出锅。"姑妈转身进了厨房。

　　"爸，这是林小蝉。"我带着她走到爸爸的床头。

"知道，知道。你们快坐，快坐。"爸爸是真的高兴，他招了招手，让我扶他坐起来。

"叔叔，您好。"林小蝉有些腼腆。

"以后你就当这是自己家，别不好意思。"

"早就想来看看您了，我和文生忙来忙去的，一直拖到今天。"

爸爸和林小蝉讲起我小时候的事，自然就回忆起我妈妈，不禁悲从中来，流下几滴眼泪。

"文生是个可怜的孩子啊，从小就没了妈妈。他本来应该有个好前程，这辈子就让我给耽误了。"

"爸爸，这些事就别提了。"

"是啊叔叔，您好好养病，别提这些不开心的事了。"林小蝉说。

"今儿多高兴，怎么还掉眼泪了？"姑妈走进来说。

"我是太久没这么高兴了。"爸爸擦了擦眼泪，对着姑妈说，"看见小蝉，我感觉文生以后的日子有指望了。"

"你看看你，人家小蝉第一次来，你别给人家吓到了。"姑妈拉着林小蝉说，"菜都齐了，咱们先吃饭吧。"

桌上摆了十几道菜，红烧肉、糖醋鲤鱼、小鸡炖蘑菇、烧茄子……都是姑妈最拿手的菜。

"小蝉姐，你吃这个。"荷晴夹了一块茄子放在林小蝉的碗里。

"别光吃菜啊，尝尝我做的红烧肉。"姑妈又给林小蝉夹了一块肉。

我刚把爸爸的饭菜送进屋，就听见有人敲门。

"你们坐着，我去开门。"我说。

"这是李文生家吗？"门口站着一对夫妇。

"是的。"我说。

我认得他们，他们是林小蝉的父母。

他们并不记得我，说话还算客气。林小蝉的妈妈说："问一下，你认识林小蝉吗？"

"认识。"

她问什么我就回答什么，不多说一个字。我已经预感到了危机，但需要时间去想对策。饭桌上的三个人还在谈笑。

林小蝉的妈妈听到林小蝉的声音，嘴角微微上扬，假惺惺地问："她在你家吗？"

"她在屋里吃饭。"我只能实话实说。

他们不再理我，绕过我走了进去。

林小蝉见到他们闯进来，脸色犹如死灰。

"这是……这是我妈妈唐雁，我爸爸林军。"林小蝉缓缓站了起来。

姑妈和荷晴也愣在原地，我和林小蝉不知道该说什么。我清楚地看见林小蝉的手开始发抖，我深吸了一口气，让自己保持镇定。

姑妈见我们都不说话，放下筷子起身说："来了就坐下一起吃饭吧，我去盛两碗饭。"

唐雁无视了她，扫了一眼屋内，看见了卧床的爸爸，眼睛眯成一条缝。

姑妈见他们没说话，伸出去的手尴尬地停在半空中。

"妈……"林小蝉刚要说话，唐雁反手一耳光打在她的脸上。

"你怎么打人。"我上前一步护住林小蝉。

唐雁指着我的鼻子骂道："我想起来了，你当初送她回家的时候，我早该想到你们这对狗男女有一腿。"

"妈，咱们有事回家说行吗？别在这儿丢人现眼。"林小蝉捂着脸，泪如雨下。

"你还好意思提丢人这个词。我活了半辈子，就没见过哪个大姑娘自己送上门的。"唐雁挺了挺腰。

我刚想开口辩驳，姑妈抢在了我前面："先别生气，有什么事坐下来说。"

唐雁哼了一声，还是不理她，对着林小蝉接着说："我就说这段时间带你相亲你怎么不乐意，对谁都爱搭不理的，原来是让这个小白脸给迷住了。"

"你能别说了吗？"林小蝉声音颤抖。

"你也是贱，放着好端端的人家不同意，偏偏喜欢穷的，还喜欢家里有个半死不活的。"

她的话彻底激怒了我们，爸爸在床上低沉地喊了一声："让他们滚出去。"

换从前，以爸爸的脾气早就动手打人了，他现在躺在床上动不了，估计气得不轻。

"我们文生好歹也是个文化人，你们看不上我们家，我们还看不上你们呢。我们文生要是找了你这样的丈母娘，那才是倒了八辈子的霉。"姑妈气呼呼地说。

唐雁向前两步走到我面前，冷笑一声说："文化人，有文化没钱顶个屁用，以后别惦记我们家小蝉。"

我感觉胸腔里有一团火，像要炸开一样。

姑妈再也忍不住了，抄起门后的扫帚，要打唐雁。

"打人我可报警了啊。"林军拦住她喊。

"我还要告你们两个王八蛋私闯民宅呢。"姑妈毫不客气。

林军挡在两人中间，回头喊了声："走吧。"

转身将林小蝉和唐雁一起拉出大门。

爸爸气得一直咳嗽，姑妈赶紧进屋给他倒水吃药。

荷晴在一旁喘着粗气，安慰着姑妈和爸爸："真是没见过这样的人，太不讲理了。你们可别气坏了身子。"

我回到自己的卧室，一头倒在床上，压制愤怒耗尽了我所有的力气。我好像得了场病，差点晕厥过去。我听不清爸爸的咒骂和姑妈的埋怨，声音明明很近，却断断续续地飘散在空气中，像远处有人在小声说话。

墙壁上几块破损的地方，前几天糊了白纸，一张纸下的胶水未涂好，一部分脱落，飘在半空中。我觉得自己就是那张纸，轻飘飘的，不真实。我把头捂进被子里，不去理会外面的一切。

这样一闹，家里应该是不同意了，恐怕就连荷晴也不再支持我和林小蝉在一起了。他们大概也都郁闷着，没有急于和我说什么。

我没心情出去工作，在家躺了好几天，也没有想好如何面对林小蝉。

向大海从荷晴那儿听说了事情的经过，怕我闷在家中闷出病来，拉我出去喝酒。

"再遇见那个泼妇你告诉我，我要了她的命。"几杯酒下肚，向大海怒不可遏。

"谁叫她是林小蝉的妈。"我说。

"你们两个私奔吧，离他们远点。"向大海又说。

这一次我没觉得他在开玩笑，林小蝉想离开清泉县不是没有道理，她的父母已经到了不可理喻的地步。

我低下头不停地喝酒。

朦胧的夜色中，我眼前都是林小蝉的影子，在向大海的怂恿下，借着酒劲去找林小蝉，到了酒店门口又有些犹豫。

先出来的是赵霜："文生哥，你不知道小蝉姐今天没来吗？"

"不知道啊，我好几天没见到她了。"

我去找林小蝉，总是遇不见她，我知道她是在故意躲着我。

夜里，我到她家的巷口等她。

林小蝉见到我站在雪地里，冻得直打哆嗦，没等我开口，眼泪就开始在眼眶打转。

"你别再来找我了。"她忍住眼泪，转身要走。

"你这是什么话。"我拦住她。

"你别告诉我你不在乎我妈妈说的话，你不用受那么多委屈。是我对不起你。"

我靠过去，眼睛盯着她说："我知道你一定比我更难受，你心情不好可以和我说。别哭了好不好？"

"我哪有什么资格心情不好。你也看到了，我爸妈是不会同意我们在一起的。"

我用力抱住了她。

林小蝉挣扎了几下，在我怀中安静下来。

"给我点时间，一定有办法的。"我说，"你知道吗？向大海让我带着你私奔，我都快被他说动了。"

"文生哥，我真的受够了，他们要是一直这样闹下去，我真的愿意跟你走。"

从那天起，我们开始躲着林家的人。一有时间我就托赵霜约林小蝉出来，我们一起在清泉县的小饭馆吃饭。向大海对于白吃白喝这种事来者不拒，整个冬天吃胖了十多斤，肚子又鼓了一圈。

林小蝉家给她安排的相亲一直没停过，她从来不愿和我提起。我和林小蝉都清楚，我们能做的只有等待。

　　我没和爸爸再提起林小蝉。

　　早上我喂他吃药的时候，他放低声音问我："你最近去见林小蝉了吗？"

　　我以为他知道了什么，有一些慌张："其实我……"

　　"你听我说。"爸爸打断我的话，叹了口气，"那姑娘是个好女孩，就是她爸妈有些过分。"

　　"嗯。"我点头。

　　"你不要把错都算在她身上。前几天我和你姑妈也说了，遇到困难再想想办法。我看得出你喜欢她，不要因为我们为难。你根本放不下她，是不是？"

　　"爸爸，你怎么知道的？"我问。

　　"你看她的眼神，和我当年看你妈妈一模一样。"

　　爸爸笑了笑，喝了口水，缓缓躺下，他闭着眼，泪中带笑。我知道他又想妈妈了，多少年过去了，还是没有变。

　　爸爸这番话打消了我的顾虑，可下一秒我却有点想哭，我宁愿他还是那个性如烈火、说一不二的人，如今他为了我，竟可以不考虑自己的面子了。

　　"你找个时间，让她来家里一趟，我有话对她说。"爸爸闭着眼睛说。

　　"什么事情，我转告她行吗？"

　　"不行。"爸爸没有给我留任何商量的余地。

　　我让赵霜传信给林小蝉，当天夜里她就来到我家，我俩并不知道我爸爸想说什么，心中忐忑不安。

　　"坐吧。"爸爸说。

"叔叔，上次的事情我还没来得及向您道歉，我真的不知道他们会找上门来。"林小蝉怯怯地说。

"小蝉，你是个好孩子，我们都没有怪你。"

林小蝉不停点头。

"我有件事要和你们说，我怕文生不听我的话，找你做个见证。"

"好，您说吧。"她和我都紧张了起来。

"最近我感觉自己身体一天不如一天了，这些年我耽误了文生考大学，耽误了他找工作，到了今天我还要拖累你们，我是真该死啊。"

"叔叔您别这么说。"林小蝉忙说。

爸爸咳了几声，又说："我有一件事要交代给你们两个，你们彼此有个见证。"

"好。"林小蝉点头。

"我要是哪天病重了，不许送我到医院抢救，直接放弃治疗，听懂了没有？"爸爸握紧被子。

"爸，你说什么呢？咱们有病治病，别说这么不吉利的话。"我站了起来。

"文生，你是了解我的，让我这样活下去，根本就是对我的折磨。"

爸爸又对着林小蝉说："到时候文生要是忘了，你要提醒他，让他要听话。"

林小蝉也附和我说："叔叔，你千万不要这么想。"

爸爸一个字一个字地说："就当是我求你们了。"

我和林小蝉被爸爸的眼神震慑到，低头沉默着。

"文生，别让我再拖累你了。你等得起，小蝉可等不起啊。你俩不答应，我从今天起就不吃饭，直接饿死一了百了。"

"这算什么要求？太荒唐了。"我说。

"你不同意的话，我现在就死给你看。"爸爸说完，抬起头用力撞向床头。

"好好，我答应你行了吧。"我抓住他。

我送林小蝉到巷口。

我深吸一口气，对着林小蝉说："我知道我爸他真的是那么想的，但无论如何我不会那样做。"

"当然了，你也别管他说什么，你嘴上答应下来就行了。"

我点了点头："今天让你白跑了一趟。"

"可别这么说，你爸爸没记恨我，别提我有多高兴了。"

林小蝉抬头看了看天说："好像是要下雪了，时间不早了，我得走了。"

"我送你吧。"

"算了，让我妈遇见了，又是一场麻烦。我回去一直走大路，你放心吧。"

寒风中，她轻轻抱了我一下。

春节将至，家家户户忙着置办年货，张罗得喜气洋洋。

水街上挤满了乡下来卖货的村民，他们在马路两边随便占一块地方，卖着自家产的农产品。

街上的农产品物美价廉，置办年货的人也就不去菜市场了，菜市场的商户急得团团转，索性也搬到街上一起卖，商户和村民混在一起，委实难以分辨。

街道两边的好位置谁来得早就归谁，两侧的店铺也没法和他们计较。附近的村民出现得越来越早，到后来，凌晨三四点钟已经有人来了。

清泉县就这样有了早市，早市和以前乡下的集市没什么不一样，只是人多了，难免更乱些。

　　我到商业街买过年的东西，路中间停了一辆大货车，李一川站在车厢上卸货，将大包大包的服装扔到车外。

　　"怎么只有你一个人干？"

　　"最近生意好得不得了，我们送货的人手不够用。"

　　"我来帮你。"我跳上车。

　　"不用了，哥。我自己来就行。"

　　"我可不是以前那个文弱书生了。"我拎起两大包服装，扔出车外。

　　"这么多衣服都能卖出去吗？"

　　"当然了。过年嘛，进货的车就没停下来过。"

　　"你攒点钱，有机会自己干点什么，当个小老板总比干力气活强。"我挽了下袖子。

　　"嗯，攒着呢，我妈和你想的一样。"

　　"你妈妈最近怎么样了？"

　　"还是老样子，身体不好，总是咳嗽。"

　　我加快动作，不停地拎起袋子扔下车厢，试着让接下来的谈话不是那么紧张。

　　"我有点抱歉，一川，我和林小蝉的事，我应该早点告诉你的。"

　　"我说我早就猜到了，你信吗？"李一川笑笑说。

　　"哦？怎么猜到的？"

　　"那天我去找她，她告诉我她心里有人了，我的直觉告诉我，那个人一定是你。我也不知道为什么。"

　　"好吧。"我长舒一口气。

　　"我妈离婚后，咱俩都没一起吃过一顿饭，可我知道你心里一直是记挂着我的。你这个人总是希望能照顾好身边的每一个人，单从这一点看，你和你爸爸一点也不像。"李一川笑着说。

我犹豫了一下说："我一直觉得他对不起你们娘儿俩。"

李一川摆了摆手："其实他对我还不错，只是对不起我妈。算了，不提这个了。"

我们卸完货，坐在车厢里喘着粗气。

"你和她怎么样了？"李一川问。

"说出来也不怕你笑话，她爸妈根本看不上我们家的条件，他们不但不同意，还去家里羞辱了我们一番。"

"她爸妈真是不好搞。"李一川摇头。

"谁说不是呢。"我也摇头。

"你俩好好的吧，我没那么想不开。和你说件有点离谱的事，我觉得在我所有认识的人里，我以前的爸、你爸、我妈等，我最像的人，其实是你。"

"是吗？我还真没想过。"

"嗯，我们为人处世的态度，对这个世界的看法都很像，只不过这些年你更随和了，而我更喜欢沉默了。如果我们不是通过父母认识的，我想我们会成为最好的朋友。"

"看你这话说的，咱俩现在也是。"我说。

姑妈和荷晴喜欢热闹，到我家一起过除夕。

电视里播放着春节联欢晚会，我们一起包着饺子，窗外烟花爆竹的声音此起彼伏。

年夜饭做好了，姑妈端起一杯酒说："一年到头也不知道忙了个啥，一眨眼就过去了。"

"你整天忙着管我。"荷晴说。

"我那不是怕你被别人拐跑了嘛。"姑妈捏了她一下。

“过年这几天，我留下来照顾你爸爸，你出去和朋友玩几天。我家也没人，你们在那儿聚也行。”姑妈对我说。

“不用啦，姑妈。你好好过年，我在家照顾我爸就行。”

“你和我不一样。我岁数大了，受不了折腾，年轻人有时间还是出去玩玩吧。难得有几天清闲日子，我还想和你爸叙叙旧呢。我们姐弟俩还有不少话要说。”

“荷晴，你也去吧。”

姑妈看着一旁噘着嘴的荷晴：“疯丫头，我就是让你留下来，你也得偷偷跑了。”

“谢谢妈妈。”荷晴搂着姑妈的脖子，抱了抱她。

“别肉麻了，我不吃这一套。”姑妈笑着说。

“我可提前说好了，你们干什么都行，就是不能领青田那小子去。街坊邻居都看着呢，我可不想让人背后戳脊梁骨。”

我去找向大海，他还没有起床。

“没想到大过年的，你能来找我。”

向大海打了个哈欠。

桌上的盘子里还有他吃剩的蛋炒饭，一大堆光盘散落在电视柜上。

“你这年夜饭也太寒酸了，也不包点饺子。”我说。

“我自己过日子，每天都一样，哪管什么过年不过年的。包饺子太麻烦了。”向大海洗了把脸。

“走吧，咱们今天去我姑妈家聚聚，让荷晴给你做点好吃的。”我说。

“那太好了。”他笑起来。

“你别高兴得太早。赵霜回老家过年了，去找林小蝉的任务就交给你了。她爸妈不认识你，你见机行事，她要是不方便出来就算了。"

"保证完成任务。"向大海嬉皮笑脸地做了个手势。

我刚到荷晴家,向大海就跟了过来。

"你怎么这么快就回来了?"我问。

"林小蝉自己在家,其他人都去串亲戚了,她那边没问题,她说她一会儿就来。"向大海说。

"领养的就不是自己家的人吗?"荷晴气呼呼地说。

向大海见我皱着眉头没说话,安慰我说:"这样也好,她能和咱们一起聚聚。要不是她自己在家,我送信哪有这么容易。"

过了不到一刻钟,林小蝉来了。

"你们不知道,这几天我自己在家有多轻松。"林小蝉说。

"你干脆不要你爸妈了,反正他们也不疼你。"荷晴说。

向大海抢在前面说:"你说得倒是轻巧。我爸妈各有各的家庭,倒是都不管我了,可亲人怎么样都是亲人,不是那么容易割舍得掉的。"

林小蝉眉眼低垂,我知道这话说到了她心坎里。

"大海,我们不是来陪你了吗?我们就是你的兄弟姐妹。"荷晴指着向大海说。

向大海听了荷晴的话大为感动:"哈哈,有道理。今天晚上咱们不醉不归。"

"好,本姑娘亲自下厨。"荷晴爽快地说。

"今天我来吧。"林小蝉说。

"怎么了?小蝉姐,你不相信我的厨艺吗?"

"当然不是。难得今天我不用回家,还是我来吧。"

"听懂没?小蝉要给你哥做好吃的,咱俩跟着沾沾光。你就歇着吧。"向大海阴阳怪气地说。

"哦……"荷晴也学着他的语气。

"大过年的，有人给你们做饭，你们还不偷着乐。"我白了他俩一眼。

姑妈买下了之前租的房子，年前进行了翻新，卧室里换了新电视。

荷晴要看言情片，向大海想看武侠片，两个人在卧室里不停地争抢着遥控器，像小孩子一样闹个不停。

我倚在厨房的门口，陪着林小蝉。

"你和我姑妈一样，我想帮忙都不让。"

"你姑妈是不放心你，我是想从头到尾一个人给你做顿饭。你真是不知好歹。"

"好好好，我领情。"我忙说。

林小蝉做了五六道菜，也没有停下来的意思。

"够了够了，咱们四个吃不了那么多。"我拦着她说。

林小蝉从兜里掏出一张纸，上面歪歪扭扭地写着一排菜名。

我伸脖子去看，她往怀里一藏："我的字不好看，你不许看。"

"你是有备而来啊！还要做多少菜？"

"真是的，第一次给你做饭，还不让我多做些。"

"以后有的是机会。"我说。

她沉默了一会儿，说："但愿吧。"

当满满一桌菜摆在我们面前时，向大海的眼睛都直了："太丰盛了，哈哈。"

"又不是做给你的，你这么兴奋干什么？"荷晴说。

"都有份儿，大家快吃吧。"林小蝉说。

林小蝉做的菜佐料没有放很多，却越吃越有味道，就像林小蝉心中的那团火，藏得深却烧得旺。

向大海大口吃着菜，整个人激动起来："小蝉，你就是我的再生父母，我从来没有过这么高的待遇。"

"那你以后得管小蝉姐叫妈。"荷晴说。

向大海白了荷晴一眼说："今天这叫什么局，知道吗？"

他将脚下的啤酒一瓶瓶打开："这叫生死局。我们都是生死之交。荷晴，我平时说不过你，今天我必须喝到你服了为止。"

荷晴举起酒杯："谁怕谁。"

"等一下，不能就咱俩喝吧。"向大海看了看我。

"平时你不怎么喝酒也就算了，今天就冲小蝉做的菜，你也得喝点。"

"小蝉姐，你也喝点吧，你爸爸妈妈不在家，也不用担心他们知道。"荷晴说。

"谁说我今天不喝酒了？"林小蝉拿起杯子倒满酒。

向大海站起来说："能开心的时候就不要忧愁。你们要学我，管他将来怎么样，今天痛痛快快的。干杯！"

"干杯！"我们举起酒杯。

我们刚喝几杯，眼前突然陷入了黑暗。

我出门环顾四周，附近的人家都没有亮灯。

"停电了。"我说。

"不要紧，我去找蜡烛。"荷晴摸黑找来蜡烛。

整个房间沉浸在烛光的暖色之中。

向大海凑过来："文生啊，好久没和你喝酒了，我给你倒酒。"

"今天太高兴了，我要陪你喝到最后。"我说。

"你不可能喝过我。"向大海说。

"反正明天没事，我今天就和你比一比。"我来了兴致。

"新春快乐！"林小蝉拿起酒杯。

"友谊万岁！"向大海说。

"快乐万岁，什么都万岁！"荷晴干了一杯酒。

一杯又一杯酒下肚，我的身子不由自主地摇摇晃晃，微光中林小蝉的轮廓有些模糊，她的眼眸却愈加清晰明亮，温婉可人。

向大海又笑嘻嘻地为我倒满一杯酒。

"死胖子，你今年的愿望是什么？"荷晴问。

"找个女朋友。"向大海说。

"荷晴，你呢？"我问。

"我啊，我希望今年小蝉姐成为我的嫂子，哈哈。"荷晴坏笑起来。

"以后的每个春节我都要和你一起过。"我一把拉起林小蝉的手。

向大海和荷晴开始起哄："爱情万岁！"

林小蝉凝望着我，泪水夺眶而出："你怎么偏偏在这个时候说让人尴尬的话。"

我感觉胃里的酒在不停翻滚，眼神也逐渐迷离。

向大海拍了拍肚子："文生，我承认我喝不过你。"

"你俩喝得不是一样多吗？"荷晴问道。

"他喝的酒里面，我前前后后偷偷掺了一斤多白酒，哈哈。"

向大海伸出双手，做了一个投降的姿势。

"怪不得你一直给我倒酒，哈哈，你个王八蛋。"我指着向大海笑骂。

"我倒是第一次见你骂人。"林小蝉笑着说。

"我也喝不下了，我要去溜冰，我要去看电影，我要去找青田。"荷晴醉醺醺地站起来。

"你喝醉了，别胡闹。"我拉住她。

"你这样疯疯癫癫地去，别给人家吓到了。"向大海说。

"你快给我找点有意思的事儿。"荷晴不停地对着向大海丢眼色。

"我家那边应该没有停电，我新买了不少电影光盘，咱俩去通宵看电影怎么样？"向大海暗暗笑了一下，起身穿上外套。

"好啊，我们走吧。"荷晴也披上外套走出房门。

"大海，你照顾好荷晴，别由着她胡闹。"我对着门外喊。

"你放心吧。"向大海应了一声。

房间里安静下来，我望着烛光中的林小蝉出神。

林小蝉坐到我身边，头倚在我的肩膀上轻声说："文生哥，今天真开心，我想唱歌给你听。之前一直没有机会，要是唱得难听你不要笑话我。"

"好啊，我一定不笑话你。"

林小蝉低声吟唱，歌声在黑暗中汇聚成一条深沉的河流。

恍惚间，我觉得自己像一片落在水中的叶子，荡漾在林小蝉的歌声中。我用力抱着林小蝉，感觉整个人飘浮在半空中。我用力吻住了她。醉意袭来，我渐渐失去了意识，无法分辨身边的一切是现实还是梦境。

早上醒来，房间里只剩我自己，窗户照进刺眼的白光，向大海掺的白酒太厉害了，我承受着宿醉后剧烈的头痛，蒙上被子不愿睁眼。

我隐约听见姑妈的喊声："文生，你在屋里吗？"

我挣扎着起不来床，姑妈打开门冲到我面前："快起来，你爸病倒了，送医院了。"

我忍着头痛睁开眼睛。

"荷晴呢？"姑妈问。

"出去了。"我说。

"先不管她了，咱们快去医院吧。"姑妈说。

姑妈喘着粗气说："早上发现你爸爸没有醒，我以为他睡过头了，后来才发现他是昏过去了。我喊了邻居帮忙，送到医院了。"

爸爸的病情比以前严重，他吃不下任何东西，喂到嘴里就吐出来，大部分时间处于昏迷状态。做完几项检查，医生说他病情恶化得很快，只能先住院观察。

我和向大海轮流陪护，荷晴和姑妈负责送饭。

"林小蝉怎么没来？"向大海问。

"应该是她爸妈回来了。"我说。

"差不多，又被他们家的那些破事儿缠住了。"

我爸在医院住了十几天，赵霜从乡下回来了，她陪着林小蝉来医院，正巧徐三叔也在。

"叔叔怎么样了？"林小蝉问我。

"挺严重的，还在观察。"我说。

"真是抱歉，我没能帮上什么忙。"林小蝉说。

"这里人手够，你不用担心。你最近忙什么呢？"我说。

"我……我没什么事，挺好的啊。"林小蝉转过身，拿起水壶给徐三叔倒了杯水。

徐三叔坐在床头说："这样下去不是办法，不行就转院吧，坐救护车送你爸到省医院。不过，去的话你要有点准备，省医院花销还是挺大的。"

这时爸爸的身体开始抽搐，我急忙喊医生。

医生和护士冲进病房："病人需要抢救，请家属出去等候。"

我们退出病房，守在门外。

半小时后，医生出来对我说："情况很奇怪。病人恢复了一些意识，就开始拒绝治疗，自己拔注射点滴的针头，没办法，我们只能用镇静剂。"

我和林小蝉对视了一眼，低头默不作声。

"再观察一周，如果不见好转，我们建议转院，省医院的专家更权威，可能会有办法。"

医生看了看我，又说："当然，我只是建议，家属也可以选择放弃治疗，毕竟他的情况属于重症，并不乐观。"

"我去办一下手续，过几天就转院。"我说。

爸爸还在昏睡中，送走他们后，我一个人站在走廊里，望着积雪的远山。

临走前一天夜里，向大海替我在医院守夜，我回到家翻出了所有的现金和存折，又将一堆生活用品胡乱地塞进行李袋。

我听见有人敲门，是林小蝉。

"快进来吧。"我说。

"荷晴告诉我你明天要走。"

"是的，需要转院。"我收拾着东西。

"什么时候回来？"

"说不好。"

"那你手头有没有多余的钱？我最近需要些钱，没有的话和街坊邻居借点也行，我将来肯定会还。"

"等我回来再说好吗？"我有点心烦。

"有点来不及。"

我沉默了片刻，盯着她说："你什么意思？这个节骨眼儿上提钱。你不会是把我爸爸说要放弃治疗的话当真了吧？"

"怎么，你觉得我是来劝你不要拿钱给叔叔治病的？你是这样想我的吗？"

"欸……那倒没有。"我心乱如麻。

"我弟弟闯祸了……你要是帮一把，那我家……"

我听到是她弟弟的事，打断她："小蝉，我爸需要治病，我哪还有钱？"

"好……我知道你没钱。你放心，我自己想办法，以后我的事情你也别再管了。"林小蝉哭着摔门而去。

我愣在原地。

我一夜无眠，心如刀绞，用掉手中的钱和她结婚，是不现实的，爸爸的病拖不得，我不可能不去救自己的爸爸，我相信林小蝉会理解我的。

第二天早上大家来送我，林小蝉没有来。

爸爸还在昏迷。姑妈不能一起去，握着爸爸的手哭个不停，她害怕这是见爸爸的最后一面。我叮嘱荷晴替我去安慰林小蝉，我还是不放心，又和赵霜说了一遍。

我坐上救护车，徐三叔和向大海拉住了姑妈。

爸爸得病后，我第一次离开清泉县。我望着车窗外掠过的荒野，内心惘然。

在省医院里，没人陪我说话，我又不敢离开太久，闷了就一个人到医院大楼的天台上，眺望这座城市。

从天台望去，街上的行人如同蝼蚁，入夜后灯火绵延，望不到尽头。

我不禁想，千家万户都过着什么样的生活，不管他们经历着什么样的悲伤或欢喜，在人世间都渺小得像一粒尘埃，而天台上的我，是比尘埃更渺小的存在。

经过两个多月的治疗，爸爸渡过了难关，可是再也不能说话了，和我交流只能写字。

他醒过来后，在纸上写道："为什么不听话？"

"爸爸，我真的做不到。"我说。

他握住我的手，不再说话。

我办完出院手续，第一时间安排了回家的行程，再见不到林小蝉的话，我真的会疯掉。

经过一天的颠簸，我们回到了清泉县。

安顿好爸爸后，荷晴告诉我向大海和赵霜已经在饭馆等我了。

姑妈留下照顾爸爸，我和荷晴一起去了饭馆。

"你小蝉姐最近怎么样了？"我坐下便问。

"挺好……的啊。"荷晴说。

"叔叔病情怎么样了？"向大海问。

"脱离危险期了，可是以后说不了话了。"我说。

"哦哦。"

向大海平时废话连篇，荷晴也喜欢和他斗嘴，可他们几个人互相看了看，都低头不语。

我微微一笑："你们有什么事就说啊。"

他们三个还是不说话。

我更加不安起来，我对赵霜说："他俩不着调，你告诉我怎么了。"

"文生哥，你这些天挺累的，咱们先吃饭吧。"赵霜递给我一双筷子。

"你们让我怎么吃？"我更着急了。

"我受不了了，我说吧。早知道晚知道都要知道。"

向大海喘了一口粗气："文生，你要答应我，听完先好好吃饭，别太激动。"

"你说话从来都是直来直去，今天怎么变得磨磨叽叽的，是不是林小蝉出事了？"我迫不及待地问。

"是，林小蝉和李一川结婚了。"向大海说完后，一动不动地看着我。

我问赵霜："小霜，他不是在开玩笑吧？"

赵霜双手握紧筷子："是真的。"

在她说完的一瞬间，我并没什么反应。然而，慢慢地，我觉得四周的空气一点点变得稀薄，除了我沉重的呼吸，身边的一切都不真实，呼吸带动着整个身体高低起伏，我的世界像黑白电影的片段，断断续续没有色彩。

"我不信，我要去找她。"突然，我站起来说。

向大海站起来，按住我的肩。那一刻我发现自己早已没有力气了，身子一软，坐在了椅子上。

"哥，我妈不知道怎么和你说，才让我们告诉你。大家都难以接受，但这是事实。"荷晴说。

"我们三个都去找过小蝉姐，试着说服她，可她很坚决。"赵霜说。

荷晴委屈地说："我们也不知道怎么会弄成这样。"

"我们真的尽力了。每个人去了好几趟，后来就连徐三叔和青田都去找过她。我们都劝她，可她一点也听不进去。"

我呆呆地看着桌上的两瓶白酒。

"我们喝点酒，一醉解千愁。"向大海打开一瓶酒。

我刚喝了一口，就不停地咳嗽。

我平静了一些："你们说吧，到底怎么回事？"

"就在舅舅住院的时候，她家吃了官司，我们怕你分心，都没告诉你。"荷晴说。

"林小蝉她爸爸欠了赌债，和上门讨债的人打了起来。"

"也不知道是谁推了一把，一个讨债的人摔得不省人事。听说，受伤的那个人本来就有病，不给钱就要吃官司，林家父子和唐雁都要坐牢，是李一川拿出全部积蓄，帮她家赔了钱又还了债，事情总算是摆平了。"

"再后来，林小蝉就嫁给了李一川，上个月办的婚礼。"

"李一川的家境也不符合林小蝉她妈妈的标准，真是想不通。"

"她为了自己和儿子不进监狱，也就不在乎了。"

"大概那时候没人愿意掏钱，他们只能指望李一川了。"

"这不是把林小蝉卖了吗？"

"那小蝉姐也不会同意啊，她和我哥那么好。"荷晴说。

向大海摆了摆手："别去猜为什么了。这顿饭不是给文生接风吗？先吃饭。"

"哥，你走之前和小蝉姐为什么吵架？"荷晴问我。

我觉得再说什么也没有意义了，拿起筷子说："都是些误会，没什么，就算没有误会，我也拿不出钱来。咱们吃饭吧。"

我吃了口东西，却控制不住干呕起来。

我经常冒出去找林小蝉的念头。

有一天我路过李一川家的楼下，不由自主地溜到了楼道里，盯着门上红色的喜字看了许久。

从那天起，我才真正相信这一切已经发生了。

我白天照顾爸爸，晚上就溜到向大海家。他陪着我通宵喝酒、看电影，像照顾孩子一样给我做夜宵。不到一个月，我就看完了他家所有的碟片。

🥄 第五章

春天还是来了。

林小蝉就在对面，我尽可能不与她对视。

开张那天，汪婶步履蹒跚地和大家打了招呼："我这身子骨算是不行了，以后这个摊子就交给我闺女了。她等会儿就来，大伙儿帮忙照应着点。"

"真的假的啊，去年不还好好的吗？"八婆说。

"这种事还能骗你吗？以后少了我和你斗嘴，你就偷着乐吧。"

"那多没意思，等病好了，早点回来。"八婆压低声音。

我们见汪婶脸色不好，都回她说："好，你放心，快回家歇着吧。"

"按理说自己家的闺女，我也不忍心让她出来摆摊，可谁让咱们没能耐呢。"汪婶在我身后坐下来。

"汪婶你别这么说。我觉得在夜市挺好的，彼此间都有个照应，这可比在外面打工受气强多了。"荷晴说。

"还是你这丫头会安慰人。我闺女和你差不多大，有你们在这儿，她也有个伴儿。"汪婶挤出一丝笑。

"荷晴，你去送送汪婶。"我说。

"不用了。你们干活吧，我自己能回去。"汪婶扶着腰一步一步消失在街口。

过了一会儿，一个熟悉的身影来到汪婶店铺前。

"赵霜？"荷晴有点吃惊。

"没想到咱们的摊位离得这么近。"赵霜牵起荷晴的手。

"我们一直就在这摆摊啊。原来你是汪婶的女儿，哈哈，好巧啊。"

向大海咧嘴笑了起来："汪婶总说自己年轻时有多漂亮，她当年要是和你一样，这话我还真得信了。"

"怪不得我认识你的时候，觉得你的名字耳熟。"我说。

"那这么说，小蝉姐也在附近了。"

赵霜望向马路对面，林小蝉站在摊位前微微一笑，远远地和赵霜打了个招呼。

夜市的氛围变得有些微妙，初春的客人并不多，林小蝉结婚的事儿，本该是大家最关心的，但大家又不好当着我的面提起，聊别的话题又显得是在刻意遮掩，周围安静得出奇。

林小蝉极少再到街这边，荷晴也不怎么过去了，连向大海也学会了沉默寡言。

徐三叔抽着烟，叹了口气，用余光扫我一眼，摇了摇头，欲言又止。

荷晴受不了大家静悄悄的，手头正好也没什么活，早就不知道溜到什么地方去了。青田守着摊子，只能干着急。

而我像一个没有剧本的演员，尴尬地站在台上，做什么都显得心虚。

赵霜、徐三叔、我和向大海的摊位连在一起，我们的安静让周围的闲言碎语尤其清晰。

"倒也正常，这年头能嫁给住楼房的，当然不嫁给住平房的。"

"我听说是林家吃了官司，才整这么一出。"

"真有意思，两个大小伙子被林小蝉玩得团团转。"

趁着林小蝉不在，八婆提了提嗓门："一个个的，都别在背后叽叽喳喳的。这年头漂亮姑娘能出来干活没出去卖就不错了，怎么谈个恋爱还要三从四德从一而终啊。少议论别人家的闲事，小心自己倒霉。"

短暂的沉默后，大家又像什么都没发生一样，各忙各的去了。

"八婆够仗义啊。"向大海说。

"她是怕文生听着难受。"徐三叔擦完桌子，看了看我。

向大海和他对视了一眼，又都不说话了。

我倒腾着桌上的瓶瓶罐罐，假装一切与我无关。

我偷偷瞥了对面几眼，林小蝉闲下来的时候，和以前一样在灯下看书，整个晚上我胸口都透不过气，恨不得一下子跳到夏天，用忙碌代替煎熬。

"怎么没见你来过店里？"徐三叔问赵霜。

"以前我和我爸在外地打工，去年冬天我妈病了，我才回来的。"

赵霜弄好生煎包，拿给我们："你们快尝尝，我怕我做的和我妈做的不一样。"

"汪婶她得了什么病，严重吗？"荷晴边吃边问。

"检查说是胃癌，要做手术。"赵霜说。

"还差多少钱？"

"还差三万多，我和我爸打工挣了一些，到时候再和亲戚借点。”

“小霜你放心，我是一人吃饱全家不饿，到时候差多少钱我帮你出一份。”向大海率先开口。

“谢谢你，大海哥。”赵霜说。

“小霜，你知道我家的情况，到时候也不知道能拿出多少，不过我肯定尽力。”我说。

赵霜道了谢，又问：“我做的生煎味道怎么样？”

“还真和汪婶做的不是一个味道。”向大海又拿起一个生煎包塞进嘴里，眯着眼睛不说话。

“哎呀，这可怎么办？”赵霜跺了下脚。

荷晴和向大海笑了出来，异口同声说：“比你妈妈做的好吃多了。”

“你们没骗我吧？”

“你不信我俩，总该信他吧。”向大海指了指我。

我连忙点头说：“是真的好吃。”

等大家散开后，赵霜悄悄对我说：“荷晴有新男朋友了，你知道吗？”

对于荷晴的事情，我已经习惯了后知后觉，摇头说：“我还真不知道，她没告诉我。”

“也许她不希望青田知道，就没告诉咱们。”

“她新男朋友是谁？”我问。

“我也不知道。她最近走得早，大家都在摊上忙活，我也是碰巧看见的。那天她上了一辆黑色轿车，应该是个有钱人。”

赵霜凑过来说：“荷晴做事欠考虑，我怕她吃亏，你要留意些。”

“好，谢谢你，小霜。”我点头应道。

我思来想去，决定在事情弄清楚前先不告诉姑妈。我旁敲侧击地问了荷晴几次，却都被她搪塞过去。

清明节那几天，一直在下雨。

趁我闲在家里休息，姑妈带着荷晴来给我们做饭。

吃饭的时候，荷晴冷不防地问姑妈："你不是不喜欢青田吗？我要是找个有钱的男朋友，你能同意吗？"

荷晴这一问，让我猝不及防。

没等我说话，姑妈直接答话："行，你要是能找个条件好的我就同意。"

不出所料，姑妈中了荷晴的圈套。

"这可是你说的。"荷晴抬起头说，"我交了个男朋友，家里是做生意的，特别有钱，对我也不错。这下子你该满意了吧？"

姑妈瞪大眼睛看着我，我露出无辜的表情。

"我哥他不知道。"荷晴夹了一口菜。

姑妈不想丢面子，硬着头皮说："我看我是管不了你了，你自己看着办吧。"

我只管埋头吃饭。

"我吃完先走了。"荷晴收了自己的碗筷说，"这回别管我了，我肯定不去找青田。"

姑妈憋红了脸，等荷晴走远后，对我抱怨："这疯丫头真是要翻天了，怎么神不知鬼不觉地又弄出一个男朋友？"

"姑妈你别生气，也许这个你会满意呢。"我怯怯地说。

"最近你看好荷晴，别再出什么差错了。"姑妈说。

我连连答应，心里暗自叫苦。

送走夜里最后一拨客人，青田坐到我身边小声问我："荷晴最近总是躲着我，别人和我说她已经有新男朋友了，是真的吗？"

我支支吾吾答不上来。

青田心里也明白了，结结巴巴地说："我知道一定是这样，我早知道自己配不上她。"

"你不要这样想，也许她就是最近心情不好。"说完后，连我自己都觉得这样的安慰苍白无力。

青田掉下几滴眼泪。

徐三叔看见了，坐过来拍了拍青田的肩膀："男子汉大丈夫有什么过不去的坎？哭哭啼啼的，像什么样子！"

"三叔，你就让我哭吧，哭出来我就好受了。"青田哭得更凶了。

那一刻，我竟有点羡慕青田，他可以不隐藏自己的情绪，而我心底的悲伤像暗夜里落在岩石上的水滴，只能听见滴答滴答的回声，直到某一天水滴石穿。

青田回到对面，我发觉向大海似笑非笑，两只眼睛在他胖嘟嘟的脸蛋上眯成缝，以往他应该义愤填膺，替青田鸣不平才对，再大声骂几句荷晴的新男友方才解气。

我说："你怎么还幸灾乐祸？"

"我哪有。"他收住笑容。

"我看你都快笑出声了。"

向大海怕别人听见，神秘兮兮地在我耳边说："我感觉荷晴和这个男的也处不长。"

我白了他一眼："你什么意思？"

我见他没有回答，肥胖的脸上挂着隐藏不住的笑意，已经猜到了一二。

"你是不是对荷晴有意思？"我问他。

"哎呀，你怎么知道的？"向大海盯着我。

"我认识你可比荷晴早，你小子想什么我能看不出来？"

我叹口气问他："你什么时候开始喜欢她的？"

"过年聚会那天。"

向大海贴在我耳边说："我不是和她去我家看电影了吗，那时候我就想，要是能把她娶回家就好了。"

我莫名地无语。他喜欢一个人的时间，居然可以精确到某一天，但转念一想，我又有些理解他。向大海受够了孤独，荷晴那天夜里陪他看电影，也许在那一刻向大海就想通了，他需要的就是荷晴这种姑娘的陪伴。

向大海用力拉住我："你可千万别告诉他们，尤其是青田，之前我是不想当第三者，等这一次荷晴分手，我一定要把握住。"

"你们一个个的都不正常。人家两人刚在一起，你就指望他们分手，你要不要脸？"我懒得理他。

向大海也不着急收摊，美滋滋地在摊桌旁坐下，眼睛眯成一条缝，不知道在想什么。

过了两天，向大海到我家找我。

"我思来想去总觉得对不住青田。"向大海纠结着说。

"你知道就好。"我说。

"文生，你得帮我，我是真的喜欢荷晴。"

"我认识你这么多年，当然知道你不是虚情假意，可荷晴现在有男朋友，我想帮你也没法帮啊。"

"先搞定青田，剩下的以后再说。"

我受不了向大海的软磨硬泡，郑重地说："大海，荷晴是我妹妹，不管怎么样你别对不起她。"

向大海拍了拍胸脯："文生，我如果对不起荷晴天打雷劈。"

"行了，别来这一套。你明知道我心里肯定是向着你的。那你准备怎么和青田说？"

"用男人的方式。"向大海说。

所谓男人的方式，无非是喝酒。当天我俩拉着青田在小饭馆里喝得烂醉如泥。

"文生，女朋友被人抢走这事你比较有经验，你和青田再喝一杯。"向大海挥舞着手臂。

"你等着。"我恶狠狠地瞪了他一眼，又和青田喝了一杯。

"文生哥，你说为什么每次喝酒的时候，天都会下雨，是不是老天故意让气氛变得伤感？"青田看着窗外说。

我使劲揉了揉太阳穴："不下雨的话，我们都得出摊啊。"

向大海见青田已经醉了，拍着桌子说："荷晴被人抢走了，咱们不能就这么咽下这口气。"

"对。"青田也拍了下桌子。

"便宜谁也不能便宜了那小子。"

"对。"

"咱们得去把荷晴抢回来。"

"对。"

"人多力量大，咱们一起去。"

"对。"

向大海和青田一人一句，我完全插不上话，青田转过来对我说："文生哥，你也去追，咱们总有一个人能把荷晴从那小子手里抢回来。"

"青田，你忘了吗？我是荷晴的哥哥啊。"我无语地挠了挠头。

"这都不重要。"向大海打断我，"我一个就够了。"

"好，大海哥，就你去，帮老弟出了这口恶气。"

向大海也喝多了，回去的路上，一直捂着肚子。

"我就喜欢荷晴活泼开朗的样子。"向大海笑嘻嘻地说。

"你是情人眼里出西施，我反倒希望荷晴沉稳一点。"

"你说的是林小蝉和赵霜她们，你就喜欢文静的。"

"扯她们干什么？"

"不管你信不信，林小蝉结婚了，我觉着你和赵霜早晚会走到一起。"

"你又开始说胡话。"我推了他一把。

"信不信由你。"

我岔开话题："青田虽然这么说了，可你将来要是和荷晴真的在一起了，他也不会好受。"

"我知道。要干什么，我比谁都清楚，其实就是给自己找个借口，要不然师出无名。"

从那年五月开始，夜市比以往更加热闹。

汹涌的人流像洪水一样冲刷着我们的记忆。每天黄昏后都要连续忙上好几个小时，大家都无暇闲聊，更无暇多想，我反而感到自在。

过去的总要过去，至少我要表现得豁达一些，维持自己的风度，况且大家总不能因为我一直避开林小蝉。

随着夏天的到来，一切仿佛又回到了从前。

向大海取悦荷晴的方式，从讲故事转为吹嘘自己。听着他整天语无伦次，我在一旁哭笑不得。

林小蝉小腹渐渐隆起，大家才知道她有孩子了，荷晴和赵霜母性泛滥，整天围着林小蝉转。

"不知道里面是男孩还是女孩。"荷晴看着林小蝉的肚子。

"都说男孩在肚子里不老实，女孩不爱动弹。"赵霜说。

"那我这八成是个女孩，这个孩子从来没有给我添过乱。有人怀孕又头晕又恶心，我一直还好，什么活儿也没耽误。"林小蝉说着，就要去搬餐车里的液化气罐。

荷晴上前一把抢过去："以后这种小事让我们来。"

八婆嗑着瓜子，在一旁和几个女人议论着。

"林小蝉怎么不回家歇着呢？"

"家里缺钱呗。她和李一川结婚，也欠了些债，别看结婚结得快，可没想的那么容易。"

"那倒是。等孩子落地了，花钱的地方就更多了。"

"听说李一川不送货了，改行去开出租车了。"

"是啊，现在街上叫蹬三轮的不时兴了，都改打出租车了。"

"怪不得最近没见他来接林小蝉了。开出租车那活也不容易，从早干到晚，天天坐着。"

徐三叔望向夜市的尽头，深吸了一口烟说："大家都不容易。这条街上，家家户户各有各的苦，要不然谁愿意早出晚归风吹日晒呢。"

"你从前当兵的时候不苦吗？"八婆大声问。

"怎么不苦。我当兵的时候每天步行二十多公里，迎着风雪站岗。我们这些当兵的没赶上打仗，打仗的时候更苦。以前我们经常围着火炉听老营长给我们讲战场上的事，他有不少战友都牺牲了。"

"那你怎么还觉得现在苦？"八婆又问。

徐三叔想了想说："感觉不一样，不知道怎么说。有些苦是该受的，有些苦是不该受的。历史只会记住战争年代的牺牲和流血，不会记住和平年代人们内心的挣扎。"

"哈哈，你这人老还老出文化了，这话有点像文生说的。"八婆若有所思。

"徐三叔这话，比我有水平。"我跟着笑了笑。

自从李一川去开出租车，林小蝉每天都很晚才收摊。她要等街上的摊子都撤走，出租车才能开进来，让李一川也能抽空吃一碗小馄饨。

夜里，我在店里维修老化的电路，出来后整条街只剩下林小蝉一个摊位，她刚好收完摊。

我正要关门回家，她走了过来。

林小蝉帮我捡起落在地上的手套，我看不清她的眼睛，只觉得我和她之间隔着一层薄雾。

她低头对我说："婚礼办得太匆忙，也没请你喝喜酒。"

"没关系，不好意思的应该是我，还没来得及给你们随份子钱。"我应了一句。

"文生哥。"她柔声叫我。

我心中一荡，只觉恍然，她的声音一下子把我的记忆拉回到和她刚认识的时候，她抱着书向我低头浅笑。

"怎么了？"我问。

"想和你说几句话，一直没有合适的机会。"

我不敢看她："你说吧。"

"那时我有我的难处，不管怎么样，请你不要恨我。"她语速控制得很好，让这句话显得没有一点情绪。

曾有多少个失眠的夜晚，我真的想痛恨她，可我没有理由，没有立场，甚至没有资格。听完她说的话，我才明白，我痛恨的是自己，我痛恨自己还在一刻不停地念着她。

那一刻我释然了，她就是有这样的力量。

我看着她点头说："嗯，好。"

林小蝉站在原地，好像想说什么。我也有一肚子问题想问她。可我们迟疑了一下，都没有说出口。

林小蝉对我笑了笑，转身离开，到摊位上推起餐车走进我身后的小区。

我差一点忘了，林小蝉的家已经不在城西，那条小巷也不是曾经的小巷，那里的月色也不是曾经的月色，那个熟悉的人，已经与我无关了。

晚风吹得广告牌噼啪作响，我用力锁上店铺的门。

我刚要走，一辆出租车停在路旁，我望见是李一川，他下车快步走向我。

"她刚走。"我以为他要找林小蝉。

"我不找她，我找你。"

"找我，怎么了？"我问。

"荷晴回家了吗？"

"我不知道啊，她早就走了。"

"刚才有几个人打车去夜场，我看见有个人好像是荷晴，她醉得不轻，和几个男人在一起。我一走神他们就不见了。"

"好，我马上去她家看看。"我紧张起来。

我刚要走，他拉住我："坐我的车。"

我们开车赶到姑妈家，荷晴果然没在。

我怕姑妈担心，编了个理由赶紧从屋里出来。

我们去找荷晴，顺路喊上了向大海。

向大海知道情况后，整个人慌了起来，握紧拳头恶狠狠地说："他们要是敢对荷晴做什么，我要他们的命……"

夜场那条街是这几年刚兴起的，大大小小的店有二十多家，平时鱼龙混杂。车辆行驶到街头，我和李一川正愁如何找起，向大海斩钉截铁地说："去里面倒数第二家。"

我和李一川满脸疑惑。

"哎呀，我跟踪她好几次了，错不了。"他急忙说。

我们下车冲进大厅，门口的服务员拦住我们。

"我们找人。"我说完就往里走。

"你们找谁？"又有几个服务员拦住了我。

"钱伟那个家伙在八号房间吗？"向大海厉声喊道。

"是……"他们见向大海报对了名字和房间号，也不再阻拦。

我们跟着向大海跑上二楼，走廊光线昏暗，各个房间里传出的歌声使得走廊里嘈杂纷乱，浓重的烟味熏得我直想咳嗽。

向大海不假思索地冲进八号包间，我和李一川也跟了进去。

沙发上的荷晴已经烂醉如泥，上身的衣服被酒淋透，身体的轮廓清晰可见，一个男人正在对她动手动脚。

我一把拉起荷晴，给她披上外套，对着他们喊："你们干什么？"

房间里的音乐声戛然而止，那个男人站起来说："哪里来的王八蛋，敢坏老子的好事。"

"我是她哥。"我说。

"你说你是她哥就是她哥啊，我还是她男朋友呢。"

"钱伟，你去死吧。"向大海不由分说，一拳打在他的脸上，那人向后一倒，撞翻了茶几。

"你他妈谁啊？"钱伟喊。

"钱伟，我早知道你不是什么好人，别在这儿跟我废话。你敢动荷晴，我今天要你命！"向大海指着他，愤怒地喊。

没等钱伟站起来，向大海又挥起拳头向他砸去。

包间里的五六个男人一起冲上去拦住他，他们推倒向大海，对着他疯狂拳打脚踢，我和李一川急忙上去帮忙。

钱伟抡起一个酒瓶，砸在向大海头上，酒瓶爆裂，碎片四处飞溅，众人一下子安静下来，我看见向大海的头上开始流血。

大家静止了几秒，向大海擦了一下脸上的血，冷不防拿起一个酒瓶，打在了钱伟头上，两个人都是头破血流。

"别打了，都住手。"经理带着一群服务员冲进包间，拉开了我们。

"我告诉你们，老子有钱又有人，你们死定了。"钱伟怒吼着。

"快报警。"经理说。

"等一下。"李一川喊道。

"怎么了，你们怕了？报警我奉陪，找人打架我也奉陪，你们想公了还是私了，我眨一下眼就跟你姓。"钱伟又要上前，几个服务员使劲拦住他。

"你今天是不是酒驾了？"李一川说完，见钱伟沉默下来，又说，"今天你酒驾撞到一个小女孩，那个小女孩伤得很重，她是我的女儿。如果今天的事情就这么算了，我就不和你追究，否则我就去法院告你。"

我和向大海一头雾水，便没打断李一川。

"你有什么证据？谁看见了？"钱伟反驳道，声音却明显小了很多。

"你肇事逃逸还嘴硬。过几天你有几个大单要签，你可要想清楚。"李一川说。

钱伟泄了气，咬着牙说："滚滚滚！今天算你们几个走运，那个妞以后也别让我再看见。真他妈晦气！”

我知道再纠缠下去我们不会占到任何便宜，抱着荷晴匆匆下楼。李一川开车把我们送到了医院。

向大海的头缝了好几针，荷晴一直昏迷不醒，向大海缝完针就守在荷晴的床边。

“她怎么样了？”我问医生。

“没什么大事。饮酒过量，加上受了点惊吓，明天早上就可以出院了，回家休息几天就没事了。”医生说。

我惊魂未定，和李一川走出病房。

“今天多亏你了，真不知道怎么谢你。”我说。

“没……没事，和我客气什么！”

“你什么时候有女儿了？”我问。

“其实他今天撞的是我一个同事的女儿。他逃逸了。我们这些出租车司机之间消息传得快，我就拿来唬他。”

“怎么不报警？”

“那女孩没事，我同事家也就忍了。我当时吓唬他的。”

“多亏你这个办法，要不然真不好脱身。”

“没办法，现在这世道，有时候总要耍些小聪明。”李一川点起一根烟。

“你什么时候开始抽烟了？”我和他对视一眼。

他被我这样一问，有点不好意思，连忙笑着解释：“夜里开车太困了，有时候挺不住了就抽点，也就偶尔抽两根。”

我也随着他笑了笑。

李一川深吸一口烟，缓缓吐出来：“哥，你相信正义吗？”

我望着窗外：“相信的人多了就会成真，我愿意做其中一个。”

“是啊，都说公道自在人心。可能是人心乱了，才会有越来越多的人不相信公理。"他皱了皱眉头说。

李一川的话让我对他刮目相看。他和我曾经有同一个爸爸，虽然他没有得到爸爸太多的关爱，但我清楚，他骨子里是正直的。

"幸好没遇见他。"李一川小声念叨道。

"谁？"我问。

"林志炎呗。你大概不知道，林小蝉这个弟弟现在整天在钱伟的身边鬼混。他今天不在，要不然更乱套了。"

我"嗯"了一声，不好再说什么，想来林家的烂摊子定然也让他不胜其烦。

"哥，你恨我吗？"他掐灭烟头，突然问我。

恰巧在同一天，他和林小蝉提起了这个话题，反而让我感觉自己很渺小。

无论是林小蝉的陈述还是李一川的疑问，也许谁都没想得到什么答案，没有人可以从言语中分辨我是真心还是敷衍，唯一的好处是大家把话说开了，彼此心里都会好过一点。

"当时的情况，我们没办法在一起，分开后她和谁结婚都是正常的，别有任何负担。"

李一川微微笑了一下。

"我得走了，明天早上还要出车。"

"好，你平时多注意休息，也别太拼了。"我说。

李一川看着我深深点了下头，又点起一根烟，转身走下楼梯。

姑妈到了医院吓得够呛，坐在床头哭了起来。

我看了眼墙上的挂钟，拍了拍姑妈说："姑妈，你别哭了，荷晴她没事，我先回家了。我爸爸自己在家，我不放心，我一会儿再回来。"

"你走吧，我会一直守在这儿。"向大海说。

第二天早上，我来到医院，在走廊里就听见姑妈喋喋不休的声音，荷晴躺在床上，看样子是刚醒。

向大海看见我来了，不停地向我丢眼色。

我快步走上前说："姑妈，荷晴还需要休息，你别生气了。"

"好在你们几个及时救出荷晴，要不然她有个三长两短，可怎么办？"姑妈擦了擦眼泪。

"你得谢谢他。"

我指向向大海："是他带我们找到荷晴的。"

"哎呀呀，这孩子昨天一直在帮忙，一夜也没休息，荷晴有你这个朋友真是谢天谢地。"姑妈说。

向大海扑通一声跪在了地上："阿姨，请您允许荷晴嫁给我。"

向大海的头上还缠着纱布，目光异常坚毅。

我目瞪口呆。

姑妈也吓了一跳，盯着跪在地上的向大海说不出话。

"您要是不同意，我就长跪不起。"向大海又说。

这样的情节应该出现在电视剧里，男主角和女主角的爱情被女方父母反对，长跪不起表达决心，迫使女方父母同意。但向大海明显搞错了顺序，我没记错的话，荷晴还没有同意和他交往。

"哎呀，哎呀，哎呀呀。"姑妈慌了神。

"向大海你还没问过我愿不愿意呢。"荷晴虚弱地说。

"阿姨答应了，你不也就跟着同意了。"向大海说。

向大海的逻辑让我深深折服。我真的很想知道，如果我不说话，他一直跪下去会是什么结果。

可我受不了病房里其他人投来的目光，上前拉起向大海，对着姑妈解释道："向大海平时一直对荷晴不错，他这头上的伤就是昨天救荷晴时被打的。"

122

姑妈被向大海搞得晕头转向，我推着她往外走："姑妈，你一夜没睡，先回家休息吧，我俩在这就行了。"

姑妈走后，荷晴从床上爬起来："我妈总算走了，我都不敢动弹。"

"你装病躲得了今天躲不过明天，等你回家你妈非打死你。"

我又问向大海："刚才来的医生怎么说？"

"没什么事，今天就可以出院了。"向大海说。

"可是我肚子疼。"

荷晴说完，额头已经见汗。

"你演得可真像，哈哈。"向大海笑道。

"我没装，真的。"荷晴呻吟着。

"护士，这边病人有情况。"我喊道。

荷晴检查出急性阑尾炎，继续住院。

荷晴虽说受了些罪，可彻底逃过了姑妈的责骂。姑妈告诉大家荷晴是因为阑尾炎进了医院，她觉得这个理由不至于让外人嚼舌根，颇为满意。

向大海有了在医院照顾荷晴的机会，自然不会放过。

赵霜买了些水果来看荷晴，我送走赵霜后，在一旁默默削着苹果，听着向大海和荷晴的对话。

"你怎么知道我在哪个包间？"

"我不是说过吗？我曾是行走江湖的大侠，大侠怎么能不会跟踪人？"

"你居然跟踪我。"

"我那是保护你。"向大海摸摸头，"你看看，为了救你受的伤。"

"真没想到钱伟是这种人，以后再也不见他了。"

"嗯嗯，以后你得和我好。"

荷晴笑了。

"他们不会来报复我们吧？"荷晴想了下，问道。

"放心，我寸步不离地保护你。"向大海拍了拍胸脯。

这样一来，我只能自己出摊，忙得焦头烂额。赵霜见我忙不过来，时不时地过来帮我。

荷晴出院后，与向大海整天腻在一起。也许对于向大海来说，那个夏天的风都是甜的。

姑妈并没有反对向大海与荷晴来往，荷晴上次的事给她整怕了，她认为有钱人不一定可靠，而且在荷晴住院的半个月里，向大海尽心尽力的照顾让姑妈很感动。

姑妈提了两个要求，一是向大海要盖一间差不多的房子，不能让荷晴在破房子里结婚；二是让向大海适当减肥。

向大海得知后欣然同意，减少了吃喝玩乐的花销，开始精打细算，同时也开始减肥，一段时间后真的瘦了不少。

荷晴不在的时候，向大海见人就不停诉苦："丈母娘让老子在夜市减肥，守着这么多好吃的，造孽啊。"

青田在对面扩大了经营，卖熟食改成了烤鱿鱼。自从他得知向大海和荷晴在一起了，他也不怎么再到街这边来，大多时候都埋头烤着鱿鱼。

那年夏天雨水稀少，夜市每天的行人川流不息。我拖着疲惫的身体起床，时常从早忙到晚，连续几周也休息不上一天，直到银杏叶悄然变黄。

十月中旬的一天夜里，我们正招呼客人，身后有人大喊："着火了。"

混乱中桌椅倒成一片，向大海摊位上的液化气罐剧烈地燃烧着，液化气罐离我不远，我胆战心惊，一连后撤好几步。

街上的行人一哄而散，林小蝉在马路中间，不小心被人撞到，脚下没站稳就要往后倒，好在徐三叔一把抓住了她。

徐三叔和赵霜要拉林小蝉走，她却捂着肚子瘫坐在地上。

"快跑啊，要爆炸了。"众人喊着，离得更远了。

我望着液化气罐上的火苗，努力让自己冷静下来。

不能爆炸，否则后果不堪设想。想到这里，我拿起一块湿毛巾，冲了上去。

"你快过来，不要命了吗？"向大海大喊。

我用力拧紧了阀门，然后退到远处。火苗熄灭后几分钟，液化气罐也没有爆炸，所有人松了一口气。

"大家散了吧，等消防员来处理。"徐三叔喊道。

大家围过来："文生真有你的，看不出来你胆子还不小。"

我望见林小蝉的脸色不对，穿过人群问她："你没事吧？"

"快送我去医院，我……我……肚子疼。"林小蝉满头大汗。

"哥，小蝉姐好像流血了。"荷晴惊呼。

我来不及多想，抱起林小蝉奔向医院。

好在医院就在夜市路口的对面，不到十分钟我们就送她进了医院。

"快送她去妇产科，恐怕要生了。"护士说。

我们帮着护士将林小蝉送进产房，焦急地等在外面。

楼下传来急促的脚步声，我知道是李一川来了。他大口喘着粗气，向我点了点头。

"会没事的。"我走过去，拍了拍他的肩膀。

凌晨时分，林小蝉生下一个男孩，母子平安。

方姨抱着孩子走出产房，我们围了上去。

"你看他的眉眼多像小蝉姐。"荷晴小心翼翼地摸了一下孩子的手。

"你别吓到孩子。"向大海小声说。

"老天保佑，有惊无险。既然没事，咱们就走吧，小蝉姐还要休息呢。"赵霜说。

我回头看了看襁褓中的小男孩，他闭着眼睛，不理会这个世界。我第一次感受到生命原来可以如此透明而柔软，那一刻我特别想抱抱他。

后来，林小蝉为这个男孩取名李墨。

秋末的夜微微转凉，荷晴打了个喷嚏，向大海脱下自己的外套，披在她身上。

夜市的路口传来一阵喧闹，一个疯女人跑了进来。那女人见人就笑，起初行人只是躲着她。她在街口的几个小吃摊上拿了吃的便走，也不给钱，几个摊主追问她，她受到了惊吓，撞开行人拔腿便跑。

徐三叔忙着拌面，抬头看见她，猛地一惊，撇下手里的东西，冲上去抱住她，对追来的几个摊主说："这是我老婆。我给钱，我给钱……"

那女人被徐三叔这么一抱，像是丢了魂，眼中满是恐惧，发疯似的挣扎起来。

"文生，你帮我给钱。"徐三叔回过头来对着我喊。

"好。"我连忙答应。

徐三叔抱紧妻子，头也不回地穿过人群，在众人的目光中消失在街道尽头。

"从来没听说过徐三叔有媳妇啊。"向大海满脸疑惑。

"只是你们小辈不知道罢了，我勉强知道一点，就不胡说了。我这张嘴给我惹了不少麻烦，我也学着积点口德。"八婆说。

徐三叔再回来已经十点多了，他像没有看见我们似的，默默收拾着摊位。

向大海憋不住了，走到徐三叔前面问："这是怎么回事啊，三叔？"

徐三叔没有回答，坐在凳子上像孩子一样哭了起来。

"老徐啊，有什么话你就说吧，别让孩子们着急了。"八婆走过来。

"你说吧。"徐三叔说。

"我就知道你家有个疯女人，以前没听说她跑出来过啊。"八婆见到徐三叔这样，也没敢多嘴。

"以前我出门的时候，都把她留在家里，也不知道最近怎么了，她的病好像重了不少，开始不听我的话了，我就把她锁在家里，可她撬开窗户跑了出来。"

"怎么能把人锁在家里呢？"荷晴说。

"现在她什么样你们也看到了。"徐三叔无奈地摇了摇头。

"有没有去看过医生？"我问。

"早就看过了，没办法。"

徐三叔点上烟抽了一口，眼泪又流了出来："都怪我没照顾好他们娘儿俩。"

"徐三叔你还有个孩子？"赵霜问。

"那年我还在部队，她带着儿子去看我，谁想到孩子在火车站丢了。"徐三叔擦了擦眼泪。

我们几个深吸了一口气，不敢插嘴。

"孩子丢了后她就疯了，我也从部队回到清泉县照顾她。这么多年了，也不知道我的儿子在哪里，是死是活，哪怕让我们见上一眼也好啊……"

我等徐三叔哭了一阵，蹲坐在他身边说："总把阿姨关在家里也不是办法，正常人闷在家里都要闷出病的。"

"我最近一直想把她带出来，她现在的情况，一个人在家我也不放心。我就是怕她来了，给咱们闯祸啊。"

"咱们这么多人，一起帮你看住她，不会出事的。"赵霜说。

"咱们今年也快停业了，冬天我多陪陪她，看看她能不能好一点，实在不行也只有这么办了。"徐三叔长叹一声。

空旷的街上吹起了悲凉的风。

我们收拾完，夜已经深了。

我走在回家的路上，想起徐三叔说过的话："这条街上，家家户户各有各的苦，要不然谁愿意早出晚归、风吹日晒呢？！"

我家里有常年卧床的爸爸，向大海自幼父母离异，荷晴的爸爸死在了工地，赵霜要照顾生病的汪婶，林小蝉的爸妈一直在给她找麻烦……

可我一直忽略了徐三叔，这让我很懊恼。徐三叔带着我在夜市摆摊，帮我渡过了最大的难关，而我却从来没有关心过他的苦楚。

那一刻，我对苦难生出了一种前所未有的厌恶，恨不得将它揉烂撕碎。因为苦难让我们对生活麻木，我不喜欢一个麻木的自己。

半个月后寒流来袭，街边冷得坐不住了。

赵霜收拾好店铺，关上了门，出发去省医院给汪婶治病。

"小霜，这是我的一份。"徐三叔把准备好的一沓钱塞进赵霜手里。

"这是我的一份。""还有我的。"青田、向大海和我一股

128

脑地把各自的钱塞给她。

"真的不用。"赵霜双手放在身后，一个劲地摇头。

"出门在外花钱的地方多，有备无患。"我说。

"汪婶对我们那么好，我不能见死不救。我还等着她回来和我斗嘴呢。"向大海笑眯眯地说。

荷晴上前拉出她的手，把钱塞了进去："你一定要拿着，出门在外能多吃几顿好的也行，总不能辜负大家的一番心意。"

八婆也凑过来塞给她一沓钱："我可不想你妈死太早。大家都拿钱了，我要是不拿，以后让我在这片怎么混。"

徐三叔望着走远的赵霜，缓缓地说："明天再干一天，今年我也关门了。"

"不等我们一起了？"我问。

"觉得没劲了。"徐三叔说。

我以为徐三叔是因为妻子的事，可八婆接上了他的话："明天干完我也不来了，感觉没劲了。"

"你们几个小羊羔子自然不懂。辛辛苦苦好几年，挣点钱，一场病全搭里面了，有时候真不知道活着图个啥。趁着能歇息就歇几天，要是哪天得了病，整不好还要出来挣钱，死都死不清闲。"

八婆坐下捶了捶膝盖接着说："我们这个岁数，谁身上没点毛病，只有自己心疼心疼自己了。"

林小蝉、徐三叔、八婆和赵霜都不出摊，我和向大海总觉得空落落的，索性也跟着停了业。

没有故事的冬天过得飞快，好像在温暖的被窝里睡上一觉，醒来后就已经莺飞草长。

汪婶的手术很成功，开春后重新回到夜市。荷晴要在我和向大海两个摊子上干活，徐三叔的摊子缺人手，赵霜便留下来帮徐三叔，也顺便照看汪婶。

徐三叔的妻子秦彩凤，我们都叫她凤姨。徐三叔每天小心翼翼地带着她一起来。

起初她并不习惯人多的夜市，像一尊雕像一样坐在角落里不说话，过了半月也能和我们简单说几句话，开始张罗着干些小活。她偶尔冒出几句疯言疯语，大家也不介意。

自从凤姨来了后，八婆和汪婶倒是收敛了不少，她们怕哪句话说不对了，惹得凤姨发了疯。

可谁也没想到，凤姨最喜欢的不是林小蝉、荷晴和赵霜这三个丫头，也不是我，而是向大海。

向大海从不担心自己说错什么，反而认为凤姨是"心病还须心药医"，坚信自己总有一天会把她的心结说通。

凤姨也习惯了坐在我和向大海的摊桌中间，听向大海东拉西扯。向大海手里挥舞着做麻辣烫的勺子，像老师挥舞教鞭一样意气风发。

我们从来没有把她当疯子看待，只有徐三叔特别紧张，每次都在我耳边说："你俩看紧点，有不对劲的苗头赶快喊我。"

我彻底接受了林小蝉离开我的现实，压抑在心底的痛如沉船沉入深海。我望着街道对面的林小蝉，有时候甚至觉得她和街上往来的行人一样，都只是过客。

我仰起头闭上眼，记忆中闪过一个又一个夏天，弥漫着烟火气的夏天。

☯ 第六章

　　向大海用盗版光盘看完《黄飞鸿》后，热泪盈眶："太好看了，我又找回了年轻时闯荡江湖的感觉。李小龙也算有接班人了，李连杰也姓李，你说他们是不是有亲戚关系？"

　　"我也姓李，和他们都没有亲戚关系。"我说。

　　"老板，来两份麻辣烫，多放醋。"客人坐下喊。

　　向大海答应了声，又对我说："有时间你一定要去我家看那几部电影。"

　　"我早看过了。"我不屑地说，"你以前不是说了吗？香港回归前，坚决不看港片，所以我看的时候没喊你。"

　　"幸亏香港回归了。"向大海仰天长叹。

　　"我一直没告诉你，你以前最喜欢金庸的武侠小说，金庸也是香港人。"

　　"老子后悔了，谁能想到这么好看，还有什么好看的电影快告诉我。"

　　"你最近不是跟荷晴闹别扭么，我劝你俩一起看个爱情电影。《泰坦尼克号》听说过没？"

　　"外国片？"

"嗯，怎么了，又不能看了？"我瞅着他。

"那我尽量带着批判的眼光去看。"向大海说。

林小蝉闲暇时又开始看书，她的习惯一点也不像周围的已婚女子，不打麻将，不追剧，也不跳舞，极少聚会，我总觉得她的心中还有执念。

方姨的身体一直不好，李墨一岁多的时候，就跟着林小蝉一起出摊，幼小的他坐在摊位后面，眼睛一眨一眨地望着行人。

"妈妈，肚肚饿。"小墨清脆的声音犹如夏夜的凉风穿过街道。

荷晴拿起我做好的香肠跑了过去："宝贝快吃吧。"

"小孩子能吃这个吗？"赵霜拦住她。

"这是我哥特地给小墨做的，没放盐，也没放调料。"荷晴仰了仰下巴说，"要说细心还得是我哥。"

林小蝉微微笑了笑说："孩子这么小就跟着我，也不知道他愿不愿意。"

"夜市无非是闹了点，有这么多人喜欢小墨，他一定很高兴。"赵霜抱起小墨。

"你看这孩子笑得。"荷晴从赵霜怀里抱过孩子，"他肯定坐不住了，我带他出去转转。"

荷晴抱起李墨，在夜市里来回穿梭。

凤姨呆呆地望着荷晴的背影，低声重复着："孩子，我的孩子呢……"

不知道水街夜市会在小孩子的记忆里留下什么，是夹杂着小吃香味的晚风，还是流动着美食的盛宴，或者是我们这些叔叔阿姨对他的唠叨。而那些藏在我们内心深处的辛酸和挣扎，小孩子不会有任何察觉，我们也希望他永远不要明白。

转眼李墨已经三岁了，他躲着林小蝉钻到我的摊桌下面，仰着头小声说："老李，给我一根香肠好吗？"

我拿了根香肠偷偷递给他："吃完赶快回去，你妈妈找不到你会着急的。"

李墨连连点头："我偷吃，她会打我，你不要告诉她。"

"嗯，这是咱俩的秘密。"

我笑着摸了摸他的头。

"小机灵鬼。"荷晴也装作没看见他。

我经常想，时光就这样消逝在夜市上也好，可爸爸和姑妈不这么想。爸爸不能出门，给我介绍相亲对象的任务自然就落到了姑妈身上。

姑妈托人为我介绍了个叫林芳的姑娘。

姑妈打听到那姑娘长相和人品都不错，在服装厂工作，虽然挣得不多，但勉强也算稳定。她和我一样也读过高中，因为这一点，姑妈安排我们见面非常积极。

饭桌上，姑妈不停地对我说起林芳的各种好。

"你也不问问我哥什么想法。"荷晴低头吃着饭。

"死丫头，哪有你的事。"

姑妈伸手掐了荷晴一下："你倒是有着落了。向大海这孩子也真是的，和我置什么气，非要等新房子盖好了再结婚。你俩要是去年结婚，我现在都能抱上孙子了。"

"这事儿不是当初你提的吗，现在怎么又怨别人了？"荷晴噘着嘴说。

姑妈哼了一声："我当初故意拖一拖你们，还不是怕你没个正形，没过几天又换男朋友。"

"我就知道到头来都是我的错。"

荷晴对着姑妈吐了下舌头，又小声对我说："哥，不管怎么样，你都要去看看，要不然你爸得急死。"

"你用正常声音说就行，你舅舅睡了。"姑妈指了指屋里，又说，"其实我是真心相中赵霜那个丫头了，我感觉她对你也有点意思。"

"姑妈，你可别乱说，我对小霜可没想法。"我连忙说。

"我有一次去夜市，偷偷探了口风，老汪婆子竟然一点没松口，真是气死我了。"姑妈说。

"亏得我哥平时对她那么好。"荷晴说。

"你们也别这么说汪婶。咱们家负担有点重，谁愿让自己的闺女来咱们家遭罪。"我说。

姑妈点了下头："你也老大不小了，日子总要继续过，见面了多和人家聊一会儿，人家没计较咱们家的情况，委实不容易。这世上也没有十全十美的事，有时候就算不情愿，也得将就点。"

我猜这些话应该也是爸爸的意思，叹了口气说："你和我爸都放心吧，我一定和她好好聊。"

林芳定的见面地点，正巧是我们以前常去的那家饭馆。我提前到店里，找了个靠窗的位置坐下。

我环顾四周，发现了角落那桌旁边的荷晴和向大海。

"你们两个是来看我笑话的吗？"我走过去问。

"我是被逼的。"向大海一脸无辜地看着我。

"我是被我妈逼的。"荷晴用双手捂住脸。

"让你来你就来，你什么时候这么听话了？"我拆穿了她的谎言。

"她好像来了。"荷晴指了指门口。

我转身回到座位上，向门口的林芳招了招手。

"你好，我是林芳。"她说。

"你好，我是李文生。"我站起来说。

我听见身后的荷晴扑哧一声笑了出来。

"服务员，麻烦拿一下菜单。"我回头的同时，狠狠瞪了荷晴一眼。

为了缓和气氛，我们聊了一些无关紧要的话题，好在我和她在同一所高中念过书，我们聊起彼此高中的往事，总算没有冷场。

我们饭吃到一半，荷晴和向大海已经喝醉了，在我身后，你一句我一句地斗嘴。

"咱俩怎么定的来着，谁再收到假钱，就自己出摊三天，明天你陪我哥出摊去，我在家休息。"荷晴大声说。

"上一次收到假钱的肯定是你。"向大海拍了拍桌子。

"我敢打赌是你，赵霜能给我做证。"荷晴不服气地说。

"文生能给我做证。"

向大海说完，腾地一下站起来走向我，走到一半才意识到不对劲，手里拿着酒杯一动不动地停在原地。

"他是你朋友吗？"林芳听见了他喊我的名字。

"是。"我淡淡地说。

荷晴看着愣在原地的向大海，气不打一处来，只能跟过来，假惺惺地说："好巧啊，我们能在这儿遇见。"

我哭笑不得，介绍道："这是我妹妹荷晴，我朋友向大海，我们平时都一起在夜市卖东西。"

"一起坐吧。"林芳说。

"你喝酒吗？"荷晴问。

"可以喝一点。"林芳又问，"你们今天怎么也不出摊？"

"我们……我……我今天过生日，休息一天。"向大海傻笑着说。

林芳和我相视一笑。

向大海和荷晴借着酒劲，滔滔不绝地对着林芳讲夜市的趣事，三个人又喝了不少酒。

"我也经常去水街夜市，这么说我还吃过你的麻辣烫呢。"林芳说。

"以后欢迎常来。"

向大海说着，又给林芳倒上一杯酒。

"哪有第一次见面就灌女生酒的。"我伸手拦住。

"没事，其实我也是第一次相亲，幸好有他们两个在，我今天还挺开心的。"林芳和荷晴干了一杯酒。

走出饭馆，向大海和荷晴不知道因为什么在街上吵起来，各自走了。我只能独自送林芳回家。

"他俩平时就这样，一会儿和好，一会儿吵，我们都说他俩是欢喜冤家。让你见笑了。"我说。

"我觉得挺好的，感觉你们夜市还有一点人情味，不像我们工厂里，上班的时候只能像机器一样不停干活。"林芳笑着对我说。

"那你有时间来我摊上吃香肠。"

"好。"她点头。

姑妈从媒人口中得知林芳对我很满意，便急匆匆赶到家里告诉了爸爸。爸爸不停问我的想法。

我对林芳没有太多的喜欢，两人相处也没有任何不舒服，也就顺着爸爸的心意，告诉他可以和她继续来往。

几天后的夜里，姑妈不声不响地在我身后坐下。

"姑妈，你来了啊。"我打了声招呼。

"都怨我。"姑妈说着眼泪掉了下来。

"哎哟，姐妹儿，你这是怎么了，在哪儿受了委屈？"八婆问。

荷晴在对面逗着李墨，听见八婆的话，慌忙跑过来抱住姑妈："妈，怎么了？你别吓我。"

向大海和徐三叔也围了过来。

"没事没事，别大惊小怪的。"姑妈擦了擦眼泪，有点不好意思，躲开大家转身进了店里。

"我去问问她。"荷晴跟着进了屋。

过了一会儿，荷晴走出来对我说："我妈让你进去，唉。"说完又叹了口气。

"怎么了，姑妈？"我走进店里问。

姑妈双手拍着大腿说："你说这事整的。我托的那个人和林芳家没说明白，让他家以为你爸爸只是身体不好。人家姑娘都相中你了，从别人那儿知道你爸常年卧床，还以为是咱们故意隐瞒呢。这事应该是不能成了。"

不知道为什么，我没有难过，反而有一丝轻松。

"姑妈你别自责了，既然他家不同意就算了。"我说。

"文生啊，你让我怎么和你爸爸说。"姑妈有些为难。

"你不用去，等有机会我和他说吧。"我安慰她。

从那以后，姑妈再也没了给我介绍对象的底气，很长一段时间没脸面对爸爸。爸爸虽然身体动不了，脑袋却不糊涂，再也没和我提起这件事。

我的婚事成了爸爸的心病，早上做饭的时候，我听见他拍桌子，走进屋看见纸上写着三个字："别恨我。"

我握着他的手说："没事，咱们爷儿俩过也挺好。"

他又是摆手又是摇头，告诉我不行。

"等我自己再找个中意的，你就放心吧。"我拍了拍他的肩膀，接着回到厨房洗菜。

正值盛夏，夜市的生意异常火爆，太阳落山后，摊上就坐满了人，我烤香肠更是一刻不停。

那些天我四点左右就得起床，到市场买完食材，到店铺里做香肠，中午再回家照顾爸爸，忙完休息不了多久，差不多就到出摊的时间了。

七月的一个中午，我进货耽误了点时间，到家晚了点，我进门喊："爸，我回来了。你饿不饿？"

房间里没有动静。

爸爸说不了话，可每次我回家，他都会发出一种类似呜咽的声音回应我。

我又说："爸，我回来了。"

爸爸还是没有回答。

我走进屋里，发现他安静地躺在床上，手中握着纸笔，脸上露着一丝笑容，已经没了呼吸。

我努力让自己冷静下来，又喊了几声，直到我触摸到他冰冷的手，才相信他真的已经去世了。

纸上只有几笔凌乱的线条，他连最后的遗言也没有留下，这样想来，他留下的最后一句话竟是"别恨我"。

这猝不及防的悲伤让我停止了思考。我没有哭泣，只是站在原地静静地看着他。

过了片刻，我回过神来，开始处理后事。

殡仪馆的工作人员和民警接到消息，陆续赶来。

"请问您是家属吗？"民警问道。

"我是他儿子。"我回答。

"你爸爸应该是饿死的。"

"饿死的？"我不敢相信。

民警指了指窗外，说："你最近给他准备的东西他没有吃，都倒在了窗外。"

我望着杂草丛生的后院，打了个寒战。

我这才意识到，爸爸好几天没有让我喂他吃饭了，原来他自己没有吃，都倒在了窗外。

按照新的风俗，灵堂布置在殡仪馆，有人专门承接葬礼服务，我去收费口交了钱，他们轻车熟路，不到一刻钟就布置好了灵堂。

我坐在爸爸的身边，回想着我们之间的往事，从自己的幼年到少年，再到成年，那些记忆像电影片段一样缓慢放映，一幕幕涌进脑海。

最后的画面定格在一个黄昏，大概是我五六岁的时候，爸爸带我去爬山，我骑在爸爸的肩膀上，他一路把我扛上山顶。

我俯瞰着山下的房屋，轻风夹杂着花香扑面而来，那时我还是个孩子，以为爸爸可以有山那么高，我对着天空大声喊："爸爸，你真了不起。"

而那一刻，再也不能重来。

街坊邻居和朋友们相继赶来吊唁，荷晴和徐三叔帮我招呼着。不知道为什么，我一直没有掉眼泪，始终保持着一种麻木的表情。

姑妈哭了一阵又一阵，我跪在门口不停地烧纸钱，看着阵阵青烟直上云霄，恍然如梦。

向大海蹲在我身边："你什么都不要想，就听我说话。我知道我说的都是废话，但是你还是要听。为什么要听呢，你听我说话就没心思想难过的事。我会一直说废话陪你，除了废话我也不知道说什么了……"

方姨在李一川和林小蝉的搀扶下来到灵堂，我走上前去和她打招呼，她盯着爸爸的遗像出神，没有理我。

方姨苍老了不少，长期的病痛让她精神萎靡。

她的手抓着李一川的衣服，胸口剧烈起伏，终究还是没有忍住，向前走了两步，瘫坐在地上哭起来："他终究还是比我先走了。"

我和李一川刚要扶她起来，她抓住我的胳膊问："你爸爸临终说什么没有？"

我本想如实告诉她爸爸去世时的情景，却又心中不忍，我扶起她说："我爸临死前提起你和一川，说这辈子有愧于你们。"

"我给他烧点纸吧。"

方姨走到灵前坐下，伸手摸了摸爸爸的照片。

"大妹子，以前是我不好……"姑妈蹲到方姨的身边，将纸钱一张一张递给她。

方姨苦笑着说："也许是我上辈子欠他的，总是没来由地惦记着他。可这辈子他欠我的，只有下辈子还了。"

"什么上辈子下辈子的，给我都听迷糊了。"向大海说。

"你说人真的有前世和来生吗？"荷晴问。

林小蝉幽幽地说："这可说不好。不过人要是没有前世来生的话，就真的太不公平了。"

没有得到爸爸的爱，一直是方姨心里最深的痛。她通过各种方式和爸爸抗争，依旧徒劳无功，而这一切随着爸爸的去世画上了句号。许多事情就是这样，不一定有结果，但一定会结束。

晚上守灵，我让荷晴陪姑妈回家休息了，向大海和青田执意留下陪我。他们怕我坐着无聊，拉我一起打扑克，向大海故意拆牌让我赢。玩到凌晨四五点钟，他俩困得不行，倒在一旁的长椅上睡去。

我走出屋子，独自仰望着夜空。

料理完爸爸的后事，我一下子有了充裕的时间，房间里爸爸的呻吟被无尽的安静取代，我把电视机的声音调大，不停地播放一些无聊的节目。

夜里我睡不着，躺在床上计划着自己以后的日子，想着自己是不是应该离开夜市，甚至离开清泉县。

埋藏在我内心深处的情感，到底是爱，是恨，还是痛？我在黑暗中心烦意乱。孤独从房间的每一个角落渗透出来，悄无声息地笼罩着我。

清晨的鸟叫声透过窗户响起，我不愿再想，和往常一样起床收拾东西出摊。

夜市依旧人声鼎沸，我仿佛又回到了以前的生活，似乎什么都没有发生过一样，黄昏和夜晚交替，灯光照在银杏叶上，那种昏黄的光线让我感到温暖。

向大海和荷晴计划秋天停业后结婚，两个人需要准备的事情多了，难免经常拌嘴。他俩都是急性子，闹起来不分场合，我夹在中间干脆谁也不帮，倒是忙坏了赵霜和林小蝉，不停地充当和事佬。

以前时间紧，有种离商业街十万八千里的错觉。上午我干完活后不需要照顾爸爸，大半天在家无所事事。向大海拉着我一起去街上买东西，我们在音像店门口遇见了林芳。

我和她都有点尴尬，向大海避开我们去店里挑起了磁带。

"你是这里的老板？"我问。

"当然不是，我顶多算个收银员。"

"哦，怎么换工作了？"

"这家店是我男朋友开的，我们快结婚了。"

"那恭喜了。"我说。

"听说你爸爸去世了。"

我点头。

"有件事一直也没机会和你说。"

"什么事？"

"那时候我家里人知道了你爸爸的情况，并没有完全反对我和你交往，是我自己想放弃的。"

"这件事不提也罢，都过去了。"

"你知道吗？我觉得你特别讨人喜欢，并不是哪一方面有特别之处，而是你给人一种感觉，让人觉得你就是个孩子，一个成熟稳重的孩子，认准的事情不会变。"

林芳看了我一眼又说："后来我去过你的摊位，吃了香肠，真的很好吃。"

"我还真不知道你去过。"我有些不好意思。

"你心里有喜欢的人吧？我要是没猜错的话，是你马路对面那个姑娘。"

"不是，我……"

林芳打断我的话说："你不用和我解释。其实第一次见面我就感觉到了，你心里一定有人，你和我见面连碰运气的想法都没有，只是在应付。"

142

"我很抱歉。"我低下头。

"没关系，正巧遇见你了，就顺便和你说清楚。"

"好久没逛音像店了，好多歌都没听过。"我拿了一盘老歌的磁带。

林芳看着我手里的磁带："现在这个年代什么都变得太快了，而你好像不喜欢改变，真不知道是好是坏。"

"跟不上时代的节奏，应该不是好事吧。"我笑了笑。

林芳也不再说什么。

正好这时向大海拿着几张光盘和几盘磁带出来结账。

"不用给钱了，送你们了，这点主我还是能做的。"林芳送我俩出了门。

回去的时候，向大海问我："你从音像店出来后就像丢了魂似的，你怎么了？"

"没什么。"我说。

"你什么时候和我都需要藏着掖着了？"

"我真没事。"

"林芳和你说的话我都听见了。"

"你……居然偷听。"

"行了。我认识你这么多年，难道林芳能看出来，我就看不出来吗？"

"林小蝉已经结婚了，小墨都三岁了，我不想谈这种没有意义的事。"我快步往前走。

向大海跟在我身后继续说："难道你就不好奇林小蝉到底是怎么想的吗？假如她当初嫁给李一川不是自愿的呢，假如她心里也还有你呢。"

"你是不是有病。"我气愤地说。

"你才有病。狗咬吕洞宾，不识好人心。"向大海气呼呼地走了。

假如说人生如戏的话，我一定是个演技拙劣的演员。我骗过了自己，却骗不过别人。我一直以为有些事情自己早就放下了，原来我只是习惯了。

向大海左手挥舞着扇子，右手煮着麻辣烫。我递给他一瓶汽水，他拧开盖子喝了几口。

"还生气呢？"我问。

"别逗了，本大侠宽宏大量，早就忘了。"

"我知道你是为我好，怕我委屈自己，可李一川对于我来说，本来就和别人不一样，他好歹叫我一声哥呢，即使是别人，我也不会动一点想法。"

"你就不能为自己争取一下吗？"

"不是能不能的问题，是该不该。"

向大海望着对面，李一川刚好路过，抱起小墨，一家三口其乐融融："也许你是对的，做人要有点底线。"

"我还是很感动的，你能一直为我着想。"我说。

"我以前怎么没发现，你有时候婆婆妈妈的，像个大姑娘。"向大海拍着我的肩膀，笑了笑，"好在你是个看得开的大姑娘，不是个怨妇。哈哈。"

"吃面了，大海。"凤姨端着碗面走过来。

"谢谢干妈。"向大海把手里的铲子递给荷晴。

"你什么时候认凤姨当妈了？"我问。

"我没有妈妈管，她没有儿子陪，这不正好吗？"向大海说。

凤姨一直盯着向大海，他急忙拿起筷子吃面："我不说话，不说话。"

徐三叔从背后敲了敲我："昨天你不在，她差点发疯了，又开始到处找儿子，多亏了大海机灵，喊了她好几声妈。"

"然后呢？"我问。

"然后这件事就这么定下了。你不知道，昨天晚上你凤姨哭了半宿，激动得睡不着。"

向大海像孩子一样，老实地吃着面，时不时地抬头傻笑。

我看着他满足的样子，眼泪差一点流了出来。我忽然明白，在向大海心里，夜市这些人早就是他最亲的人了，而他们对于我来说，也是一样。

下完雨的夜里，空气像糨糊一样黏稠，闷得人呼吸困难，荷晴和向大海有事先走了。十点左右开始起风，又一场雷阵雨即将到来，行人渐渐散去，我们陆续开始收摊。

我心中暗想，这个时间回家，爸爸应该还没睡。

不对，我已经没有爸爸了。

我的手悬在半空中，感觉心头被巨石压住了一样，几秒钟后，天边传来一阵震耳的雷声，仿佛整个世界都要崩塌，伴随着突如其来的巨响，我清醒过来。

我对于爸爸的死，竟然这样后知后觉。

我站在原地，所有人和我说话，我都木然地回一句："你先走吧。"

乌云压顶的街道上，只剩我一个人。

我打开一瓶啤酒，随手拿起香肠咬了一口，我好久没有吃过自己做的香肠了，原来这么好吃。

我直接坐在地上，大口大口地吃起香肠，泪水再也止不住。

"爸爸，我想你了。"

我自言自语，泣不成声。

爸爸一直也没吃过我做的香肠，他永远也吃不到了。

我一股脑地把剩下的几根香肠塞进嘴里，使劲嚼起来。如注的雨水倾覆下来，浇着麻木的我，我混合着雨水喝下啤酒，用力咽下嘴里的香肠，感觉无比痛快。

爸爸不愿再拖累我，竟将自己活活饿死，我始终不愿面对这个现实。

我在大雨中哭得歇斯底里，哭出了多年来压抑在心里的痛。那一刻，我与自己的过去终于完全和解。

雨水大得像要淹没整个城市，我向后一倒，躺在水流满地的街道上仰望天空，任由雨水淋湿身体，整个人仿佛和天地融为一体，那一刻我如获新生。

"哇哇哇……"

雨中传来一阵婴儿的哭声。

我凝神又听了听，确定自己没有听错，是有孩子在哭。

我爬起来顺着声音寻找，在不远处的银杏树下，发现一个襁褓中的婴儿。

"这是谁的孩子？"

我大声呼喊，环顾四周，又喊了几声，始终没有人回答我。

雨太大了，我只能先抱孩子回店里，简单收拾了一下，顶着暴雨抱着孩子回了家。

襁褓中的是个小女孩，她在我怀里一直哭，我翻出干净的被单，换下她湿透的襁褓。

我想她一定是饿了，顾不得给自己换衣服，擦了把脸就开始生火做饭。我给她喂了半碗米汤，小女孩喝饱后，躺在爸爸曾经的床上，安静下来。

大雨下了一整夜。

早上起来，我抱着孩子去派出所报案。

做完笔录后，一个女民警对我说："你把孩子留下就可以走了。"

小女孩好像感觉到了什么，刚离开我的怀抱，就开始放声大哭。我于心不忍，又抱起她，小女孩到了我的怀里立刻停止了哭闹。

我抱着她，她微微睁开眼睛，"嗯"了一声，像是在对我笑。

我看着怀里的婴儿，问女民警："要是找不到父母的话，这个孩子怎么办？"

女民警回答我："我们会尽力找，实在找不到的话，只能送到福利院。"

过了一会儿，我看孩子很安稳，又将她抱给女民警，可她一离开我，又开始拼命地哭闹，如此反复几遍，大家都没了办法。

"现在这个情况，你可不可以等一会儿，我们先联系福利院的工作人员。"民警的领导说。

"好，没问题。"我抱紧孩子。

福利院的工作人员来后，才勉强把孩子抱走，她从离开我的怀抱就没停止过哭泣。

小女孩的哭声牵动着我的心，他们抱着孩子走到门口，我追上去问道："假如找不到她的父母，这个孩子我能收养吗？"

"这个要看具体情况，如果想收养，可以申请，并不是谁都符合条件。"其中一个人回答我。

我发觉他们看我的眼神不对，这才意识到自己从昨夜淋湿后就没换过衣服，一身脏衣服显得人狼狈不堪，像个落魄的流浪汉。

我悬着一颗心回到家，无心出摊。

下午，一位警察敲开了我家的门："请问你是李文生吗？"

"是的，请问什么事？"

"你今天送来的那个小女孩，你可不可以再去看看？她一直在哭，福利院的人都没有办法。"

"没有找到她的父母吗？"我问。

"应该是难了，这种情况，大多是故意遗弃的。"

福利院的主任站在门口等我，看见我下车，他迎上来和我握了握手。

"头一次遇到这种情况。我们这里有经验的阿姨也哄不好这个孩子，孩子从送过来什么都不肯吃，听说你喂东西她肯吃，只能麻烦你来看看。"

我随着他们走进屋，看见床上的小女孩还在哭，周围一帮人急得团团转。我尝试着抱起她，她又一次发出嗯嗯的声音，像是在向我问好。

"真是奇怪啊。"

"这都哭一天了，谁哄都不行，你抱她居然就不哭了。"

大家都很吃惊。

"快把奶瓶拿来。"主任说。

我接过奶瓶喂她，小女孩开始喝奶。

"真是少见啊。按道理说，这么小的婴儿，分不出谁是谁的。"主任感慨道。

主任带我到门外说："听说你想收养这个孩子，是吗？"

我犹豫了一下，点了点头。

"收养是有很多条件的，而且你要考虑清楚，收养一个孩子可不是开玩笑，你要对她的人生负责。可你要是真的决定了，居委会那边我们可以去做工作，毕竟这种特殊情况摆在这儿。孩子一直这样闹下去会出事的。"

"可能我和这个孩子有缘分吧，我还真舍不得她，主任你帮帮忙。"

第二天，我在福利院主任的帮助下办理好了手续。

我不会哄孩子，抱着她去了姑妈家。

姑妈愣了半晌。

"不行，哪有大小伙子收养孩子的，赶快抱回去。"

"手续已经办完了，她现在是我的女儿。"我坚决地说。

"你爸爸为了你，命都不要了，现在他走了，你又自己抱来一个拖油瓶，你这不是胡闹吗？"姑妈已经是哭腔了。

"不管你说什么，我是不会不要她的，我不能不管这个孩子。别人喂她东西她都不吃，把她留在福利院会出人命的。"我看着怀里的孩子说。

"她又不是你亲生的。"

"我现在已经把她当作我亲生的了。"

这个时候，孩子好像听懂了我的话，哇地叫了一声。

我把孩子放到床上，荷晴抓着她的小手说："妈妈，你看她多可爱。"

"你们一个个的，翅膀都硬了，我管不了了。"

姑妈气呼呼地坐下，看着床上的婴儿，眼神渐渐柔和起来。

我给她取名李秋禾，小名苗苗。

孩子太小了，只能一直跟着我，我抱着她来到夜市，在店铺里装了一张简单的婴儿床，边做生意边照顾她。

　　照顾一个孩子比我想象的要辛苦得多，可我并不后悔，她的出现让我的生活有了希望。

　　"真有你的，两天不见你就弄出来个孩子。老子混社会这么多年，没见过这种新鲜事。"向大海看着婴儿床里的苗苗，一脸难以置信。

　　"你知道大家都怎么说吗？"他问我。

　　"无非是说我疯了、傻了，还能说什么？他们说什么我又不在乎。"我说。

　　"你知道就好。你的日子好不容易有了盼头，现在没结婚又弄出来一个孩子，我真不知道你是怎么想的。"

　　"连我自己都不知道。"

　　荷晴插嘴说："我看也挺好的，不用结婚，不用花钱，就多了个女儿，没那么多麻烦事。"

　　我听出了她话里对向大海的敌意，劝她说："你俩都要结婚了，能不能别整天闹别扭。"

　　"我又没说结婚不好，再说了，哪件事我不是都在办嘛，我也没怕麻烦。"向大海心里窝着火。

　　"你们两个结婚，连选台电视都要吵一架，多大点事儿。"赵霜说。

　　"小两口打是亲骂是爱，你找个对象就懂了。"八婆说。

　　"八婶，你就别挖苦我了。我妈妈天天催我，你怎么也跟着起哄。"赵霜说。

　　赵霜盯着婴儿车里的苗苗问："我能抱抱吗？"

　　"当然可以，可就怕她不跟你。"我说。

　　苗苗刚到赵霜的怀里就哭了起来。

"这孩子谁也不认，就认我哥，你说奇怪不奇怪？"荷晴说。

"哎呀，孩子好像饿了。"我说。

"我去给她做点吃的。"林小蝉说。

我抱着孩子跟了过去，李墨看着苗苗问："她好小啊，我小时候也这么小吗？"

"你刚生下来的时候，比她还小呢。"我说。

李墨站在原地若有所思。

荷晴用手点了一下苗苗的小脸蛋："苗苗，我是你姑姑哦。你居然不让我抱，等你大了，不老实我就揍你。"

那段时间，大家问我最多的问题就是我为什么收养这个孩子。其实连我自己也难以言表，我只能回答他们，收养是出于对孩子的同情。而在我心里更倾向于向大海的说法，有些事的选择你不由自主，这可能就是命运。

苗苗夜里总是惊醒，看了几次医生也没用，我只能成宿抱着她睡。我晚上睡不好，白天干起活来整个人轻飘飘的，不到一个月就瘦了十多斤。

荷晴叹了口气说："哥，我来烤会儿吧，你去吃点东西，再这么熬下去会得病的。"

徐三叔端来一碗面："荷晴说得对，快吃饭。"

"好，我先进屋看眼孩子。"我说。

"我去管吧，你先吃口饭。"赵霜跑过来。

趁着向大海不在摊位上，荷晴边干活边对着赵霜发牢骚："太累了。我和向大海因为结婚的事天天拌嘴，看到我哥养个孩子这么辛苦，我都有点害怕结婚了。"

"你这疯丫头能嫁出去就不错了。"我说。

"说真的，你和向大海再不结婚我就要疯了。你应该付我们些矛盾调解费。你俩能顺利结婚，我们都有功劳。"赵霜揉了揉自己的肩膀。

　　"都说婚姻是爱情的坟墓，我这也算提前进入角色。我现在看我家胖子，内心毫无波澜，就和看我妈一样，无比亲切，甚至有些慈祥。"荷晴摊了摊手。

　　"我被你说得都不想结婚了。"赵霜说。

　　荷晴的眼神露出一丝失落，她转念又微笑着说："不过这样也好，我清楚我们彼此现在谁也离不开谁，反而安心。"

　　"在大海心里你比谁都重要，要不然他哪能容忍你的坏脾气。"我说。

　　"我知道。不过结婚还是太麻烦了，还是恋爱好。"荷晴对赵霜说。

　　"我宁愿像小蝉姐一样闪婚，我可受不了这种罪。"赵霜随口说。

　　我转过头去，恰巧和林小蝉对视了一眼，不知怎么的，心头一紧。

　　随着秋天的到来，向大海和荷晴的婚礼如期而至。

　　婚礼仪式的地点定在一家酒店，酒店虽然不大，可当时左邻右舍大多还是在家中摆酒席，能在酒店办，已经算很体面了，姑妈相当满意。

　　结婚那天，大家从早上便开始帮忙。向大海穿了一套黑色西装，把裤腰勒得很紧，我总担心他会呼吸困难。酒店门口放起鞭炮，附近的孩子打闹着，冲进宴会厅抢喜糖。

　　荷晴穿着一套白色婚纱走上舞台，惊艳动人。

　　向大海眼中含泪，牵起她的手，在众人的掌声中紧紧抱住了荷晴。

主持人朗声道："请新郎代表两位新人讲两句。"

我们知道有这个环节，都担心向大海一激动胡言乱语，提前为他写好了稿子。

向大海掏了掏裤兜，又掏了掏胸前的兜，表情有点惊慌，明显是找不到稿子了。

主持人刚要开口解围，荷晴对他说："主持人，你把话筒给我。"

"你别找了，我说吧。"

荷晴接过话筒，声音回荡在宴会厅里，向大海立马站好，脸色凝重。

"从你在医院里向我求婚到今天，我和你已经吵了八十一次架，假如每次吵架都是劫难的话，那我们已经经历九九八十一难了。"

荷晴深吸一口气，看着向大海继续说："你的梦想是做一个大侠，也许在别人眼里你没有成功，可在我心里，你为了结婚早出晚归挣钱的时候，你就是我的大侠。今天我嫁给你了，以后我还会和你发脾气，还会给你找麻烦，可是向大海，我愿意陪伴你一生一世。"

荷晴的泪水夺眶而出，她上前一步抱住向大海吻了一下，向大海泪流满面，抢过话筒说："老子今天真高兴啊，哈哈。"

音乐恰好在此时响起，宴会厅里掌声雷动。

"就不应该为他准备演讲稿。"我说。

"太幸福了，真羡慕荷晴。"赵霜含泪说。

"那你还不快找个男朋友。"汪婶赶紧在一旁又开始念叨。

"咱们小吃摊这片儿，就剩你一个姑娘没嫁出去了，你是该着点急了。"八婆跟着说。

"要你管……"汪婶又和八婆斗起嘴。

"我干儿子结婚了，我干儿子结婚了……"凤姨丝毫没有理会我们的谈话，一直小声和徐三叔重复着。

林小蝉没有说话，低头哄着小墨。

"小蝉姐，马上就要开席了，李一川怎么还不来？"青田问。

"他最近忙，昨天晚上就没怎么睡，不过应该快到了，咱们先吃吧。"林小蝉说。

我们刚开席，酒店门口传来一阵急促的刹车声，接着是一声剧烈的撞击。

"出车祸了。"门口的人喊。

酒店里的人唰地一下跑出去一大半，我和林小蝉抱着孩子，没有出去。

"不好了，好像是李一川的车，快出来救人啊。"青田朝我们喊。

我和林小蝉大惊失色。

"帮我抱着孩子。"我把苗苗递给赵霜，飞奔出去。

李一川的车被大货车撞扁了头。

"快把人先救出来。"我大喊。

十几个男人冲上去，合力把车向后推了出来。

我们将李一川拉出来，他满身是血。林小蝉当场愣住，手脚不听使唤。

"快叫救护车。"我大声喊。

"酒店的人已经打电话了。"青田说。

小墨跑了过来，徐三叔猛地抱紧他，捂住他的眼睛："你别看，跟我躲起来。"

小墨以为别人在和他玩捉迷藏，噘着嘴问："是不是我爸爸来了？"

慌乱中，我随着急救人员一起上了救护车。

"你不会有事的，马上到医院了。"我对李一川说。

李一川突然握住我的手，他的鲜血顺着我的手腕流淌下来。

"哥。"他艰难地喊我。

"怎么了？"我靠近他，以为他有要紧的事要说。

"小时候……你送我的小说……真好看。"他断断续续地说。

我心头一热，泪水在眼眶里打转，紧紧握住他的手："别说话，坚持住，会没事的。"

"以后，他们，他们……小墨……"

"好，你先别说话，你会没事的。"

医生见他呼吸困难，为他戴上了氧气罩。

李一川被推进抢救室，没等林小蝉和其他人赶到医院，就死在了手术台上。

走廊里回荡着方姨撕心裂肺的哭声，林小蝉的头靠在墙上，眼泪一滴一滴地落下来，她没有发出任何声音，我甚至感觉不到她的呼吸。

我转身透过窗户望见楼下的小墨，他站在台阶上，想骑在徐三叔的肩膀上，他的样子像极了当初失去母亲的我，还不知道发生了什么。

苗苗折腾累了，回到我怀里马上睡了。

我抱着她，缓缓走过银杏飘落的街头，眼泪落在她肉嘟嘟的小脸蛋上。

李一川的葬礼一切从简。

整个秋天，我们都沉浸在一种低沉的情绪中，干什么都显得麻木而慵懒。

苗苗大了一点，开始黏着姑妈。大家都说隔代亲，这句话一点也不假。姑妈对她的宠溺不比我少，总是喜欢抱她回家过夜。

"我现在一个人住，让孩子多陪陪我，你还年轻，没事出去玩玩，多认识几个朋友。"姑妈总是这样说。

"我要挣钱养苗苗啊，哪有时间？"我笑嘻嘻地敷衍。

"好啦好啦，反正你现在有苗苗了，我不跟你争，要是遇见合适的姑娘，也别错过了。"

"好。"我赶紧答应。

我和向大海又回到没日没夜看碟片的生活。

然后，好像一下子就到了冬天，远山积满了雪，千家万户的烟囱冒出青烟，和清晨的薄雾混在一起，灰蒙蒙地在半空中连成一片。

那个冬天，最开心的是姑妈。她参加了街道组织的秧歌队，过了年就开始在清泉县的大街小巷表演。

秧歌队一路敲锣打鼓，大鼓、小鼓、大铜锣、小铜锣一样不少，吹唢呐的也有三五人，人群跟在后面围观，孩童随着鼓点嬉笑打闹。

街上有牌面的店铺，都会准备一串鞭炮迎接秧歌队。到了店铺门口，主人家先放鞭炮，接着是一段唢呐。

唢呐曲子吹完，带头的大爷放开嗓子喊："辞旧迎新，大吉大利，起锣。"

登时鼓乐喧天，大妈们舞动着红绸子，变换出各种队形。

老板正月里图吉利，也会给红包，谁家给得多，秧歌队在谁家门口扭的时间就长。

苗苗在人群里认出了姑妈，嗯嗯啊啊地叫着。姑妈也望见了我们，一时间喜笑颜开。

我抱着苗苗走过张灯结彩的街道，遇见赵霜在给小墨买冰糖葫芦。

"刚才看见你姑妈了。"她向我点头。

"她最近可高兴坏了。"我说。

"是啊，我看她扭得可起劲了。"

"怎么是你带着小墨？"我问。

赵霜迟疑了一下说："好像是方姨老毛病犯了，今年冬天咳嗽得重了一点，小蝉姐在医院忙不过来，就让我带着小墨出来玩玩。"

转过街角，我绕去了医院的住院部。

"这里有一个叫方玉镜的病人吗？"我问值班的医生。

"有，她还欠着医药费呢。你是她家属吗？可以帮忙问下什么时候能交？"

"一共欠多少？"我问。

"两千五。"他熟练地翻了翻本子。

我回家取钱付了医药费。

走廊的尽头，回荡着熟悉的咳嗽声。我走出医院，天空中大雪苍茫。

北风呼呼地灌进胸膛，柳絮般的雪花漫天飞舞。我抱紧苗苗，在雪地上留下一串脚印。我步子迈得很快，好像这样就可以逃离身后那片冰冷的空白。

⚓ 第七章

不知道从什么时候开始，夜市的小吃摊纷纷换了招牌，五颜六色的灯箱取代了文字牌匾，烧烤摊周围更是拉满彩灯，闪烁的光线恨不得插到行人眼前。

荷晴皱着眉头，扶着刚学会走路的苗苗叹了口气。

结婚后她想赶快生个孩子，可大半年过去了，肚子也没动静。向大海并不着急，奈何从开春起，姑妈四处打听要孩子的办法，让荷晴觉得很丢人。

姑妈没事了，就来夜市照顾苗苗，同时也看着荷晴。

"我的小祖宗啊。"姑妈喊。

"我就挪一下液化气罐，至于吗？"荷晴说。

"那玩意儿多沉啊，说过多少遍了，你不能使劲。"姑妈拉走荷晴。

向大海在一旁听见姑妈的话，麻雀似的蹿过来搬开液化气罐。

整个晚上，姑妈几乎替荷晴干了所有的活。

"妈，你先走吧，我俩收完就回去。"荷晴轻轻推了姑妈一下。

姑妈露出一副不情愿的样子："那我先回家给你做夜宵，多吃点补补身子。"

姑妈走后，我们松了口气。

向大海身子往后一仰，瘫坐在椅子上，看着我偷笑了一下。

我拍了拍他的肩膀，哭笑不得。

"应付我妈比干活还累。"

荷晴也坐下来，顺手拿起开瓶器，啪地打开一瓶冰镇汽水，边喝边对我说："哥，咱们先坐会儿，等会儿再收摊，让我缓一缓，回了家我又不得清静。"

"八婶，给我来把烤豆皮。"

"吃吧吃吧，服了你了。"八婆摇了摇头。

"你也别着急，该来的迟早会来，不过冰镇汽水还是少喝的好。"赵霜抢走荷晴手里的汽水。

"你们别看我平时疯疯癫癫的，其实我可喜欢孩子了，要不是计划生育不让多生，我生十个八个都行。"荷晴说。

"生下来你能养？你看苗苗一个就把你哥忙得团团转。"赵霜顺手帮我熄灭了摊位上的灯。

苗苗刚学会走路，还不算稳健，她好像对自己的新能力充满了兴趣，摔倒了也不哭，爬起来继续走。她看见小墨从身边跑过去，也要学着跑，一个趔趄又摔了一跤。

荷晴赶紧起身去扶："我这不是着急嘛。本来我没急，就是受不了我妈的唠叨，还到处找人打听办法，你说烦不烦？"

"你妈催你生孩子，我妈催我结婚，半斤八两，她们闲不住。"

赵霜低下头，和苗苗拍起手。

水街附近的流浪狗，一到傍晚就在路边晃来晃去，等着客人丢东西喂它们，我们闲下来时也喂它们。

街上泰迪、金毛、小狮子狗这些外来品种更招人喜欢，有条黄色土狗很通人性，客人却很少喂它。

它从不会走到客人的脚边要吃的，只会站在一旁，等到最后才有吃的。

我和向大海喂它的次数多了，它也喜欢在我们附近停留。

眼看要收摊了，我把客人吃剩的香肠丢给它，它摇摇尾巴叫了一声，仿佛在向我道谢。苗苗走到狗的对面蹲下，那黄狗也对着她蹲下，一人一狗对视着。

"这年头，什么都是外国的好，真是崇洋媚外，连中国的狗都不好混。"向大海嘀咕着，又丢给他一块肉。

荷晴憋了一晚上，看到林小蝉走了，她再也忍不住了："太不要脸了。李一川才去世多久，唐雁居然张罗着让林小蝉改嫁。我看他们就是想再要份彩礼钱。"

"我也听说了。唐雁还想把小墨留给婆家，真是丧尽天良。"向大海附和道。

"原来你们都知道了啊。小蝉姐真是命苦，李一川这一走，孤儿寡母还要照顾婆婆。"赵霜偷偷瞥了我一眼。

"后来怎么样了？"我背对着他们问。

"小蝉姐当然不同意了，宁愿留下来照顾小墨和婆婆。唐雁是什么德行你又不是不知道，三天两头去闹。"赵霜说。

"哦哦。"我应了一声，转身走进屋里。

向大海跟进来，趴在我耳边说："我想问你个事。"

"想问就问，干吗偷偷摸摸的？"

"你还喜欢林小蝉吗？"他小声说。

"喜欢。"

我回头看了他一眼。

向大海没想到我回答得如此干脆，身体向后一仰，停顿了片刻说："你真的变了不少。"

"可能吧，想活得简单点，这样不好吗？"

向大海笑了笑，拍了拍我的肩膀："没什么不好。"

"你本来和李一川也没有任何血缘关系。"

向大海靠近我继续说："小墨不能一直没有爸爸，苗苗也不能一直没有妈妈。林小蝉好不容易脱离林家了，你要是对她还有意思，就别在乎其他乱七八糟的事。"

"其他的事我倒是没在乎。"我说。

"你和林小蝉在一起，小墨改口叫你爸，苗苗改口叫她妈，这一下子儿女双全……"向大海微笑着点头。

"我一直没有合适的机会开口，而且李一川去年才走，总觉得不太合适。"

"你倒是免了我多费口舌。你不知道我为了说服你，提前想了多少说辞。那现在怎么办？"

"走一步算一步吧。有时候觉得现在这样也挺好。"我收拾好东西，抱着苗苗回了家。

我在赵霜的摊子上换了点零钱，回来时荷晴凑到我身边神秘地说："哥，你考不考虑给苗苗找个妈妈。"

"嗯？"我瞅了一眼向大海。

他摊开手，露出一副无辜的表情："我可什么都没说。"

荷晴卖关子说："你们猜今天谁来找我了？"

我不想接她的话，没等我开口，她上前一步凑近问我："你觉得小霜怎么样？"

"你开什么玩笑。"

向大海在一旁听见，拉了荷晴一把："你什么意思，赵霜看上文生了？"

"你能不能小点声。"

荷晴捂住向大海的嘴，看大家没听见，又说："上午小蝉姐来找我。"

"什么乱七八糟的。小蝉找你和小霜什么关系？"我低声问。

"小蝉姐给你当媒婆，她希望你能和赵霜在一起。"荷晴偷偷看了一眼赵霜。

"你快一口气说完。"向大海说。

荷晴白了向大海一眼。

"林小蝉怎么说的？"我迫不及待地问。

向大海也要接着问，凤姨坐了过来，我连忙打断他："这事一时半会儿也说不清楚，晚上去我家再商量吧。"

向大海双手抵住太阳穴揉了揉，不再说话。

收了摊回家，我哄苗苗睡觉，向大海和荷晴在院子里吵了半天，也没吵出个结果。

"当初文生没能和小蝉在一起，已经够遗憾了，现在有机会为什么不能重新在一起？"向大海叉着腰，气势汹汹。

"以前是以前，现在是现在。难道你让我哥替别人养儿子？"荷晴丝毫不让步。

"你能确定小蝉真的不喜欢文生了吗？"

"小蝉姐对我和赵霜都是这么说的。"

"换作你，你怎么办？难道让她一个带孩子的女人，厚着脸皮说自己还喜欢你哥？"

"牵线让赵霜和我哥在一起的，是小蝉姐又不是我。我觉得赵霜对我哥早就有意思了，以前是顾及小蝉姐，害怕别人说她挖墙脚。"

"我看赵霜就是让你们忽悠了。"向大海说。

"我哥毕竟带了个孩子,她要是不喜欢我哥,拒绝就行了呗。人家现在都已经说服汪婶了。"

"文生还没同意呢,说服汪婶有什么用。她这是一厢情愿。我都说了你哥喜欢的是林小蝉,我和你说话怎么这么费劲?"

"我又没想和你说,我是我哥妹妹,我给他点意见怎么了?"

"那我还是他妹夫呢,而且还是他多年的哥们儿。我反对。"

我在屋里听着他们的话,心中一团乱麻。

我打开房门说:"苗苗刚睡,你们两个小点声行吗?"

他俩同时看向我。

"我真没想过和小霜在一起,一直把她当朋友。"我坚决地说。

"哥,我知道你对小蝉姐有感情,可是你也要想想,你俩都带着个孩子,即使你不在乎别人的议论,也要考虑下以后的生活。赵霜才是最适合你的。"

"林小蝉就是在胡闹,我结不结婚和她有什么关系?"我漠然地说。

"大家都是朋友,她替你考虑考虑也正常,最重要的是小霜她接受了啊。"荷晴说。

向大海上前一步说:"小霜这丫头哪儿都好,就是太没有主见了。其实我心里有数,她早就对文生有意思,可汪婶不同意,她就听汪婶的了,现在被你和小蝉这么一掺和,又改变主意了。"

"小霜贤惠又漂亮。只要她同意就行了,你管那么多干吗?"荷晴说。

"我看汪婶是觉得赵霜年纪也不小了,她着急了。以前咱妈去探口风,她不同意,你不是还埋怨过汪婶吗?"

"以前是以前，现在是现在。"荷晴说。

"你们两个就别在我儿闹了，快回家吧，我再考虑考虑。"

我推着他俩往门外走，我这样说只是不想让荷晴输给向大海，免得她和我使性子。

我远远听见他们边走边斗嘴，想笑又羡慕。苗苗翻了下身，我轻轻拍了拍她，等她睡熟。

我躺在床上，不知道这种孤独会持续多久。

苗苗翻了下身，在梦里叫了声："爸爸。"

荷晴的话并没有动摇我的决定，我从未幻想生活可以通过他人的介入而变得圆满，赵霜自然也不例外。我只想看着苗苗一点点长大，累点苦点都没关系。

我想到曾经爱情至上的荷晴，有一天也劝我考虑生活，这多少有点可悲。

我趁荷晴在店里洗盘子，对向大海说："不是小霜不好，是我对她没感觉。我不会和她在一起，要不然害人害己。"

向大海连连点头："荷晴是站着说话不腰疼。我了解你的感受，哥们儿完全支持你。不过话又说回来，你从来没考虑过赵霜吗？"

"说没考虑过是假的，不过我早就想得很清楚，她和我不是一种人。"我说。

"你发现没，荷晴今天没和赵霜说过话。"向大海瞅了瞅身后。

"你又不是不了解荷晴。看她之前胸有成竹的样子，估计已经替我同意了，现在哪有脸和赵霜说话。"

向大海偷笑："哈哈，你猜对了，事情就是这样，看她怎么收场。"

"你就别幸灾乐祸了。"我白了他一眼。

赵霜抱着苗苗玩，恰好和我对视了一眼，我感到她不是很自在，又不好多说什么。

"小霜，你这么喜欢孩子，就赶快生一个。咱们身边就剩你一个大闺女没找婆家了。"八婆嗑着瓜子说。

汪婶听见也没顶嘴，跟着叹了口气。

赵霜心里不是滋味，眼泪大滴大滴地掉下来，转身回了店里。

"我说错了？"八婆感到莫名其妙。

"八婶，你就少说两句吧。"向大海说。

"得了，我不说了，闭嘴还不行吗？也不知道这丫头今天是怎么了？"

荷晴从店里探出头来："小霜怎么哭了？"

"还不都是你惹的祸。"我回头说。

荷晴噘了一下嘴，头缩了回去。

夜里收摊，街上人走得差不多了，赵霜还没走，我让苗苗跟着荷晴回家，自己走进赵霜店里。

"汪婶走了啊？"我问。

"嗯，早走了。"

赵霜没有看我，手里反复倒腾着收拾好的碗碟。

"你怎么不走？"

"回家的话，又要听她唠叨个不停。"

"哦哦。"我站在门口欲言又止。

"文生哥，你是不是讨厌我？"她转过身低头坐下。

"我怎么会讨厌你呢？"

我也搬凳子坐下来："小霜，你别误会，我真心觉得你是个好姑娘，可我一直把你当妹妹看。"

"我听了荷晴的话，以为……唉……"赵霜有些难为情，"真是太丢人了。"

"小蝉她……也没有恶意，都是荷晴那丫头，结婚了还这么糊里糊涂的。"我急忙说。

"你还喜欢小蝉姐是不是？"

"嗯。"我缓缓点了下头。

"我早该想到的。"她叹了口气。

"我也不想瞒着你，我忘不了她。我觉得这场闹剧从一开始对你就不公平。"

"谢谢你，文生哥。"

"谢我什么，我是来和你道歉的。"

"谢谢你对我够坦诚，没有骗我。"

荷晴如愿怀上了孩子。她孕反严重，几乎吃不下东西，整个人瘦了一圈。我只能一个人撑起夜市的摊子，姑妈和向大海也整天不得清闲。

姑妈下班后来夜市看我。

"你一个人能行吗？"姑妈问。

"你们照顾好荷晴就行，我挺一挺就过去了。"我擦了把汗。

"荷晴现在干不了活，可看孩子没问题，你让苗苗白天到我家吧。"

"行，让荷晴照顾着苗苗我也放心，要不我一个人还真顾不上她。"我说。

第二天我送苗苗到姑妈家，恰好遇见林小蝉来看荷晴。

林小蝉放下水果，和荷晴聊了一会儿，临走时她问我："你什么时候走？我有点事想和你说。"

我顺着她的话说："我正好要走。"

盛夏的小路上蝉鸣阵阵。

林小蝉边走边问我："小霜的事情，荷晴和你说了吧？"

我无法回避，回她："说了。"

"赵霜这丫头哪儿都好，你不为自己着想，也要想想苗苗，她需要个妈妈。我不知道你在犹豫什么。"

我们路过曾经聚会的老饭馆，店面多年没有翻新，还是老样子，我们同时向店里望了一眼。

我回过头，正好和她对视。

"因为你。"

林小蝉低头躲开我的眼神："以前你可不会这样说话。"

"人总是会变的，我说的是真心话。"

"文生哥，你别闹了，你知道这根本不现实。"她避开我向后退去。

"你有什么顾虑，可以和我说。"

"你觉得这样合适吗？我觉得太荒唐了。"她停下脚步，靠在路边的柳树上。

"我和李一川并没有血缘关系，而且我爸和方姨早就离婚了……"

"你别说了，我不能对不起李一川。"林小蝉打断我。

"你自己过就对得起他了吗？你怎么不为小墨考虑，给他找个爸爸？你又是因为什么？"

"反正不是因为你，李文生。"

"你知不知道什么叫人言可畏？你们男人可以不在乎，我们女人受不了别人整天嚼舌根。我和你在一起，我婆婆也不会同意。"

"你问过你婆婆吗？"

"我……不用你管。"

"那你管我和赵霜的事干什么？"

"我只是单纯为你好。"林小蝉说。

"我不需要这种好。"

我看着她不在乎的样子，更加生气："你觉得你伟大，你无私，可你考虑过我的感受吗？你认为这是在帮我，其实你只是想让自己心里好过一点。"

"我没有。"林小蝉大声说。

"你就是。"

我和林小蝉对视着。

"你要是真的对我好，就和我在一起，我会照顾好两个孩子的。"我一把抓住她的手。

我看不清她的眼神，只能感觉到她的手在颤抖。

"我们已经错过了，就不可能再有机会。"

"我想得很清楚。"

"你简直疯了。"她挣脱我的手，消失在街道尽头。

晚上收摊前，向大海听完我的话，意犹未尽地点着头："相信我，她心里是有你的。她希望你选择赵霜，源于对你的关心和对未来的恐惧。"

"有什么可害怕的？"我问。

"人的年纪大了，面对感情的第一反应就是害怕，顾忌太多，渐渐就退缩了。你看荷晴整天大大咧咧的，都学会为了孩子精打细算，更何况林小蝉呢。"

"有道理。"我附和说。

"她担心给你带来麻烦，担心小墨接受不了，担心两个孩子的压力太大，也担心别人说三道四，总之，我觉得她不是不想和你在一起。"

"你什么时候懂这么多的？"我吃惊地看着他。

"天天陪荷晴看情感类节目熏陶的。"

我朝他翻了个白眼，心里却十分认同。

不远处传来玻璃破碎的声音，又是烧烤摊那边，几个酒鬼喝醉后耍酒疯，在路边呼天喊地，把啤酒瓶扔向身后的单元楼，砸碎了窗玻璃。

"这个月已经好几回了。"

"几杯酒下肚，天不怕地不怕。"

"最怕的是他们看不见自己那副德行。"

听着街上七嘴八舌的议论，徐三叔点起一根烟，坐过来说："周围的老百姓恨死咱们了。"

"晚上喝酒的喝到后半夜，是有点扰民。"青田也凑过来。

"这也不能怨咱们啊。"向大海说。

"他们可不这样想。咱们不摆摊，他们能来喝酒吗？"徐三叔又说。

"这种事还好，偶尔几次，报警解决一下就平息了。住在附近的人最受不了的是早市，以前早市只在过年前后有，现在每天都有，三四点钟开始叫卖，谁能受得了。"

"我听说有人带头想解决这事，准备在城南商业街那边也搞一个夜市，不知道是真是假。"青田说。

"是有这么个事。"我说。

"哎呀，南面的夜市会不会抢了咱们的生意。"八婆听了，叽叽喳喳说个不停。

"反正我生意不好，要是那边人多，换去那边摆摊也行。"

青田说。

"闭上你的臭嘴，那边人多了，这边的人不就少了吗？"八婆对着他喊。

青田没想到自己的话会冒犯到八婆，又不敢顶撞她，一声不吭地回了对面。

林小蝉在对面陪着小墨，时不时地拿起书看上几眼。

那条大黄狗又出现在我们面前，我向它招了招手，把苗苗的剩饭喂给了它。

过了半个月，城管开始整治北山道路的摆摊问题，规定了出摊时间，下午五点前不允许出摊。

有店铺的摊主没什么影响，麻烦的是林小蝉这样推餐车的，黄昏前只能在附近等候，到了时间要争分夺秒地布置摊位。

清泉县的人早已习惯了到北山散步，城南的夜市折腾了两个月后没了动静，大家得知自己的营生没受影响，也松了口气。

中秋节刚过，连续下了几天雨，天气预报说未来两三天还会有中到大雨。闲来无事，青田打电话找我吃饭，我没多想就答应下来。

来到饭店，我才知道他只请了我一个人，顿时有些诧异。

起初他只是结结巴巴地抱怨自己生意不好，酒喝到了一半，我看他还是支支吾吾的，便问他："青田你找我吃饭，是不是有什么事？"

"倒是……有点事想问你，不好意思开口。"

"你说吧。"我说。

"他们都说赵霜喜欢你，不知道是不是真的。"

"我对她没什么想法，你要是喜欢她就去追。至于她怎么想的，我也不知道。"我说。

青田松了口气："文生哥，还是你聪明，一猜就知道我想问什么。"

青田每次到赵霜摊位上，林小蝉都会偷偷瞥我一眼，我有些心虚，下意识躲开她的眼神，林小蝉见状，对我更加不冷不热。

"你说我惹她了吗？"我问向大海。

"心虚的应该是她。你因为她拒绝了赵霜，她自己又不敢接受你。"

向大海挥舞着手中的铲子："女人一旦确定了某件事，就会陷入死循环，不停地给这件事找理由。她在心里不断否定你，你已经成了她的假想敌。"

我微微一笑。

"就像荷晴，现在认定我不能成为一个合格的爸爸，至少不能给孩子一个良好的经济条件。她很焦虑，而排解焦虑的办法就是不停指责我。"向大海满脸委屈。

"可你的孩子还没出生。"我说。

"荷晴才不管那么多。"向大海摇摇头。

"也许我也不是一个合格的爸爸，只是没人谴责我而已。"我笑了笑。

向大海看着对面的林小蝉说："只要你成了女人的假想敌，她根本分不清爱和恨。"

"好像是这样。"我缓缓点头。

向大海吹起口哨，用铲子将锅里的麻辣烫翻了翻。

"我们能做什么？你多卖几根香肠，我多卖几份麻辣烫，多挣一分算一分。"

听了向大海的话，我不禁去想自己能给苗苗什么呢，倘若我和林小蝉在一起，我又能给她和小墨什么呢。

雨后的晚风吹来闷热的水汽，我心中细小的忧愁，如同饮料中的气泡，破碎在空气里，听不见任何声响。

过了年，夜市再营业，荷晴的预产期也快到了，她身子经常不舒服，为了让她在家安心待产，我把苗苗接了回来，姑妈也在家一直守着荷晴。

苗苗会走后，在屋里待不住，喜欢在街上玩。

一个周末学生放假后，我忙得不可开交。

"苗苗，别乱跑。"我回头喊，可不见她回答。

我以为她又跑去和小墨玩了，我到对面问林小蝉："小墨呢？"

"怎么了？老李，你找我。"小墨伸出头。

"以后不准这么叫你李叔，太没礼貌了。"林小蝉说。

"苗苗没和你在一起吗？"我问。

"没。"小墨说。

我的心咯噔了一下："快帮我找找，苗苗不见了。"

林小蝉也是一惊，四处张望。

我跑回店铺，苗苗也没在屋里，我彻底慌了神。

"苗苗，你在哪？"我大声喊，向大海、徐三叔、赵霜和八婆都围了过来。

"苗苗不见了，大家快帮我找找。"

周围的客人听见了，也跟着喊："大家有没有看见一个小女孩？"

"什么？孩子丢了？"凤姨张大嘴巴，挠乱自己的头发，推倒身边的桌子。

徐三叔从身后死死抱住她。

"干妈，你没事吧？"向大海上前握紧她的手。

"我管她就行，你们快去找苗苗。"徐三叔喊。

我看着发了疯的凤姨，双腿不听使唤。

"你先别慌。八婆他们几个去上面找，你和我往路口那边找。"向大海推了我一把。

夜市路口堵了一群人，平时我投喂的那条大黄狗，正在疯狂扑咬一个戴墨镜的男人。那人不停闪躲也无法抽身，不停惊呼："哎呀，谁家的狗？"

我气喘吁吁地跑来，大黄狗叫得更加凶了，那男人要跑，大黄狗跳起来一口咬在他手上，他背上的大行李包掉在地上，他刚想伸手捡起来，被狗吓退。

"这狗通人性，快看看怎么回事？"向大海喊。

我想也没想，上前拉开行李包，苗苗昏睡在里面，大黄狗走过来蹲在旁边。

我大呼："他是人贩子。"

没等街上的人反应过来，那男人推开行人，夺路而逃。

我来不及管他，一把将苗苗抱在怀里，眼泪止不住地往下流。

苗苗在我怀里悠悠转醒。

"你怎么样了？"我晃了晃她的身子。

"爸爸，我头好晕。"

我再次抱紧她，感觉她是我的整个世界，我贴在她的耳边小声说："对不起，是爸爸没照顾好你。"

我带苗苗去医院做了检查，又去派出所做了笔录，一路上我抱着苗苗一刻不离，生怕谁还会把她抢走。

回到夜市，大家都在等我。

"苗苗没事吧？"林小蝉问。

"嗯。"

我感觉整个人都被掏空了，多说一个字的力气都没有。

"想起来真让人后怕。"徐三叔紧靠着恢复平静的凤姨。

"可惜我没追上那个人贩子。"向大海咬着牙恶狠狠地说。

"谁让你那么胖。"八婆说。

"大家以后都得小心，小蝉你以后也得看好小墨。"汪婶说。

我不想说话，坐在一旁听着他们议论。

大家散了后，我依旧抱着苗苗，回头才看见等着我们的，还有那条大黄狗。

我招了招手，它就过来了，先看了眼苗苗，又对着我叫了一声。

我摸了摸它的头说："今天多亏了你，以后你就跟着我们吧。"

它好像听懂了我的话，摇了摇尾巴。

我看着苗苗的小脸说："它救了你的命哎，以后我们养着它。苗苗，你给它取个名字。"

苗苗没太懂我的意思，只是对着大黄狗招手，嘴里喃喃地说："来，来。"

我心想，那就叫它小来吧。

从那天起，我彻底理解了林小蝉。无论我在她心里是什么位置，对于她来说，孩子才是最重要的，任何可能影响孩子的改变，她都不愿做。

收留了小来后，它跟着我早出晚归，我干活的时候，它就蹲坐在苗苗的身边一直守着。

小墨跑过来，好像对小来很感兴趣，小来目光凶狠地盯着他，不让他靠近苗苗。

它叫了一声，小墨一下子缩到我身后。

我对它说："这是苗苗的朋友，小来，你要乖。"

小来这才让到一边。

"这狗真有灵性。"

向大海盯着小来，说："你看小墨和苗苗跑到哪，它就跟到哪，简直就是苗苗的私人保镖。"

我看着小来说："有它看着苗苗，我放心多了。上次的事情不能再发生了。"

这时，一个人走过来问我："谁是向大海？"

向大海在一旁招了下手。

"你丈母娘托我来捎个话，你媳妇在医院要生了。"

华灯初上，又一个小生命降临世间。荷晴在孩子出生前想了不少名字，可向大海力排众议，给这个男孩取名向飞。

自那以后，向大海和荷晴也一门心思扑在孩子身上。

水街的时光无限轮回，银杏树绿了又黄，无数个黄昏悄然消逝。我数不清多少次梦见过银杏树和路灯，梦境中所有色彩杂糅在一起，汇成一片温暖的昏黄，那是只属于夜市的色彩。

我们靠一个小小的路边摊维持生计，路过这条街的人，好像也路过了我们半寒冷半温暖的人生。所有思绪不经意间都飘散在夜市的烟火气中。

不知不觉，李墨这个淘气包都要上小学了。他只会当着林小蝉的面叫我李叔，平时还是喊我老李。

街上喊我"老李"的人越来越多，我也笑着答应。

附近村镇搬到县里生活的人越来越多，夜市的买卖更好做了。这里的地租早已翻了好几倍。

邻居转卖一辆二手小面包车，正好我有点余钱，就和向大海各出一半钱买了下来，方便平时进货。

夜市的生意是累了点，可大家都不愿换地方工作。小县城里除了吃公家饭的，少有不刻薄的老板。工作累不说，挣的钱也难以养家糊口。

我和林小蝉再也没单独见过面。李墨不用像小时候那样费心照看，她有了更多的时间在路灯下看书。每天见面我们彼此问候，收摊前依旧和从前一样，聚在一起闲聊。

水街的风永远吹不散夜市的烟火。夜空中的北极星一动不动地俯瞰着一切。

那年六月，林小蝉一连几天都没出摊。

"这都第几天了？"荷晴问。

"第三天了，应该是家里有事。"徐三叔说。

八婆挽了挽袖子说："会不会是唐雁那娘儿们又搞什么鬼？"

"这几天你们见过她吗？"我问。

大家都摇头。

"让大海去问问吧，他脸皮厚。"荷晴说。

"没什么不好意思的。荷晴，你招呼客人，反正她家也近，我去看看。"我淡淡地说。

我敲了敲门，里面传出林小蝉的声音："谁？"

"我，李文生。"

"有事吗？"她没有开门。

"你好几天没出摊了，我……替大家来问问。"

"我没事，就是身体有点不舒服。你走吧。"她回答我。

我隔着门没见到她，还是放心不下。

"真没事啊？"我又追问。

"真没事。"她坚决地说。

我回到夜市，向大海问："她怎么了？"

"说是身体不舒服。"我说。

"你见到她了？"

"她没开门。"

"那更不像没事的样子。"向大海摸了摸下巴。

"她不说我也没办法，实在不行明天我去问问方姨吧。"我心里闷着一口气，心像风筝一样被一根线牵着。

忙了一天，我洗了把脸躺在床上，听见小来在院子里叫了两声，有人轻轻敲门。

我披上衣服起身，见到林小蝉站在门口。

"你怎么来了？"我问。

林小蝉眼神空洞，没有说话。

我又要开口问她，她却绕过我，向屋里走去。

我手足无措，只能跟进去。

室内光线暗淡，我刚要开灯，她拦住我，问："苗苗睡了吗？"

"早就睡了。"我指了指苗苗那屋。

林小蝉坐到我的床上，脱掉鞋子，躺了下来。

我见她还不说话，站在门口挤出一句："你来找我，什么事？"

"文生哥，你抱抱我。"她低声说。

我站在原地没有动，心乱跳起来，闹钟秒针的声音回荡在房间里，过了三秒、十秒、三十秒……每一次嘀嗒声都是那么清晰。

"我快死了。"她突然开口。

没等我说话，她又补充道："前几天检查出来的癌症，已经是晚期，没得治了。"

房间里没有开灯，我站在黑暗中，心里重复着她说过的每一个字，我无法立即将它们串联成一个句子。短暂的沉默后，我第一个念头就是：这是假的。

林小蝉仿佛听见了我内心的独白，站起来靠近我，在我耳边说了三个字："是真的。"

"一定还有别的办法。可以去省医院，或者去更大的医院……"我语无伦次。

林小蝉从背后抱住我，不停地说："文生哥，对不起……"

我知道她哭了。

我呆呆地转过身去，她把脸贴紧我的胸口。

"我知道自己要死了，一个人走在街头，心里想的都是你。"她用力抱住我。

"我只想安安稳稳地生活，照顾好小墨，离开我爸妈后，这样生活下去也挺好。"她的泪水浸湿了我的衣服。

"我知道，我知道……"我不停重复。

"原谅我。"林小蝉说。

我用力抱紧她。她身上那熟悉的味道，这些年一直没有变。我以为我的泪水已经流干了，可我的手触摸到她脸庞的那一刻，眼泪又不争气地流了下来。

"以前的事情不要提了，剩下的日子让我好好陪你。"我吻了她一下。

"我有件事放不下。"她说。

"是小墨，对不对？"

林小蝉"嗯"了一声。

"你嫁给我，小墨以后就是我的儿子。"

林小蝉流着眼泪说："文生哥，我知道这样对你太不公平，可除了你，我把小墨留给谁都不放心。我是不是太坏了，临死前还要给你找这么大的麻烦。"

我用手堵住她的嘴。

"让我嫁给你吧。"林小蝉在我怀里说。

我缓缓地点了点头。

一夜过后，我们平静下来，一起走出家门，不再回避邻居的目光。我牵着林小蝉的手，林小蝉抱着苗苗。

苗苗刚醒还不知道发生了什么，开口要叫阿姨，我连忙告诉她："苗苗，以后叫她妈妈。"

苗苗眨了眨眼睛，打了个哈欠，还搞不清状况，倒是小来好像听懂了什么，在我们身后跳来跳去。

"我回家把小墨接过来，晚上我们一起出摊。"林小蝉说。

"你爸妈，还有你婆婆，他们都知道吗？"我问。

"还不知道。我会跟他们解释，你不用管了。"林小蝉笑了笑，消失在小巷的转角。

傍晚，林小蝉推着餐车，带着几个行李包，小墨也背着一个小书包，大家都很纳闷，又不好意思多嘴。

林小蝉把餐车推到向大海面前："我们换一下地方行吗？我想在文生哥旁边。"

向大海和荷晴愣在原地，一起盯着我。

我点了点头，帮着他俩把餐车推到对面。

"这是什么情况？"向大海问。

我推着车，压低声音："我俩决定结婚了。"

"啊？"向大海没控制住，兴奋地抬起头。

"你能不能小声点。"我瞪了他一眼。

"哥，之前怎么一点没听你俩说过？"荷晴问。

我强忍住泪水说："她得了重病，估计活不长了。"

"啊？"荷晴和向大海同时一惊。

大家时不时地看向我们，转过身偷偷议论。林小蝉毫不在意，和往常一样包着小馄饨。

八婆笑眯眯地看着我，似乎在等我说点什么。

我心中像压着一块石头，怎么也打不起精神。

林小蝉准备得差不多了，到店铺里洗了洗手。赵霜不知道发生了什么，一脸茫然地看着我们。林小蝉向对面招了招手，让荷晴过来这边。

荷晴看了看我，不知如何开口。林小蝉牵住她的手走到一边说："荷晴，你帮我个忙。"

"什么忙？"荷晴问。

"我得了病，活不长了。"

"小蝉姐，你……怎么会……"

"谁知道呢。老天也真会捉弄人，我从来不生病，这次就得了个治不好的病。不管谁想知道，你都可以说。我去告诉大家自己要死了，总觉得怪怪的。"

我看着她云淡风轻的样子，心里更不是滋味。

荷晴早已红了双眼。

"尤其是小霜……之前我做的事太傻了，真是对不住她。"林小蝉说。

过了不一会儿，事情就传开了。

赵霜过来握住小蝉的手，泪如雨下。

"别哭了小霜。"林小蝉说。

"我一想到你……心里就难受。"赵霜擦了擦眼泪。

"之前的事情是我不好。"

"都过去那么久了，还提它干什么？你俩能在一起，我是真心为你俩高兴。"

八婆和汪婶本以为能凑个热闹，却没想到出了这样的事情，她们望着我和林小蝉，一句话也说不出来。

夕阳映红了街道，我和林小蝉一起招呼着客人。

我满头大汗，一只手伸过来，我下意识躲开，转过头，原来是林小蝉拿着毛巾准备为我擦汗。

"我自己来就行。"

我去拿她手里的毛巾。

林小蝉没有松手，一点点为我擦去额头上的汗珠。

我看着林小蝉的眼睛，泪水在眼眶里打转。

林小蝉抚着我的后背说："文生哥，你别这样，你答应过我，要像什么都没发生一样，和我好好过完剩下的日子。"

"你要是能天天在我身边该多好。"我低下头。

林小蝉拍了拍我的后背："说不上我能活多久呢。客人都等着呢，快干活吧。"

徐三叔双手颤抖着点上烟，大口大口地吸了起来。

暮色四合。

小墨和苗苗在路边追着小来，清脆的笑声在熙攘的人群中荡漾开。夜市上空弥漫着小吃的香气，晚霞逐渐暗淡下来，天边只剩下山峦暗紫色的轮廓。

林小蝉凝望着远方："你看这夜色多美啊。"

我有些出神，心想我们的生离死别，在天地之间太过渺小。我望着远山的暮色，心底生出一丝释然，身在闹市，内心却无比宁静。

晚上收摊，小墨觉得回家的路不对，问林小蝉："妈妈，咱们不回家吗？"

"咱们搬家了。"

小墨似懂非懂，只是跟在我们身后。

回家后，苗苗叫了声林小蝉妈妈，小墨闹起来："她是我妈妈，不是你妈妈，这儿不是我的家，是老李的家。"

"我说是就是。你再哭我打死你。还敢叫老李。他从今天起，就是你爸爸。"林小蝉说着就要动手。

小墨吓得缩到墙角，我赶快拦住她说："总要给他点时间适应。孩子还小，你和他生气干什么？"

小墨和苗苗睡着后，我们坐在院子里乘凉。

林小蝉仰望着星空，露出孩子般天真的笑："以前的事情我不想提，我只想和你过好现在，至于以后……我也没有以后了。"

"前几天我还以为，你和我会在夜市隔着大街一直干到老。"我感叹着，"人生真是无常。"

"我经常想，自己这辈子输得很彻底，能鼓起勇气来找你，才算赢了一点。可是文生哥，我希望你早点忘了我，甚至希望小墨也忘了我。有那么一瞬间，我对世间没有任何留恋。"

我想不出什么安慰她的话，挪了下凳子，靠着她坐着，让她的头靠在我的肩膀上。

"你说老夫老妻是不是就像我们现在这样？"

"也许吧。"

邻居家的灯突然亮了，小来汪汪叫了两声。隔壁的两口子不知道为了什么，破口大骂起来。男的要离家出走，女的闹着要自杀上吊，吵了很久又关灯睡觉了。

我和林小蝉听着，都觉得好笑，笑完了却又怎么也高兴不起来，彼此沉默地坐了一会儿。

　　"人这一生啊，好像怎么过都不对。"林小蝉说。

　　"谁说不是呢。"我笑了笑。

　　林小蝉也笑了笑，倚着我的肩膀睡着了。

　　我和林小蝉早起干活，小墨坐在林小蝉身边一言不发，苗苗在院子里和小来玩，也不去理坐在一旁的小墨。

　　我蹲下来问她："苗苗，小墨以后就和咱们一起生活了，你不开心吗？"

　　"好啊，可爸爸是我的。"苗苗说。

　　"爸爸平时忙，多一个哥哥照顾你不好吗？"

　　苗苗转了转眼珠，她已经看出了我的心思，嘟囔着："平分了一个爸爸，多了一个妈妈，还有一个哥哥……好吧，爸爸。"

　　我把她举起来："苗苗真乖。"

　　苗苗走到小墨的身边不停给他做鬼脸，不一会儿就拉上小墨一起玩了。

　　"苗苗真懂事。小墨这孩子太调皮了，这么小我就管不了他了。"林小蝉说。

　　"男孩子懂事都要晚一点。"我说。

　　"一会儿咱们准备完食材，把孩子送到荷晴家，咱俩出门办点事。"

　　"什么事？"我问。

　　"去民政局把证领了。"她有些难为情地说，"有时间就早点办了吧。"

　　"好，都怪我，忘了这么重要的事儿。"我拍了下脑门儿，起身去拿身份证和户口本。

林小蝉拉住我："你真的想清楚了？"

"当然。"我说，"我想得很清楚，就算不为了你，我也希望小墨能做我的孩子。"

民政局的大厅里，我们换上白衬衫，坐在相机前，"一、二、三，新郎新娘笑一个。"摄影师按下了快门。

林小蝉攥着两本结婚证，看了看结婚证，又看了看我，幽幽地说："真是造化弄人，我还是嫁给你了。"

我们走出民政局的大门，迎面正好撞见唐雁。

"怎么，翅膀硬了啊……"

没等唐雁说完，林小蝉一记耳光已经结结实实地打在了她的脸上。

唐雁由吃惊转为愤怒，看着眼前的女儿大吼："你是疯了吗？死丫头，敢打我。"

"我得了癌症，马上要死了，你知道吗？"林小蝉抓住她的肩膀，疯狂地前后摇晃。

"这回你满意了？我叫了你这么多年妈，你就没有把我当女儿看待。"

唐雁在前后晃动中呼吸困难，我用力拉开两人。

唐雁两腿一软坐在地上，口中念叨着："啊，你……真的吗……"

"我们走吧。"林小蝉没有再理她，拉着我就走。

林小蝉拉着我往前走了一会儿，脚步慢了下来："文生哥，你说我是不是特别蠢？"

"怎么这么说呢？"

"人要是都有机会死一次就好了。也许会在死之前想清楚很多事情，就不会自己把自己困住。这些年我也知道他们对我不好，可我总觉得一切是有尽头的。到头来我换来了什么？他们根本不值得我付出这么多。"

我不知道该说什么，低头不语。

"他们把我从小养大……曾经也对我很好……"林小蝉蹲在地上哭了。

亲情好像是上天安排好的纠葛，有令人难以割舍的温暖，也有令人窒息的绝望。我看得出她这次的决绝。我蹲在她身边，感受着她内心撕裂的痛。原来人不管是伤害别人，还是受到伤害，最终去承受的都是自己。

"算了，我和他们的缘分尽了，也是个好结果。"林小蝉使劲擦了擦眼泪。

荷晴在我家门口等着我们，告诉我姑妈要请我和林小蝉吃饭。

没等我说话，林小蝉想都没想就答应了。

林小蝉说完，对着荷晴点了下头，先进了屋。

"你妈知道了？"我问荷晴。

"嗯。"她点头。

"我以为她会来拦着我。"我说。

"我妈知道后就哭了。"荷晴低下头说，"这些年你和小蝉姐的事我们都看在眼里，谁心里不清楚呢。"

"我要抚养小墨，我以为她不会同意。"

"我妈又不是铁石心肠。"

"我哪有那意思。"

姑妈做了她所有拿手的菜。

"这些年你俩啊，不容易，不容易……"姑妈重复着。

向大海眼看姑妈快哭出来了，急忙说："文生、小蝉你们多吃点。"

"可没想到……"姑妈哽咽了一下，又叹了口气，"不管怎么样，都好。小蝉啊，你终于是文生的媳妇了。"

"是啊，好像在做梦。"林小蝉说。

吃完饭，林小蝉靠在姑妈家门口的长椅上，素面朝天，不知道在回忆着什么。小墨和苗苗依偎在她身边，空气中飘来淡淡的青草香。

我对林小蝉的病情还抱有一丝幻想，私下里打听了好几个医生，又托人问了省医院的医生，可没有任何转机。

林小蝉拒绝住院，和大家重复着之前说过的话："既然治不好，就活一天开心一天，不能死在医院里。"我在人前也尽量附和她。

她看小墨的眼神里藏着一丝黯然。那种悲伤不易察觉，却深不见底。

林小蝉有个笔记本，从来不给我看，可我知道上面写着她所有的计划：照全家福、做好吃的、买玩具，以及给成年的小墨留下一封信。她一项项完成着上面的计划，有时也会新增一些。

我也收到了她的礼物——一部手机。那时候手机是件奢侈品，平时用得很少，我劝她去退掉，她怎么也不肯。

之后的日子里，林小蝉疯狂地置办衣物，她去街上买，也会自己做。她熬夜为苗苗和小墨每人织了三件毛衣，从小到大叠好放在柜子里。

林小蝉撑了两个月，在卖馄饨的时候晕倒了，躺在床上一连几天没吃东西。

"我让小墨在家多陪陪你吧。"我热了碗小米粥，用勺子喂到她嘴边。

林小蝉吃进嘴里，可还是咽不下去，她咳了一声说："别耽误他上学，再说了，我越看他越舍不得。"

"好，听你的。"

"你一定要供他们念完书。"林小蝉嘱咐我。

"你放心吧。"

过了中午她又睡了很久，我坐在床边静静等着。

林小蝉从梦中惊醒，看见我坐在她身边，这才安下心来。

"你猜我梦见什么了？"她问我。

"这我可不知道。"我握住她的手。

"我梦见和你举行婚礼。"

我苦笑着说："荷晴经常说，结婚是她这辈子干过最累的活，咱俩倒是省了这个麻烦。"

"我想让你看看我戴头纱的样子。"她握住我的手，"你麻烦大海跑一趟吧，今天允许我任性点。"

"好。"我眼睛微微一酸，拨通了向大海家的电话。

"你哪里也别去，在这陪着我。"她握紧我的手。

我一个劲地点头。

不一会儿，向大海拎着一条头纱跑进屋："找了半条街，总算在一家照相馆借到了。"

荷晴带着苗苗和小飞跟了进来，林小蝉搂过苗苗，将脸贴在她的小脸蛋上。

"你俩赶快去学校，接小墨回来吧。"我接过向大海手中的头纱。

"文生，我想去清泉县外面看看，你带我去。"林小蝉的语气异常坚定。

"现在？"我问。

"嗯，我还没有走出过清泉县呢。不知怎么的，今天特别想到外面看看。"她把头纱从我手里扯过去。

"好……"

"等小墨回来，你就去开车。"

听见小墨回来的声音，林小蝉手里握紧头纱，提了口气，在我的搀扶下站了起来。

林小蝉紧紧抱着小墨，抚摸着他的脸庞。

荷晴把头埋进向大海的胸口，压低声音抽泣。

林小蝉亲了小墨一口，头也不回地上了面包车。

面包车驶上了国道，视野开阔起来，林小蝉的手按在玻璃上，望着窗外。

车子刚要驶出清泉县的地界，却停在了路上。

"我下去看看。"

我扶林小蝉到后座躺下休息，打开车前盖检查，却又找不到是哪里出了故障。

"文生哥，别修了。"她喊住我。

我听到她微弱的声音，回到她身边。

"你帮我把头纱戴上吧。"她伸出手。

夕阳照在了她的脸上，白色的头纱泛着金光。

"我好看吗？"林小蝉问我。

"好看，好看，不能更好看了。"我擦掉眼泪。

"我们开出清泉县了吗？"

"还差一点。"

"我这一生，终究没走出清泉县。"

林小蝉无奈地笑了笑。

公路旁边是一片湖泊，四周长满芦苇，成群的水鸟穿梭其中，波光和芦苇随风摇曳。

林小蝉盯着车窗外看了一会儿，说："这里也不错。"

"嗯。"

"文生哥，我给你唱歌吧。"林小蝉轻轻哼唱起来。

风吹进车窗，落日消失在湖的尽头，我抱着林小蝉，身边的一切开始变得不真实。

歌声飘散在晚霞中，渐渐停了下来。

我没有动，直到天空完全黑暗。

林小蝉的手一点点凉了，我忍住泪水，最后一次抱紧她。

料理完丧事的夜里，小墨靠在我身边问我："妈妈以前告诉我，我爸爸去了一个很远的地方，她是不是也去了？"

我对林小蝉的思念涌上心头，摸了摸小墨的头说："是的，你妈妈也去了很远的地方。你要听妈妈的话，我会一直陪着你，等妈妈回来。"

"谢谢你，老李。"他揉了揉眼睛，贴着我说，"其实我知道，他们是死了，是不是？"

我听他这样说，不知道怎么回答。我轻轻拍着他，直到他沉沉睡去。

清泉县的晨雾，只有在秋天才散得早一点，九点多就能望到辽阔的苍穹。

我们聚在一起，帮青田和赵霜张罗婚礼。

酒席上，向大海皱了皱眉头，侧身凑到荷晴的耳边说："别人结婚，你唉声叹气干什么？"

"总觉得让青田捡了个便宜。他可配不上小霜。"荷晴噘着嘴。

"净爱管闲事，等着吃饭吧。"向大海把头转回来。

"其实不少人啊，到后来都是将就着搭伴过日子。互相喜欢的，过着过着就不喜欢了；不喜欢的，过着过着也就喜欢了。"八婶边嗑着瓜子边说，一不小心咬到了嘴，"呸，我怎么好像在说顺口溜。"

我没有说话，只管让两个孩子在宴席上饱餐一顿。

秋风吹过，漫天黄叶飘飞如雨。

我左手牵着苗苗，右手牵着小墨，走过落满银杏叶的大街。小墨放开我的手，弯腰捧起一把黄叶撒向空中，叶子如金色蝴蝶一样散开。

"哥哥。"苗苗喊了一声，一起玩了起来。

"老李，你和苗苗会一直陪着我吗？"小墨停下来，背对着我，站在原地。

我从后面摸了摸他的头："当然会。"

我看着两个孩子扬起的落叶，感觉时间一下子过去了好久，林小蝉的死好像已经很遥远。

在我的印象里，秋天总会发生很多事情，同时也让我们忘记很多事情，还没来得及仔细去想，冬天就到了。

⚘ 第八章

过年那几天，小墨带着苗苗出门玩。

回来吃饭的时候，我看到小墨的手红肿得厉害，拉起他的手问："你的手怎么了？"

"没事。"小墨说。

这孩子倔，问他也不会说，我转头问苗苗："你说。"

"大家一起放鞭炮，我们没有，我哥跟在别人后面，捡没爆炸的给我玩，有一个刚捡到手里就炸了。"

我不敢看小墨的眼睛。

"老李，真没事。"

他一直这样叫我，我也习惯了。

"是爸爸不好，以后想要什么就告诉我。"我摸了摸他的头。

我心里难受，觉得对不起两个孩子，夜里冒着雪去买了两盒鞭炮。

从那之后，我再也不忍心从两个孩子身上省钱，冬天又找了几份工作。几年下来身上落下不少毛病，经常腰酸背痛，每逢下雨阴天倍加难熬。

苗苗一直很懂事，知道心疼我，小小年纪就会洗菜做饭。小墨要淘气些，但也不算过分，偶尔和同学打架，放学后偷偷跑到朋友家里打游戏。那时同龄的男孩子都这样。好在他成绩一直不错，我也很少和他生气。

等到苗苗上学，每天送她上学的不是我，而是小来。我送过她几次，苗苗知道我忙，便要求自己去。后来只要苗苗背上书包，小来就会摇着尾巴跟出去，等苗苗进了校门，小来会自己跑回来，在院子里对着我叫几声，我便知道苗苗已经到了学校。

时间一长，就传开了：夜市老李家那条狗，能送他家闺女上学。

抚养两个孩子的担子，落在我一个人身上。小学的课程简单，我闲下来也能教教他们。除了两个孩子的花销，其他地方能省则省。

方姨怕拖累我们，始终一个人生活。

小墨和苗苗在夜市长大，放学后陪我出摊。

等客人少了，他们就趴在我身后的桌子上写作业。一到这个时候，周围的人都会微笑着安静下来，默默地看着灯光下的两个孩子。

水果摊的几个大妈来找八婆聊天。

八婆推着她们就往外走："小点声，去你们那边唠。咱们没出息，孩子们可得有出息啊。"

孩子们一年到头最盼望的是北山的马戏团演出。

"电视上都有。什么猴子骑自行车、空中飞人的，老子走南闯北什么没见过。你们去吧，我就不去了。"向大海嚷嚷着。

我听他这么说，知道他和我一样，也不舍得花门票钱。

北山下面聚了这么多人，又是一天的好生意。我们摆摊的人总有这份牵挂，所以每次都是荷晴带着几个孩子去看。

客人混熟了，会和我开玩笑："老李，你咋还替别人养孩子呢？自己快点找个媳妇吧。"

我早已不在乎他们的奚落："我可不用找媳妇。你们的孩子是媳妇生的，我的孩子都是老天给的。"

回头想想，那几年日子过得累，可一切都很简单，除了挣钱就是照顾孩子。要不是两个孩子的个子长高了，自己的白头发多了，真没发觉时间过去了那么久。

清泉县的矿挖没了，树砍得也差不多了，老板们挣了钱都搬到了大城市。没了经济就想谈历史，可清泉县真没什么历史，没历史就谈环境，可那几年环境也被折腾得不怎么样了，最后剩下的只能是讲情怀了。

那一年春天，县里几个业余考古爱好者在北山深处发现了几堵破败的围墙，一时间搞得县里各部门热血沸腾。

"我以为他们发现什么了，原来就是几堵破墙，能有什么用？为了凑个热闹，害得我走了两个多小时。"八婆不停埋怨。

"谁让你信了。城东那些大妈，传话可是没个准。再过几天，她们能说在山那边挖出金矿了。"向大海忍不住笑了出来。

"去你的。电视上不也说了，咱们县有重大发现，疑似文明古迹或抗战遗址。"八婆觉得自己说的话绕口，又故意咳了两声。

"要说古迹，清泉寺不算吗？"

"谁知道呢。"

几天后，从外地邀请的专家到了清泉县。

电视台的记者扛着摄像机，跟着专家翻山越岭直达现场。中小学生在山门下排成两队，自然也有不少无聊的人在那里观望。

为首的那个人穿着一套正装，不停地对着麦克风测试："喂喂喂……"

他问一旁的人："稿子写好了吗？"

"写好了，写好了。"

过了一会儿，他又问："条幅准备好了吗？"

"准备好了，准备好了。"

过了半晌，一群人垂头丧气地下了山，带头的人和穿正装的那个人说了几句话。大家收到消息一下就散了。后来才知道，那里发现的竟是土匪的山寨。

从那以后，清泉县很多年也没折腾出什么大事。

清泉县搞教育改革，组建了一所重点中学——第三中学，并高薪从各地聘请任课老师。恰好那年小墨小学升初中。我还真没想到小墨这孩子能考上。

第三中学的花销大，可我心里还是高兴。

开学前一天，我把小墨叫到屋里："明天我陪你去学校办入学手续，你以后就住在学校吧。"

"哦。"小墨不情愿地低下头。

第三中学离我家只有几条街，离夜市也不到一公里。县里的学生大多在家里住。可我反复考虑，我干活忙不过来，放学后家里没人，他和苗苗总在夜市陪我，晚上学习多少都会受些影响。

我拍了拍小墨的头，说："行李我都准备好了，缺什么告诉我。"

苗苗在门口听见我们的对话，抹了抹眼泪说："爸爸，我舍不得哥哥，可不可以不让他住在学校？"

我心里也不是滋味，安慰她说："你哥只是在学校住。他的中学比你们小学离家还近，我们随时可以去看他。"

第二天一早，姑妈和向大海一家三口也来送小墨入学。

向大海揪着小飞的耳朵说："你得向你表哥学习，过几年也考上重点中学。"

"我就不。"小飞挣脱开，边跑远边做鬼脸。

荷晴用力拍了一下向大海的后背："和你说过多少遍，别揪孩子的耳朵。"

"这孩子就是被你惯坏的。"向大海摇了摇头。

到了校门口，我说："我和小墨进去吧，咱们这么多人进去有点不像话。"

我和小墨办好手续，交完各种费用，想着早点到教室去见见班主任。

刚到教室门口，一群人已经堵在那里和老师聊得兴起，像推销产品一样介绍着自己的孩子，话里话外想让老师多加照顾。

门口的老师摆了摆手说："不好意思，各位家长，我是教务处指导学生入学的老师，大家办理好手续就可以先走了。下午两点，他们的班主任会给大家开家长会。请准时参加。"

众人知道他不是班主任，瞬间散开，各忙各的去了，我们也随着下了楼。

安排好小墨的宿舍，我看他坐在床上板着脸，便带他在校园里四处走走。

这里以前是座工厂，推倒重建了学校。操场是以前厂区的运动场，听值班的大爷说，四周的大柳树新中国成立前就有了，柳枝随风摇摆，遮天蔽日。

教学楼的台阶前是一座大花坛，花期早已结束，我盯着台阶下的花坛，似曾相识，不禁内心恍然。

中午我和小墨回家吃完饭，害怕第一次家长会迟到，不到一点就到了学校。

学生家长又堵住了教室门口，班主任被一圈家长围在中间。家长们你一句、我一句，令她难以招架。

那女班主任摆了摆手，让家长先进教室入座。她转身看见我，我和她都是一惊。

"你是……文生哥？"她脱口而出。

"兰棋？"

她还是高中时的样子，化了淡妆，个子好像高了一点。

"是我，我是李……李墨的家长。"

沉默了片刻，我们都意识到这个场合不适合叙旧。她转身走进教室。我不知道自己有没有看错，那一瞬间她的眼眶红了。

开完家长会，她叫住了我："今天太忙了。你现在在哪工作？改天我去找你。"

"我……在夜市卖点小吃。"

"好。"她点了点头。

"你是小墨的班主任，我放心多了。"我说。

兰棋回头看了一眼，教室里的学生都在等她，她转过头对我说："我也是前几天刚调回清泉县的，咱们改天再聊。"

我望着她走进教室的背影，想起上高中时的夜晚。在没开灯的教室里，我站在讲台上，借着月光给她补课。回想起那月色，当真恍如隔世。

在安静的校园里待了半日，夜市的喧嚣竟让我有些不适应。

我在摊位上干活，向大海过来轻轻咳了一声。

我刚要告诉他兰棋的事，见他脸色凝重，眼睛盯着一个对面走过来的男人。

"哟，这不是姐夫嘛，哈哈。"那人对我说。

从来没人这样叫我，我看向喊我的人，良久才认出他是林志炎。他衰老了很多，身上不再有年轻时的狂傲不羁，取而代之的是世故和圆滑。

林志炎这样称呼我，倒在情理之中，但我想起以前的事情，心里还是不舒服。

"对面的摊子，他租下来了。"向大海说着，朝对面丢了一个眼色。

林小蝉去世后，对面的摊位换了不少人，可都没干长久。这些年我和林家没有来往，林志炎和钱伟混了些年头，想来也没混出什么名堂，年纪大了出来摆摊，养家糊口。

"是你啊。"我礼貌性地笑了笑，不知道再说什么。

"来这混口饭吃，姐夫多关照哈。"

他堆起笑来，又和徐三叔、汪婶打了招呼。

大家不冷不热地应和了几句。

等他走后，我坐下对向大海说："我今天见到兰棋了。"

"在哪遇见的？你今天不是去学校了吗？"

"小墨的班主任就是她。"我说。

"真是没想到，我们居然离得这么近。"

"兰棋说她也是刚从外地调过来的。"

"哦哦，不知道她这些年过得怎么样？"向大海低声说。

我遇见兰棋的感情是复杂的，有老朋友重逢的喜悦，也有物是人非的伤感。

远处的音响播放着周杰伦的《七里香》。

也许是兰棋的出现勾起了我们的回忆，整个夜晚我和向大海都很少说话。

那几年，社会变迁越来越快，留下一个地点，留下一个坐标，都是不容易的。

清泉县里的平房被一片片推倒，拆迁后盖起单元楼，老建筑、老地标也都逃不掉被拆除的宿命。整个清泉县像一列加速前进的火车，轰鸣奔腾，野心勃勃。

整个城区都在搞建设，北山下过时的单元楼，像一个个迟暮的老人，静静地看着远处崭新的楼盘拔地而起，一栋高过一栋。

兰棋就是我生命中的一个坐标，丢失了好多年，又突然出现了。

开学几天后的夜里，兰棋来夜市找了我。

"向大海，原来你也在这儿。咱们多少年没见了？"兰棋笑了笑，又说，"就是胖了点。"

向大海乐开了花："真没想到咱们三个还能聚齐。要不是我媳妇在这，我真想大哭一场。"

"你想哭就哭，别说得像我多小心眼似的。"荷晴推了向大海一下，转身和兰棋握了握手，"早就听他们提起过你，今天终于见到真人了。"

"你怎么这么晚了才过来？"我问。

"学生下晚自习了，我才有空过来看你们。"

兰棋问我："小墨的妈妈也在这里吗？"

我放下手里的勺子："今天也不早了，你稍等一会儿，我们收完摊找个地方坐下聊。"

收完摊，我们找了一家小饭馆，点了几个小菜，互相讲述起毕业后的事。

兰棋读完大学后，在省城当老师，之后嫁给了一个叫沈平的生意人，结婚后生活还算稳定。沈平去年在清泉县投了几个项目，恰好第三中学缺老师，兰棋就跟了过来。他们有一个女儿，叫沈如遥，也在第三中学，刚入学。

兰棋听我讲完这些年的经历，望着窗外许久没有说话。

她转过头，叹了口气说："文生哥，没想到这些年你过得这么不容易。"

"大家都不容易。"我说。

向大海喝了几瓶酒，不知道想到了什么，出门给荷晴打电话。

兰棋放下筷子说："之前我给你写信了，地址写的是学校，我没想到你会退学。"

"无所谓，都过去了。"我摆摆手。

兰棋低下头："说真的，你现在这样的生活，我真的没想到。你在高中的时候学习那么好，可是……"

我端着酒杯苦笑。

兰棋继续说："我现在教数学，念书的时候你数学成绩比我好多了。我当初考师范大学，你也知道，有一点你的……你的建议。"

"没想到你当了老师，而我成了摊贩子。"我说。

"文生哥，我没有瞧不起你的意思，你别误会。"兰棋解释道。

我晃了晃手里的酒杯，泡沫在啤酒上打转。

我看着她的眼睛说："你知道吗？我身边的所有人都告诉我，我的生意不错，日子过得可以。假如你也那样说，我会觉得已经和你疏远了。"

兰棋叹了口气："我记得你以前就说过，为了活着而活着是许多人一生最大的悲哀。"

"我们为了生计而活很无奈，不过我听了你的话，心里反而舒服不少，觉得你还是以前那个兰棋。你知道我曾经想要什么，也理解我遗憾什么。"

我喝下一口酒，又说："不过我已经释然了，纠结于过去终究没有任何意义。你也当妈妈了，应该了解我的感受，活着更多是为了孩子。"

向大海回到桌上，我们又聊起往事，不知不觉已是深夜。

"不管怎么样，能见到你们，我打心底里高兴。"兰棋放下酒杯说，"时间不早了，下次我们再聚。"

走出饭馆时，灰蒙蒙的天空中飘起了小雨。

立秋后的清泉县迅速降温，潮湿的晚风迎面吹来，远处的工地上架满了照明灯，光线穿过雨雾摄人心魄。

那处工地就是我和兰棋念书的高中，半年前开始搬迁，几天前随着一声巨响轰然倒塌，不留一点痕迹。

"本来还想着哪天回去高中看看的……"兰棋凝视着远方。

"我去过。没拆之前，也改造得不像样子了。"我说。

"我坐车回去，伞给你俩。"

兰棋将伞递给我。

门口驶来一辆白色轿车，兰棋的丈夫沈平来接她，他没和我们打招呼，一脚油门消失在视野中。

我和向大海对视了一眼，摇了摇头。

向大海拍了拍我的肩膀说："算了，别和他一般见识。"

"我没那么无聊。我只是想，兰棋和这样的人在一起，过得会不会开心。"我和向大海挥了挥手，走进雨中。

"你不打伞吗？"向大海喊。

"不用了，你打吧。"我说。

回家那条路的周围没有拆迁，几十年来还是老样子。我总是有一种错觉，在旧的地方，时间会流逝得慢一点。

我淋着雨，缓慢前行。不知道为什么，兰棋的出现让时间有了存在感。和她重逢后，十几年的重量一下子压在心里，让我喘不上气。

来夜市做买卖的人多了，街道中间又多摆出一排摊位，想在路中间摆摊，都是各凭本事。这样一来，车就过不去了，行人更加拥挤。

中间有摊位后，赵霜在汪婶和青田摊位间来回，别扭了不少。我们对林志炎有一丝抵触，唯独青田和他走得近。大家觉得他俩摊位挨着，碍于面子总要客套些，可没过几天，青田竟决定和林志炎一起干。

晚上收摊，趁着林志炎不在，青田坐到我们这边。

"我们准备做一个户外快炒，我觉得行得通……"青田激动起来也不结巴了。

赵霜打断了他："你干什么我不管，你和那个流氓混在一起，我不同意。"

"你懂什么？我挣钱还不是为了养家。"青田说。

我们识趣地散开。向大海凑过来对我说："咱俩要不要劝劝青田，他和姓林的小子走太近准没好事。"

我摇了摇头："这毕竟是人家的家务事，咱们就别插嘴了。你没看小霜也不高兴吗？"

没几天，对面就挂上了新的招牌。林志炎负责吆喝和上菜，青田掌勺，两个人的快炒摊竟每夜客人爆满。不出我们所料，林志炎抽烟、喝酒的毛病，青田没多久就学了个遍。

赵霜气不过，索性只在汪姊这边帮忙。

苗苗放学牵着小来在街边玩耍，我一看见她就想起小墨。小墨每个星期天才回家一趟，平时都住在学校。我看不见他总是挂心。

"让我尝尝你的手艺。"

我听见熟悉的声音，抬头见是兰棋。她在我身后的座位坐下，说："小墨在学校一切都挺好，偶尔上课喜欢讲话，也不是什么毛病，男孩子都这样。"

"你可不要因为他是我的孩子，就不好意思管他，你更得严格点。"

"你还不放心我吗？"

我笑了笑问她："你怎么有时间来我这？"

"学生下晚自习了，我也得吃饭啊。"

她招手对向大海说："老板，给我做一份麻辣烫。"

向大海拍拍手："客官，您瞧好吧。"

夜市上的行人渐渐散去，秋天的夜晚透出一丝凉意，那丝凉意和身边的烟火杂糅在一起，又变得无影无踪。

微风吹开兰棋额角的碎发。

我仔细打量了兰棋一眼，她清秀的容颜没有太多变化，眼神却再也没有了以前的灵动，我不知道从何问起，只是简单地说："他呢？"

"经常出差，在家的话每天都有应酬。"

我听着她冰冷的语气，不再追问。

兰棋低头吃饭，过了良久缓缓对我说："婚姻对于他来说也许只是个形式。你知道的，一件事有让人向往的一面，就会有让人憎恶的一面。婚姻就是这样。"

"我以为和他一起来清泉县会好一点，看来都是徒劳。人一旦被名利蒙蔽双眼，真的很难自己醒过来。"

她拿起香肠，咬了一口，又说："我也尽力了。"

"遥遥不在家吗？"我递给她一瓶水。

兰棋没有抬头："忘了告诉你，遥遥也住在学校。我可不想让她面对这样一个家庭。"

"没事就来我这坐坐。"我说。

兰棋没有搭话，低头吃着东西，两颗泪珠掉在热气腾腾的麻辣烫里。

从那以后，兰棋成了我们这里的常客，这条街上的小吃她也吃了个遍。

"要说吃不厌的，还得是你的香肠和徐三叔的油泼面。"兰棋夸赞道。

徐三叔抽着烟，和汪婶议论着县里拆迁的事，听见后回头微微一笑。

寒流过后，又到了停业的季节。

我正在院子里喂小来，接到荷晴的电话。她告诉我，小飞一天一夜没有回家，他们找不到孩子了。

我匆匆赶到向大海家，听见屋里传来吵闹声。

荷晴见我来了，迎上来说："孩子回来了。刚要给你打电话，你就来了。你去劝劝向大海，他气得不行。"

我走进屋，看见小飞被向大海逼在墙角，向大海手里拿着棍子，小飞刚挨过打，满脸是泪。

"你这是干什么？"我一把夺过棍子，"也不怕打坏了孩子。"

"我打断他的腿，免得他又出去打游戏。"向大海说着要伸手来抢。

"够了。"荷晴喊道，"你一天天就知道打。儿子不爱学习就像你，没遗传好。你看看小墨和苗苗。"

"他俩又不是你哥亲生的，和遗传有什么关系。"

向大海在气头上，他说完就后悔了，一脸尴尬地看着我，气也消了大半。

姑妈赶巧这时候回来，抱着小飞差点哭出来："哎哟，我的小祖宗啊，可算找到你了。"

"是咱们没教好。"向大海喘了口粗气，"游戏厅都改成网吧了。小孩子贪玩也正常，可也不能玩上瘾啊。一天一夜没回家，我差点报警了。"

"别人家孩子一放假都去什么辅导班、兴趣班，咱们也没那条件，要怨就怨咱们穷。"荷晴看向我说，"哥，我俩的文化水平你知道，教不了什么，你帮帮忙，帮我们带带小飞，就算学不好，也不能整天打游戏啊。我俩什么也不会，总不能让他和我们一起打麻将、喝酒吧。"

姑妈也看向我，我没有拒绝。

以前网吧没有那么多，补习班也没有那么多，我们拼尽全力，还是被这个时代遥遥甩在身后。

入冬后，我很少见到兰棋，她给我打过两次电话，告诉我小墨最近的情况，连带着也感慨几句，说学生们的学习压力太大了。

那个寒假，我辞掉了之前冬天的工作，在家辅导三个孩子。我打心底里不想让孩子们活得那么累。下午他们学倦了，我就带他们到河上滑冰，迎着凛冽的寒风放肆呼喊。天气好的时候，和他们一起爬到有积雪的山顶上眺望远方。

随着天气回暖，夜市恢复营业，我们如同冬眠的动物一样被唤醒。水街上的行人往来，银杏飞长，一切又回到了熟悉的样子。

深夜的街道，小来蹲坐在门口，守着昏昏欲睡的苗苗。

向大海和八婶斗嘴的话题，也停留在了十年前。

也许是因为习惯了身边的一切，人来人往的夜市对于我来说，就像一个人坐在空荡荡的屋子里，看着熟悉的电影。

收拾完桌子，我拿起手机，屏幕上五六个兰棋的未接来电，忙回拨过去："怎么了？我这边太闹了没听见。"

"你来学校门口的诊所吧，小墨病了。"

她怕我担心，又说："只是流行性感冒，已经打针了，退烧就没事了。"

我带着苗苗一起去了诊所，在门口听见兰棋和沈平在电话里争执，我站在原地没有进去。

等了片刻，屋里渐渐安静下来，我俩才走了进去。

小墨躺在床上，我走近摸了摸他的额头，已经不烧了。

"真是麻烦你了。"我说。

"和我客气什么。"兰棋放下手机说，"倒是有件事需要你帮忙。"

"好，你说。"

"遥遥的老师给我打电话，说遥遥也病了。孩子她爸在外面应酬，没时间管，你去学校帮我把她接过来吧。"

"你去吧，这里我照顾就行。"我说。

兰棋指了指旁边的两个床位："他们几个也是我班里的学生，父母在乡下来不了，我走不开。"

我让苗苗留下，转身出门。

回来时，小墨已经醒了，兰棋让我带他回家休息一天。

小墨回到家躺在床上说："老李，我今天特别想妈妈。"

这孩子只有在生病的时候，才好意思和我说心里话，我鼻子一酸，摸着他的头说："好好睡一觉，明天病就好了。"

小墨闭上眼睛说："兰老师对我们真好，她都没时间管自己的女儿。"

"那你更得好好学习。"我说。

"你是不是很早就认识兰老师了？"小墨睁开眼睛问。

"嗯。"我点头。

"兰老师的丈夫在电话里骂她，我都听见了。她想和她丈夫离婚，我们班同学都知道。"

"你别瞎说。"我打断他。

"老李，我也不小了，我能看得出兰老师对你的态度和对别人不一样。你有没有考虑过……"

"小孩子别管大人的事，你好好念书。"

我为他盖上被子，低声对他说："我和你一样，也很想你妈妈。"

小墨闭上眼睛，渐渐睡去。

第三中学的走读生放学回家吃完饭，再回学校上晚自习，时间来不及的就在食堂吃。

夜市和学校只隔了两条街，不少学生喜欢到夜市吃晚饭。他们都说食堂饭菜难吃，只要能出校门，就没有人愿意去食堂。

放学时间一到，我们的小吃摊前几乎都是学生在排队。学生晚饭时间只有一个小时，时间一到，他们就急匆匆地往回赶，来不及吃的就打包带走。

住校的学生平时不允许出校门，小墨正是长个子的年龄，我担心他吃不饱。

周末我告诉小墨，嫌食堂饭菜不好吃就给我打电话，然后去学校门口的铁栏杆等着，姑姑会去给他送饭。

兰棋经常没时间吃晚饭，我让荷晴送饭的时候多放几根香肠，小墨顺便给她送过去。

"小姑，你明天帮我多带些东西，我给你钱。"

小墨从栏杆里递出一张字条，荷晴见上面写着："油泼面三碗、香肠七根、麻辣烫五份……"

"你要这么多干吗，吃得了吗？"荷晴说。

"都是帮同学带的，他们出不去，明天给你钱。"小墨转身跑向教学楼。

小墨帮同学买的东西越来越多，临近夏天的时候，单是每天送去的香肠就有三四十根。帮同学带点东西也不是什么坏事，我并没有反对。

六月的一个傍晚，荷晴给小墨送饭，刚回来不久，兰棋的电话就打了进来，她告诉我小墨和同学发生争执，打伤了人。

我匆匆赶到医院。

"你一会儿进去少说话，那孩子没事。"兰棋在走廊堵住我。

"没事，为什么来医院？"我问。

"他平时就爱欺负人，打不过就装病进医院，已经不是一两回了。"

兰棋又重复道："你记住了，进去少说话。这孩子的家长可不是善茬。"

"你就是那个摊贩子？"我们走进病房，孩子的爸爸脱口而出。

"这是李墨的家长。"兰棋说。

他哼了一声，转过头没看我。

我记着兰棋的叮嘱，没有说话。

兰棋问护士："这个孩子怎么样？"

"检查指标正常，没什么事，可以走了。"护士说。

"你说正常就正常啊。宝贝你是不是说头疼来着？"孩子的妈妈用手指着护士说。

"我头是有点疼，晕晕的。"小墨的同学说。

"他来的时候说打在了胳膊上，怎么会头疼？"护士说。

"你懂什么，受了惊吓能不头疼吗？"孩子妈妈质问道。

女护士嘀咕了一句，转身快步走出病房。

"你儿子败坏我们名誉，又恶意伤人，你说说怎么处理？"孩子爸爸说。

兰棋说："同学之间闹矛盾，家长来了调解一下就算了。"

孩子爸爸又说："兰老师，我是尊敬你的，你的建议我会考虑，不过我想听他说。"

面对他的刁难，我一时没有想好怎么回答。

安静的病房中，兰棋和孩子爸爸的电话几乎同时响了。他们的动作出奇地一致，用手捂住话筒，快步向走廊走去。

"我有急事，明天再说。"孩子的爸爸说。

"孩子的事没处理完，你着什么急？"孩子的妈妈很是不满。

"少废话，真出事了，我着急走。"在他的呵斥下，孩子妈妈扭过头，也不说话了。

兰棋打了个招呼，用手捂着电话也走了。

我和小墨离开病房，坐在医院门口的台阶上，等着兰棋联系我。

　　我从十字路口望向夜市，街上人群涌动。灯光照在银杏树上，依旧是温暖的昏黄，那种颜色让时光变得漫长。

　　不管城市里有多少黑暗的面孔，有多少冰冷的人心，这里都有一片烟火和光亮，靠近一点，就感觉不是那么孤单。

　　"老李，对不起。"李墨先开口。

　　"你为什么打人？"我问。

　　"他爸爸就是承包食堂的郝胖子。他看不惯我给同学带晚饭，说咱们家做的香肠是垃圾食品，我就反驳他说食堂才是垃圾食品，后来他说我是摊贩子的儿子，没有出息……"

　　我没有插话。

　　他说着说着低下了头："我不该打人。"

　　"你以为我会骂你，是不是？"我拍了拍他的头，"其实，我觉得你做的没错。"

　　李墨抬起头，瞪大了眼睛看着我，好像不敢相信自己听到的话："真的吗？"

　　"嗯，一味隐忍，可不是什么美德，做人是要有点骨气的。但你不要在意他的话，你有没有出息要靠自己。"

　　我的态度让小墨释然，他靠近问我："学校会开除我是不是？"

　　"以后记着别这么冲动了。我和兰老师会想办法的。"我安慰他。

　　我嘴上这么说，可心里一点没底。

　　晚风吹过，银杏叶沙沙作响，小墨和我一起安静地望着夜市，那个我们最熟悉的地方。

一辆救护车开到医院门口。

"那是我们班的同学。"

小墨指着抬下来的一个女孩。

紧接着又是几辆救护车，送来不少学生，医生和护士忙作一团。

兰棋也在人群中，前前后后送进医院的学生有一百多个。

晚上十点多，兰棋才从医院的大门出来，看见我俩还坐在台阶上，便靠着小墨坐了下来。

兰棋揉了揉太阳穴，沉默了片刻："都是食物中毒。"

我问她："孩子们没事吧？"

"上吐下泻，好在都不是特别严重。"她对小墨说，"李墨，你去前面等着，我和你爸爸有话说。"

小墨起身离开，我指了指夜市的方向，让他先回店里。

"这回郝胖子没时间找你麻烦了。"兰棋说。

我笑了笑说："原来你也叫他郝胖子。"

"真是可笑，幸亏今天晚上我和小墨吃的是'垃圾食品'。"兰棋说。

我无奈地笑了笑。

"真不知道承包食堂的这些人怎么想的，食品质量怎么能不严格把关？他们自己的孩子是孩子，别人的孩子就不是孩子吗？"

"夜市也有人这么干，他们反而会觉得我们蠢。"

"文生哥，不知道为什么，我今天觉得特别累。"

"快回家休息吧。"我说。

兰棋叹着气说："医院里面都是我的学生，校长一会儿也来，听说晚上要紧急开会，今晚恐怕闲不住了。"

"小墨的事，还得麻烦你。"我说。

"我帮你想想办法。你走吧，文生哥，让我自己静一会儿。"兰棋面无表情地说。

我回到家中，彻夜未眠。我担心小墨会因为这件事转学，那样他的自尊心肯定受不了。

直到第二天中午，我才接到兰棋的电话。她说要和我单独谈谈，已经在夜市等我了。

我赶到店铺，打开门，随手搬来两把椅子，忙问："怎么样了？"

我见她低着头不说话，心就凉了半截。

"本来郝胖子是不让步的，恰巧昨天出了那件事，他说还有商量的余地。"

"什么意思？"我问。

"这些话，我真的羞于启齿。"她说。

"昨天学校出了食品安全问题，他们说只要你承认是吃你的东西出了问题，他们就不再追究李墨打人的事。"

"就算没有小墨打人的事，他们也会把责任推给我，是不是？"

"对不起，我……"兰棋说。

"这不怪你，我知道你已经尽力了。"

"如果有罚款，他们会替你付的。李墨那边你放心，我不会让班里同学议论他的，何况大部分人也知道是食堂的食物出了问题。"

我迟疑了一下，说："好。"

学校下午就贴出了学生食物中毒的公告。

这个小城没有秘密，夜市上行人向我投来异样的目光，我忙着手里的活，不去理会。

"这事你就担下了？"向大海问。

"还能怎么办？"我低着头说。

"学校还出了新规定，以后校外的食品不允许再往学校里送了。"荷晴说。

向大海和八婆听了，一人一句骂了一阵。

太阳刚落山，五六个男人闯到了我面前。

"你就是李文生？"带头的问道。

"是我。你哪位？找我有什么事？"

起初我还以为他们是客人，但看着他们眉眼阴沉，我警觉了起来。

"那些食物中毒的学生就是你祸害的？"他又问。

我想反驳，话到嘴边，想到小墨的事，又咽了回去。

那人见我不说话，又骂道："你说你有没有良心。我女儿肠胃不好，现在还在住院，都怨你们这些不要脸的人。"

向大海走过来，我一把拉住他，摇了摇头。

林志炎跑过来，对着那男人说："姜三哥，这是怎么了？"

"没你的事，我要砸了他的摊子。"说着一把掀翻了桌子。

林志炎没敢再问，我死死拉住向大海，任由他们砸我的摊子。旁边的人不明所以，看着几个身材高大的男人，又不敢随意出手阻止。

姜三哥砸了会儿，又朝我骂了一句，不知道从哪抄起一根棍子，向我头上打来。

"啊。"徐三叔他们惊呼。

我来不及躲闪，棍子已经到了眼前，一个黑影掠过挡住了我的视线。

我听见一声狗的惨叫，是小来，它跃起来帮我挡下了这一棍。

小来躺在地上，后腿流出鲜血，恶狠狠地叫起来，一瘸一拐地向那几个人爬去。

听见小来凶狠的叫声，几个男人停了下来。

姜三哥看了看满地狼藉，说："够了，走吧。"

几个人穿过围观的人群，消失在街头。

"真他娘的窝火。"向大海抓起一个凳子，用力摔在一旁。

苗苗正好放学回来，看见地上的小来，跑上前问我："爸爸，小来怎么了？"

小来趴在地上，叫声微弱下来。

苗苗抱起小来，哭着进了屋。

徐三叔他们聚过来帮我收摊，我早早回了家。

我找姑妈帮忙包扎小来的伤口，可小来一直在呻吟，喂了好几次东西，什么也吃不下。苗苗急得满脸通红。

第二天小墨放假，回到家一直没和我说话，只是守着受伤的小来。

汪婶帮我找了名兽医，他到家里看了一会儿，摇了摇头，说："这狗恐怕是救不了了，受伤是一方面，主要是它年龄也大了，应该是不行了。"

我们三个没说话，送走他后，都守在小来的身边。

小来依旧不吃不喝。

过了中午，它提起最后的一点精神，睁开眼睛瞅了瞅我们，最后盯着苗苗，身子一软，闭上了眼睛。

小墨两眼含着泪水，对着我大声喊："食物中毒的事情，你为什么要承担？我们明明没有错。"

"大人的事你别管。"我说。

"要是你为了我，我宁愿被开除，大不了不念了。"

"有本事你就把书念好，别在这里和我大呼小叫。"

"你要是不担下责任，小来就不会死。你不配做我爸爸。"

我对着他吼道："你本来也没叫过我爸爸。"

小墨飞奔出家门，我追出去喊了两声，他没回应我。

我回到卧室，看着柜子上放了多年的照片。那是一张全家福，我抱着苗苗，林小蝉抱着小墨，小来蹲坐在我的身边。

我擦去落在照片上的灰尘，胸口起伏剧烈。

最难过的肯定是苗苗。小来救过她的命，平时最护着的也是她。苗苗蹲在小来的身旁，默默流着眼泪。

我轻轻抱起死去的小来，对苗苗说："走吧，我们去找你哥哥。"

苗苗也不搭话，跟着我走出家门。

小墨一个人坐在林小蝉的坟前。

他哭花了脸，望见我们也没有躲。

我走近他，他低下头，也不和我说话。我知道小墨心中没有太多对我的怨恨，更多的是对小来的不舍。

我放下小来，靠着小墨坐下来。

苗苗摸了摸小来的身体，抽泣着说："以后放学我再也见不到你了。"

我指着旁边的一棵树说："把小来埋在那里吧？"

我回头看见林小蝉的坟，再也忍不住悲伤，眼泪翻涌而出。

小墨和苗苗第一次见我在他们面前哭，一时间不知道该说什么。

埋葬了小来，我对他们说："等我死了，就把我埋在这里，你们妈妈旁边。"

我们在山野间一直坐到黄昏。火烧云铺满天空，巨大的云朵仿佛从天边压下来，倒扣在山岗上。我们借着余晖一路往回走。

我回到家不想出摊，给两个孩子做了点吃的，一个人坐在院子里。小墨和苗苗写完作业，天已经黑了，他们也搬了凳子坐在我身边。

我盯着虚掩着的大门，知道小来再也不会摇着尾巴从那里跑进来了。巷子里的灯火一点点暗淡下来。

我身子向后一倒，和两个孩子一起仰望着繁星。

那个夏夜，苗苗问我，童话里说死去的人会变成天上的一颗星星，那小来也会变成一颗星星吗？每次我都告诉她，一定会的。

也许很多东西相信了才会存在。我们残存的信念，我们卑微的希望，都是邈远的星星。即使看不见，我依然相信它们永远在用光芒照亮黑暗。

⑤ 第九章

苗苗小学毕业的暑假，清泉县重建了县医院。

政府外包了项目，不到一周时间，三栋旧楼就变成废墟。医院租用了附近所有房屋，又在工地后面搭建了临时病房，这才勉强够用，可陪护的家属无处可去。

等不到夜市收摊，病人家属就在街上打地铺。他们不想影响我们的生意，早一点过来，只是为了先放好行李，占个好点的位置。

"老板，我能把行李放在你家门口吗？"一个佝偻的大叔走过来。

"你放吧。"我说。

"占用你家门口，不好意思了。"

他蹲下放好行李，向我点了下头："老板，你帮我看着点行李，我不打扰你生意了，等你们收摊了再来。"

"这要是下雨怎么办？"我回头问他。

他抬头望了望天："希望老天赏脸了。下雨就回去，一宿不睡也没什么，实在熬不住的话再去旅店。"

高中的假期短，小墨在家没待几天就开学了。小飞因感冒待在家，向大海和荷晴摊收得早，只有苗苗在我身边。我让苗苗烧一壶开水，倒给门口的大叔。

苗苗拎着水壶出来，周围又过来几个人："小姑娘，麻烦给我也倒一杯吧。"

"爸爸，他们为什么不去住旅店？"苗苗问。

旁边接水的女人见我不好回答，接过话说："小姑娘啊，这给孩子她爸看病的钱，可是我闺女的学费，能省一点是一点，哪有钱住旅店？"

她讲到这里，捧着水杯看着苗苗，差一点哭出来："我女儿和你差不多大，要是不念书了，将来可怎么办？"

那女人倒完水，道了声谢，转过街角，消失在路灯下。

苗苗红着眼眶说："爸爸，人太多了，水烧不过来了。"

我看着苗苗无能为力的样子，心疼了一下。

听见这话，门口的病人家属也不多留，纷纷说："小姑娘，我们都有水，不用了，不用了。"

等到他们散去，我对苗苗说："你先回家吧。"

"爸爸，我还不困。"苗苗说。

我知道她是想帮周围的人再多烧几壶水："都打哈欠了还说不困，先回去吧，明天再给他们烧水。"

我到了家里，躺在床上睡不着。

"爸爸，你睡了吗？"苗苗在门口小声唤我。

"没呢，怎么了？"我起身问。

"没什么，我有点睡不着。"

我打开灯，说："你进来吧。"

苗苗在我身边坐下："爸爸，我心里难受。"

我叹了口气："我也是啊，谁看了心里不难受。"

"我想帮他们却没办法，就连烧水都烧不过来。"

"好好念书吧，将来才能帮助更多的人。"

"念书不是为了将来挣大钱、当大官吗？"

我有点生气："你这话是听谁说的？"

"同学们都这么说的。说努力念书，就是为了将来能出人头地。"

我沉默了片刻说："反正你不要这样想。现在只管好好读书，至于将来干什么，等你长大了再决定，记住了吗？"

苗苗似懂非懂地点了点头。

医院大楼修建的几个月里，巨大的机械轰鸣声笼罩在夜市的上空，白天飘扬在半空的烟尘，夜里露宿街头的人，都让整个夏天变得压抑而沉闷。

苗苗住校后，平时家里只有我一个人，我和向大海都很少再出去喝酒，大家好像都学会了无声无息地生活。

那段时间，我经常失眠，不知道是不习惯家中只有一个人的冷清，还是牵挂着那些住在街上的人。

我睡不着时，就回到店里，多烧上几壶水。

附近的人渐渐习惯了向我讨口热水，偶尔坐在店门口和我讲一些自己的陈年旧事。

他们说，他们这些人有一个规矩，不向别人诉苦，尤其是帮助他们的人。

那些苦，也许不是他们不想说，而是说了会更难受，说也说不完。

夏夜的风也会让人感到寒冷。我坐在四下无人的路边，总感觉会有几个鬼魂从我身边无声地飘过。

"后天去省城了，谢谢你。"

"治不起了，明天回家了。"

"快出院了，再过两天就走了。"

在他们离开前，都会告诉我他们的去向。我们从未深交，却都认真地告别。我只希望他们再回来的时候，已经没了烦恼，可以到我的摊子上坐坐，吃几根热乎乎的香肠。

秋日将近，连续几场大雨后，银杏叶的边角隐隐泛黄，街边也没了打地铺的人，县医院的大楼也在一片锣鼓喧天中完成了剪彩。

街对面，赵霜和青田的争吵声又一点点大起来。

青田说不过赵霜，干脆沉着脸不说话。

赵霜气得整个身子发抖，从摊桌下甩出一桶油，大声质问："这是不是地沟油？"

林志炎和青田愣在原地。

快炒摊上的客人骂骂咧咧地起身离开。

"你干什么，还做不做生意了？"青田吼道，一把夺过油桶。

"你还有良心吗，用地沟油祸害人？"赵霜又提了提嗓门。

林志炎见周围的人越聚越多，不停地劝围观的人散去："两口子吵架，没事，没事。"

"你疯了吗？有什么事不能回家说？"青田抓住赵霜的手腕。

赵霜气得满脸通红，将手挣脱开，反手给了青田一耳光。青田愣在原地片刻，一脚踢倒了赵霜。

我和向大海跑过去拦住他："你冷静点。"

汪婶上前扶起赵霜，一时气得说不出话。

"哪有你这样的媳妇，砸自己家的生意。"

"你不干人事，还不让我管了？"

"老子凭什么受你的窝囊气？我不用你管。"

"我就知道你和他在一起肯定没好事。"

青田和赵霜谁也不让谁。

"街上这么多人，你俩别吵了。"我说。

"关你什么事。"青田挣脱开，伸手指向我，对着赵霜道，"我知道你打一开始就没想嫁给我，你一直想和他过是不是？"

"多少年的事了，现在提有意思吗？你别东拉西扯。"赵霜满脸是泪。

我没想到青田会将矛头指向我，一时不好发作。

向大海来了脾气，指着青田骂："你用地沟油还有理了吗？别在这里像疯狗一样乱咬人。"

"就是，你一个大男人，怎么能动手打媳妇呢。"荷晴把赵霜护在身后。

"大家各挣各的钱，犯不着互相为难吧。"林志炎说。

"他们自己的事，咱们不管。"向大海拉着我就往回走。

我们不想闹得太难看，让荷晴也拉走了赵霜。

青田转身对着林志炎又是一通讥讽："油是你弄来的，说能多挣钱。"

青田的话让林志炎猝不及防，没等他说话，青田又说："说好的合伙，老子累得半死，你光吃喝分得还比我多。你平时收钱找钱，自己偷着留下多少，别以为我不知道。"

林志炎自知理亏，转了转眼珠，话锋一转："你媳妇过来闹事，你和我发什么火？这生意要是被你们家搞砸了，我还要和你算账呢。"

青田已经失去了理智，他扫了所有人一眼，低下头反复念叨着："行，都是我不对……"

"老子不干了。"

青田猛地将摊位上的瓶瓶罐罐掀翻在地，解开围裙扔在地上，转身推开围观的人大步走远，任由林志炎在身后咒骂。

青田不来，对面一连几天都没营业，汪婶和赵霜也没有来，身边一下子空出两个摊位。

徐三叔凑过来告诉我和向大海："听说青田和赵霜在闹离婚，汪婶回来的话，你们说话注意点。"

原来青田从来没有放下以前的事情，他介意荷晴曾经离开他，也介意赵霜喜欢过我，自己的生意又始终不景气，他觉得自己是个失败者。好不容易快炒摊挣了点钱，又让林志炎分走了大头，留在这里对于他来说是一种煎熬。

赵霜和青田闹了几天，最后还是离了婚。

他们的女儿留给了赵霜，青田离开了夜市。从那之后的很长一段时间，我们都没了青田的消息。后来听说他借钱在城西开了一家烧烤店。

"不只我们这里，我听说有些饭店也用地沟油。"向大海指了指收款箱说，"那玩意，能省不少钱。"

"现在做香肠的工厂到处都是，不少人从那里拿货，又便宜又省事，可客人吃几回就厌烦了。咱们辛苦一点，生意也做得长远。客人吃的就是真材实料，糊弄别人到头来坑的都是自己的生意。"

"那当然了，只要你不用，我肯定不用。"

"你跟我学干什么？"我笑笑。

"总觉得你是对的，你想通的事情，我就不用想了。"

"这条街上的客人最怕的就是常去的摊子味道变了。"

向大海往后一仰，坐在椅子上："放心吧，你香肠的味道没变。"

他趁着荷晴去赵霜那边拿东西，一下子站起来凑到我身边，用肩膀顶了我一下。

我知道他是又想偷偷出去喝酒了，对着他笑了笑："你也没变。"从收款箱里抽出二百块钱，在摊桌下面塞给了他。

每年入冬前后，我们三个都要在学校旁的饭馆小聚，喝点酒，聊聊天。店一直是那家店，可后来老板换了人，菜的味道不是那么好了。

我们很少再谈以前的事，更多的是谈论孩子。过了年小墨就要高考了，我也想问问兰棋报考的事情。

兰棋对我讲完高考的事儿，话锋一转："我觉得你挺伟大的，靠着一个路边摊，养大了两个孩子。"

"自己的生活已经这样了，只能把希望寄托在下一代。"我想了想，又说，"说句真心话，总觉得自己快干不动了，我再坚持几年，等他俩大学毕业了我就回家养老。"

"最近几年生意还凑合，不知道以后会怎么样。"向大海皱了皱眉头，"小飞的成绩太差了，不知道能不能考上大学。你说这年头没文化以后可怎么办？"

兰棋安慰他说："你和荷晴也别太担心。现在和以前不一样了，大学毕业也不分配工作，大学生也要靠自己。知识固然有用，可如果知识让人变得迂腐、自大或者怯懦，那未必是一件好事。"

我耸了耸肩："我真不敢相信，这话是从一个老师的嘴里说出来的。"

"我和荷晴也说了，孩子要是考不上大学，就让他出去闯一闯，或许还能谋一条出路。"向大海说。

"是啊，总会有办法的。"兰棋说。

"太可怕了，说到出去闯一闯，我才意识到自己二十多年没离开过清泉县了。不知道现在外面是什么样子？"我说。

"人想走出去很容易，难的是在一个地方过得好。你看看咱们这里也能想到，外面无非是更高的楼房，更多的汽车，更高档的商品。大多数人沉浸其中怡然自得，不在乎人与人关系的疏远。大多数人无法直视自己的欲望，更何况自己的内心。"

兰棋停顿了一下，又说："你知道吗？这些话是沈平对我说的。"

"我还真没想到。"我说。

"可他后面还有一句话：所以我们要顺应这个时代，认钱不认人。"

兰棋说完，将杯中的白酒一饮而尽。

那年冬天，姑妈在睡梦中永远离开了我们，她走得没有任何征兆，面容安详。

料理完后事，荷晴大病了一场，整个冬天很少出门。

临近年关，附近农村的人聚到县城置办年货，商业街的生意最为红火。辛苦了一年，总要给家里营造些喜庆的气氛。

不知道从什么时候开始，春节变成了一件混乱的事儿。

返乡过年的人中，开车的一年多过一年，终于在这个春节前把县里的路死死堵住。街上鸣笛声此起彼伏，不到一公里的路程，要用上几十分钟。司机看着身边慢悠悠走过去的老大爷，也只能唉声叹气。

即便这样，大家还是要开车上街。县城就这么大，走几步就会遇见熟人，反正车在路上也走不动，打开车门下去寒暄几句，也丝毫不会影响后面的车子行进。

若是遇见的人会说话，夸赞几句车主的新车，那算是正中车主下怀，这等于夸赞他在外面混得不错。车主通常会笑得合不拢嘴，笑嘻嘻地回一句"有事联系"。

我走过路边卖灯笼和春联的小摊，望见一个似曾相识的背影，那老人在街角的一张桌子上写春联，身边的积雪还没有清扫，没等我走近，他先看见了我。

"关……关大叔。"我看着他的衣着，想不到他竟落魄到这种境地。"关书记"三个字到嘴边被我咽了回去，我实在不忍心再调侃他。

他见到我倒是热情，抱怨道："现在的人都不用手写的对联了，都买印出来的。那种春联啊，没有灵气……"说着拿起笔写起来。想不到关书记一手正楷写得清新秀丽。

我在一旁看着，不好意思打断他。

写好后，他卷起来递给我，我不好推辞，忙问："多少钱？"

"这是哪里的话，我还欠你钱呢，你忘了？"他把春联塞到我手里。

我掏出钱拉扯了几次，都被他拒绝了。

"老头子我活不长了，给我点面子，就当是还你的饭钱，咱们两不相欠了。"他说完，笑了起来。

我不知道他为什么这样说，那笑声中透着股凄凉，让人发冷。我不好再推辞，拿上春联转身离开。

回头瞥见他笑着笑着双眼含泪自言自语："欠的债还是还了好，心里踏实，要不都是报应，报应啊……"

我不知道他经历了什么变故，竟变得有些疯癫，我不敢再回头看他，快步离去。

我站在椅子上贴春联，身后传来熟悉的声音："歪了，往左边一点。"

　　我回头望见兰棋，笑着问："大过年的，你怎么不在家里忙活，倒有时间来我这儿？"

　　"我也是恰巧路过。你看，小墨的手都冻得通红，快回屋吧。"

　　我站在凳子上，刚要下来，她拿过小墨手里的春联和糨糊："我帮你吧。"

　　小墨转身做了个鬼脸："那我进屋了哈。"

　　兰棋展开对联，在手里摊平："我家楼下现在都是送礼的学生家长，我是收也不是，不收也不是。他们打电话问我，我就说回娘家了。出来走走，图个清静。"

　　"沈平呢？"我问。

　　"他要管公司的招待，这个时候他自然是去送礼了。"

　　"现在和以前不一样了，大家的日子都好了，免不了礼尚往来。"我说。

　　兰棋看了看手中的春联，看得出她很欣赏关书记的字。

　　"我想起自己刚转正那年，被要求下基层锻炼，我被分到一个山村支教，那时我还怀着孩子。"

　　"山里的孩子家庭条件特别不好，班里的同学知道我要走了，临行前每人从家里拿一个鸡蛋，凑了一篮子。"

　　"那时候一篮子鸡蛋可是好东西。"我说。

　　兰棋递给我涂好糨糊的春联，说："当时我看着孩子们的眼神，泪水就止不住地流。要不是我当时快生了，我真想再留几年。"

　　兰棋递过"福"字，叹了口气说："总觉得很多事情味道变了。"

　　"听你这么说，我倒落得个清静。我不用给谁送礼，更没人给我送礼。"

"以前过年一大家子人在一起，没什么好吃的，却是热热闹闹，现在都是小家了，过年却只剩下忙忙活活了。"

我贴完春联，从椅子上下来说："外面天冷，进屋坐坐吧。"

兰棋摇了摇头："大过年的，我就不进去了，你陪孩子们吧。"

"那……新春快乐。"我说。

"嗯，好。"她看着我笑了笑。

街巷里的灯笼亮了，送财神的人顶着寒风走街串巷，所有的悲伤都淹没在一片喜庆与祥和中。

除夕夜，照旧我们应去向大海家过年，只是姑妈走了，按照风俗，长辈过世三年内不能挂灯笼、贴春联，荷晴难免伤怀，我让他们一家三口来我家过年。

如果说街上的鸣笛是春节的前奏，那么除夕夜的烟花爆竹便是春节的高潮。

我们这种小家小户，在家门口的巷子里放一挂鞭炮，几分钟就结束了，富裕点的人家才会想着买各种烟花。

隆隆的声音从入夜就没停过。向大海和荷晴在屋里包饺子，我带着三个孩子到街上去看烟花。绚烂的烟花在夜空中绽放，爆竹噼里啪啦的声响不绝于耳。

等大家放得差不多了，县城里的大老板们在这个时候才开始暗中较劲，比一比谁放的烟花更多更好。

大家看着烟花爆开的大致方位，就能猜到是谁家。众人站在街上，对着天空指指点点。

"城东刘老板家的烟花放了两个多小时了吧？这得多少烟花？"

"听说他们一晚上放的烟花，就要好几十万。"

"这么多钱，买点东西不好吗？"

"你觉得多，人家可不在乎这点小钱。人家为了面子，就当是个消遣。"

天空中反反复复绽放的也就那些花样，看多了也觉得无聊。苗苗觉得冷，我们便回了家。

窗外烟花爆竹的声音还在继续，家里的电视播放着《春节联欢晚会》，调大了声音也听不清。

我和向大海就着饺子喝了一点酒，本想聊些旧事，却被烟花爆竹的声音一次次打断。我俩的话越来越少，酒却越喝越多。

过了零点，持续了几个小时的声响才逐渐平息。

拾荒老人并不在乎过年，他们趁着夜色收集烟花燃放后的硬纸壳，那些老板自然不会介意，有时为了图吉利，还会给他们一点赏钱。

一夜过后，整个清泉县的上空灰蒙蒙的，空气中弥漫着火药味。三个孩子领了压岁钱，急匆匆地出门和同学聚会，留下我们三个中年人在家看春节联欢晚会的重播。

按当地风俗，过了初二才能去别人家串门，可这风俗早就没人在乎了。我想带着小墨去给方姨拜年，可小墨要晚上才能回来，索性一个人前往。

比起年前的喧嚣，初一的街道异常冷清。

我走上单元楼的时候，想让自己尽量不去想林小蝉，可是我做不到，在这辞旧迎新的节日里，往日的画面更加清晰地出现在我的记忆里。

我敲门进去，方姨好像知道我要来，她见到我并不意外，招呼我坐下，问道："你这次怎么自己来了？"

"小墨出门玩了，我想着今天也没事，过来看看您。"

"好，好……"她一时间不知道说什么，到厨房想找几样零食或者水果，却没找到什么可以拿得出手的。

"吃过饭了吗？"她问。

"吃过了。您别忙活了，我坐一会儿就走。"房间里的电视没有开，我的声音回荡在屋子里。

"那我给你倒杯热水。"

我见她身体没有以前硬朗了，步履间已尽显老态。

方姨把小墨的压岁钱塞给我："他马上就要高考了，你可得看住他的学习。"

"不用了，您留着吧。"

"今年是最后一年，以后他大了，我就不给了。咱们这小县城也没有大学，他上了大学，平时就很难回来了吧？"

"嗯。"听她这样说，我也没再拒绝，把钱放进兜里。

"听说你姑妈走了？"她低声问。

"嗯，一个月前的事了。姑妈在世的时候过年都要去她家，所以初一很少来您这儿。"我说。

"其实啊，我一点也不讨厌她。我和你爸爸离婚，她讨厌我在情理之中。"她说着，咳嗽了两声。

"方姨，我爸爸……后来很后悔那样对您。"

方姨没有看我，放下手里的杯子说："这人间多苦啊。谁也怨不得谁，怨谁又有什么用呢。你看我现在，一天又一天都是自己过，不知道什么时候就死了，活到这个岁数还有什么想不开的呢。"

说完她又咳嗽了一阵。

"您多注意身体，咳嗽就吃点药。"我说。

"花那钱干什么？我这是老毛病了，你也不是不知道。"

屋子里的墙上还贴着一些老照片，我看到自己小时候的样子，还有林小蝉和李一川的结婚照。

方姨叹了口气，从茶几下面翻出几把花生，放到我面前。

"我们都是重情的人，我对你爸爸也是……唉，都这么大岁数了，还提这个，真有点不好意思。"

我瞥见她满手的老茧，心疼地说："您平时也别太累了，缺什么可以跟我说。"

她没有接我的话，看着照片说："你爸爸也是个好人，只是始终忘不了你妈妈。你现在应该能理解他。"

方姨看着我停顿了一下，又说："林小蝉死了这么多年，你也没再娶媳妇，是不是怕自己和他一样，辜负了别人？"

我愣在原地。那是我心中的秘密，从来没有向别人提起，我不敢相信第一个说破我心思的居然是她。

方姨笑了笑说："小墨能跟着你，也真是有福气。"

清泉县的秧歌队几年前就解散了，大家都窝在家里看电视。正月十五前大多店铺停业，一来是为了过节，二来北方的严冬委实没什么生意可做。

老一辈人有个传统，正月里叮嘱晚辈多存钱、少花钱，新的一年财运才会好。大家也知道这是唬人的话，无非是怕年轻人胡乱花钱，可逢年过节又不愿违背长辈的意愿，索性也不出去消费。

亲朋好友约在家里，支起饭桌打麻将、打扑克，饿了就做上几个好菜，喝酒聊天直到天明。

小孩子的压岁钱大多会花在零食和鞭炮上。家长也不愿在这个时候催他们写作业。

大概是因为清泉县的地貌，冬天的云朵仿佛要压到人们眼前，只要不是晴天，分不清半空中是云朵还是大雾，在长长的正月里，让人越发滋生出一种慵懒的昏沉。

无暇享受这种清闲的，自然是小墨。

高三的学生初四就开学了，为了完成铺天盖地的练习题，睡眠也少得可怜。

在我印象里，教室里的标语一直是"好好学习，天天向上"。

小墨告诉我，以前的标语早换了。"提高一分，甩掉千人"这种已经是最委婉的了。他们班级黑板上的标语是"生前何必久睡，死后自会长眠"。

我听后哭笑不得。

春节过后，迎来了一波物价上涨，各种食材也不例外。我细算下来，按照以前的价格卖香肠，就是赔本买卖。只能涨价，好在涨价后，生意没什么影响。

清泉县医院对面的妇幼医院，在一片高大的建筑旁也不甘示弱，在那年春天拔地而起。

两栋大楼屹立在夜市街口，像一扇通往生老病死的大门，俯瞰着尘世间的喜怒哀乐。伴随着日升月沉，街上从热闹又回到冷清，每日每夜轮回往复，无止无休。

快炒摊没了青田，林志炎也干不下去了，连带着厨具和桌椅一起转让给了别人。

汪婶上了年纪，身体终究是不比以前，生煎摊彻底甩手给了赵霜，很少再来夜市。

听不见八婆和汪婶斗嘴，周围一下子变得空落落的。

"这街上的老家伙，剩不了几个喽……"徐三叔感慨了几句。

"老不死的，你是希望我也早点走是不是？"八婆坐下来，整个人也没了以前的精气神。

徐三叔照旧点起旱烟，刚抽上两口，不知怎么的又给熄灭了。

家里的老房子年头太久，我修缮过几次，再想继续住就得推倒重建了。

正好夜市店铺后的旧楼有人卖房，那家人在新小区的房子装修好了，旧房子急于出手，价格也公道，我们谈了两次就定了下来。

我买的房子在五楼，大家帮着我，不到半天就把东西都搬进了新家。店铺就在楼下，出摊和回家也都方便了。

我家的旧房子卖不出去，只能长期锁着。

可我心里却有一点高兴，那座老房子是我出生的地方，是我爸爸去世的地方，是小墨和苗苗长大的地方，是我度过前半生的地方，在我心里哪怕它只剩一堵墙，以前的一切也会随着它永不消亡。

我招呼着客人，望见街头围了不少人。

荷晴过去凑热闹，回来表情很不自在。

"怎么了？"我和向大海一起问。

"你们去看看吧。两个人披麻戴孝跪在那儿，地上撒满了纸钱。"

"这是干什么，谁家能在街上办丧事？"

向大海一头雾水，说着摘下围裙准备去一探究竟。

"回来。"徐三叔冲着他喊，叫住了向大海，走过来小声说，"出人命官司了，咱们都离远点。"

"什么人命官司，和咱们有什么关系？"我也被他搞糊涂了。

赵霜也凑过来说："昨天有一辆救护车堵在街口，还记得吗？"

"他们怎么选这条路了？清泉县还有人不知道这条路晚上车过不去吗？"荷晴问。

赵霜指了指北山的方向："就在那里，除了咱们这条路，也没有别的路了。"

"那个老头心脏病犯了，救护车要过去，可大家的摊子哪是一下子能收走的，后来只能找人抬了出来。"

"耽搁了一些时间，没抢救成功。你别过去，你没见这些摊主都离得远远的吗？"徐三叔说完咳了几声。

"咱们都成了他们的仇人了。"向大海叹着气坐了下来。

病人家属这么一闹也没闹出什么结果，反倒是我们每年除了交卫生费、摊位费外，又多了一项道路占用费，大家议论着却又无可奈何。

我回到家中，小墨竟然在家。

"你怎么回来了？"我问。

"我不舒服，请病假了。"

"明天早上我带你去诊所看看。"

"不用了，我睡一觉就好了。"

不用他说，我也知道这孩子心里有事。

夜里，我偷偷溜进他的屋子，房间里一片漆黑，被窝里透出微弱的光亮。

他大概是在偷看课外书。我上学的时候，就经常和向大海在被窝里打着手电，看武侠小说。

我靠近他，掀开被子钻进去，靠着他趴下："小子，干什么呢？"

小墨倒是没有被我吓到，他说："睡不着，偷着看会儿书。"

借着手电的灯光，我看到他手里不是一本有文字的书，而是一本画册。

我们掀开被子，没有开灯，坐在手电的微光旁。

我问他："是不是最近学习压力太大了？"

小墨摇了摇头："没有。"

我没再追问，沉默了一会儿，小墨突然说："有件事我想和你商量下。"

"你说吧。"

"我……我想考美术生，行吗？"他问我。

我一时接受不了这个事情，又不知道怎么劝他："你的成绩考大学没有问题，为什么去考美术生？"

"因为我喜欢画画。"小墨说。

"胡闹。"

屋里平和的气氛瞬间被我打破。在我眼里，学美术就是不务正业。小墨的成绩完全有希望考一所重点大学，我认为他这样的想法是在自毁前程。

我压低声音，又说："你喜欢画画，当个爱好没问题，高考完了我也不管你。"

"可我想去美术学院学。"他异常坚决。

我气得不行："我肯定不能由着你乱来。"

"你怎么就这么封建。"他说。

他这样一顶嘴，我更加生气："明天早上你给我滚回学校去，别和我提这件事。"

小墨关了手电，背对我盖上被子，不再理我。

第二天早上，我起床给他做早饭，发现他已经走了。

我一看时间，才五点。我知道他平时爱睡懒觉，这个时间走，大概是一夜没睡，便有些担心。

我顺着家里到学校的路找他，远远望见他蹲在校门口。

时间还早，校门没开，他假装没有看见我，仍旧低着头。

"去旁边吃个早饭吧，你不嫌丢人，我还嫌丢人呢。"我说。

我和他在附近的早餐店吃了点东西。他那个倔脾气，我一时半会儿也说不动他。

我不想他心情不好影响学习，拍了拍他的肩膀说："你说的事，我回去再考虑一下。"

小墨知道我是在敷衍他，起身回了学校。

半个月后，小墨的班主任给我打电话，告诉我他这段时间学习状态很差，模拟考试的成绩也不好。

我听到这个消息火冒三丈，想着等他回家，一定要好好教训他。

可放假当天他没有回家，我有点着急，却接到兰棋的电话。

"小墨回学校了，你不用担心他。有些话他让我转告你，咱俩晚上夜市见吧。"

我没想到小墨会去找兰棋当说客，一整天都闷闷不乐。

晚上快打烊的时候，兰棋才来夜市。我宣泄着对小墨的不满，她听着我发牢骚，慢悠悠地吃完一碗面。

我说了半天，她也不接话，我有点尴尬。

"你说完了？"她抬起头看着我。

我面露不悦："嗯。"

"你想不想听我说说？"兰棋放下筷子。

我无奈地笑了笑："你说吧。"

"小墨会画画，你知道吗？"

兰棋的第一句话就问住了我。

她见我支支吾吾，继续说："我们都自以为了解孩子，其实有时候对他们的关心不够。毕竟是两代人，这也是没办法的事。"

"那你是支持小墨学美术这件事了？"我问。

"你也不用急着和我辩驳。我既然答应了小墨，就肯定能说服你。"

兰棋说完，从包里拿出卷着的一幅画。

"你看看这个。"兰棋说。

我收拾了下桌子，将画一点点打开。

头顶昏黄的灯光照在纸上，随着画卷展开，我的眼泪翻涌而出。

那是一幅水彩画。画中的我穿着西装，林小蝉穿着一身洁白的婚纱，依偎在我的身边，林小蝉的眉眼动人，如同当年我初见她的样子。

画的右下角写着"送给老李"。

兰棋递给我一张纸巾："你吃这么多苦，无非是为了让孩子能以他们喜欢的方式生活。也许报考美术学院是一件有风险的事，可并没有很出格。"

兰棋见我没有反驳，继续说："文生哥，你记不记得高中的时候，你送我一个笔记本，扉页上你给我写了一句话。你还记得那句话吗？"

我擦了擦眼泪，笑着回答她："你若活在世俗的目光当中，永远是个坏人。"

我拿起手里的画感慨道："我年纪大了，一不小心自己倒变成坏人了。"

"小墨的妈妈假如还活着，你觉得她会不会支持小墨。"兰棋又说。

"好啦。"我笑着摆了摆手，"你已经说服我了。"

我叫来向大海和荷晴，炫耀着手中的画："你们看看，这是小墨画的，画得像不像？"

"简直和真人一模一样。"两人同时说。

我提前收摊，和兰棋一起去学校找小墨。

我们正赶上他们下晚自习，小墨在宿舍楼门口抱住我喊道："谢谢你，老李。"

"李墨，你艺考能通过吗？"兰棋问。

"兰老师……我尽力，实在不行我复读一年再考。"小墨没了底气。

"现在跟着大课肯定来不及了，得找个老师专门给你一个人补课。"兰棋说。

我想不到哪个美术老师可以为小墨补课，沉默在原地。

"我认识一个人，他应该可以，我找他商量一下。"兰棋说。

周末，兰棋买了几袋水果，带着我和小墨到了关书记家中。

对于兰棋认识关书记这事，我有些意外，但不好多问。

关书记家的小院简陋不堪，正逢雨季，墙角生出些许青苔。

"关叔叔，就是这个孩子。"兰棋拉过小墨。

"关老师，您好。"小墨鞠了一躬。

"哎呀，别叫老师……你先说说你会什么，简单画两笔我看看。"关书记说。

我看着神情颓废的关书记，心里没底。

小墨简单做了自述，又按照他的要求在纸上画了起来。

过了许久，关书记眼中的光一点点亮了起来，他对着小墨说："你天赋不错。我们抓紧上课，会的地方我们就略过，争取在一个月内，达到能通过艺考的水平。"

"那麻烦你了，关叔叔。"兰棋说。

"不麻烦，你能想到老头子，是瞧得起我。"

关书记有些激动，打开陈旧的衣柜，抽出一块画板，干净利落地削好铅笔、调好颜料，完全忽略了我和兰棋的存在。

"你坐好。"关书记郑重地说，整个屋子的空气仿佛也跟着抖了一下。

小墨连忙坐下。

"我们对于自己作品的要求一定要苛刻。艺术是追求完美的唯一途径，绘画更是这样。你将来要认真画好每一幅画。好的作品能带我们到想去而去不了的地方，也能勾勒出天地之间最美妙的情感。"

关书记好像变了一个人，说话抑扬顿挫，我俩大气都不敢出。

兰棋拉着我退到门外。

小院低矮的围墙里堆着几把破旧的椅子，墙角开着几朵不知名的野花。

兰棋蹲下来看着那几朵花："他在夜市被人当作笑柄，是吗？"

"大家也就是开个玩笑。"我说。

"他当初是清泉县最好的美术老师。"兰棋深吸了一口气，"后来他去建筑公司当了领导。工程款出问题吃了官司，儿子和儿媳也跟着失业外出打工去了。前几年工程质量又出了问题，在打官司的时候起了冲突，混乱中他的孙子滚下楼梯摔死了。"

"是这样啊，真是太可惜了。"

"关叔假如一直当美术老师，也许会很快乐，他的孙子也不会死……"

兰棋话锋一转："等遥遥出国留学了，我找个合适的机会就和沈平离婚。"

我不知道怎么回答。

"你应该知道，这不是我一时冲动做的决定，我真的受够了和他在一起生活。你也不用劝我。"兰棋说。

"好，我不劝你。既然已经决定了，自然有你的道理。"我说。

我们彼此沉默，天边乌云涌动，响起雷声，一场大雨将至，屋内关书记的声音一直没有停。

整个六月，高考的压力如同夏日里燥热的空气，有种挥之不去的烦闷。直到出成绩的那天，我才松了一口气。小墨成功被上海的美术学院录取。

大学开学，我本想去送小墨，可仔细想想，我去了也不能停留，坐飞机往返一趟，一个月就白干了。正纠结的时候，小墨告诉我他有个同学也考了上海，两个人的大学离得很近，决定结伴同行。

这样一来我便放心了，我把他叫到身边说："你和他们一家人一起去，等我闲下来，再去上海看你。"

小墨肯定想让我去送他，可他也知道我的难处，只是坐下低头说："你放心好了，我又不是小孩子。"

"臭小子，没钱了就告诉我。"

我没给小墨带太多行李，缺什么让他到了再买，出门的时候他只背了两个书包。

临走时，我想再摸摸他的头，发现他站起来已经比我高了，我要举手才行。我伸到一半的手又缩了回来。我忍住眼泪，看着小墨离开清泉县，知道以后的世界只能靠他自己闯了。

小墨到了大学，第一时间向我报了平安。

然后就是接二连三的消息：

"上海太繁华了。"

"校园太大了。"

"这儿的东西比咱们那贵多了。"

……

我看着小墨发出的感慨，知道那里对他来说是一片新天地。

"你放心吧，我一定好好学，不辜负你们的期望。还有兰老师、关老师、荷晴姑姑，告诉他们我一切都好。"小墨在电话里激动地说。

"还有一个人你别忘了。"

"谁？"

"你妈妈。"

电话那边的小墨沉默了。

"你知道的，你妈妈一辈子没能走出清泉县，你要替她好好看看外面的世界。"

过了许久，小墨说："好。"

🥄 第十章

　　清泉县和小墨年龄相仿的许多孩子都上了大学，暑假回家逛夜市，到我这儿吃香肠，是他们必不可少的一件事。八婆的一个外甥在街上遇见多年不见的好友，两人都是要来我这儿吃香肠的，便一起坐下喝起了酒，相谈甚欢。

　　八婆烤了把豆皮送过来："听说你现在混得人模狗样的，怎么还来吃路边摊。"

　　"那和有多少钱没关系，我还是喜欢来这儿，这儿不拘束，没那么多破事儿。有钱人不用摆架子耍排场，穷人也不用觉得低人三分，坐下都一样，反而让人舒服。"

　　"就是，来这儿什么都不用想。"一旁的朋友说。

　　"八姨，豆皮多少钱？"

　　"吃你的吧，香肠别忘了给钱就行。"

　　小墨和苗苗在店铺里不知道偷偷盘算着什么。

　　"爸爸，给你个惊喜。"苗苗从身后探出头来。

　　"你又整什么幺蛾子？"我问。

　　"这次是我哥的主意，我只是个跑腿的。"苗苗说着，把一张二维码贴在了摊位上。

接着她掏出一部新手机，说："我哥给你买的新手机。"

我拿过手机看了看："现在的手机功能倒是真多。"

"现在都什么年代了，还收一堆零钱。让客人用手机付钱吧，你平时也方便。"小墨说。

那款老手机是林小蝉留给我的。我坚持用了十多年，前前后后修了五六回，上个月又有些不听使唤了，修手机的师傅说那个机型已经淘汰了，零件进不到货了。

街上的摊子都开始用手机收钱了，我也准备换部手机，可心里一直舍不得。时代飞速发展，想留下一点旧物，还真是不容易。

我叹了口气说："那就换了吧。"

买手机的钱省了下来，我就合计着给小墨买点什么。我想不出来，偷偷找苗苗商量。

"当然是给哥哥买台笔记本电脑了。"

苗苗说："我哥那天和我说了，他回去要打工攒钱买台电脑，专门画图用。"

"就是贵了点。"她又说。

"我知道就行了，你不用管。"

尽管小墨不同意我出钱，但我还是拉着他买了电脑。

"你别拿着电脑整天玩游戏就行。"我说。

"知道了。"他说。

"下个学期不许出去打工，缺钱就告诉我。"我说。

"打工又不耽误什么。"

"你有时间就多看看书，长点本事，在大学找个女朋友也行。"我笑着说。

雨季过后，开始了持续的高温，天黑前街上没几个人，我们坐在椅子上摇着扇子。

"街头卖水果的老潘家有喜事了。"八婆伸了伸懒腰。

"什么喜事？"荷晴问。

"他家儿子不是没钱买房结婚嘛，这下子有钱了，一下子弄来七十多万。"八婆又说，"我估摸着他儿子离结婚不远了。"

向大海好奇，起身问："八婆，做什么一下子能赚这么多钱？他不是去年才出门打工吗？"

"我告诉你，你去啊？"八婆卖了个关子。

"去呗，有钱谁不挣。"向大海说。

"老潘在工地上被电死了，公司赔了他七十多万。要不就他那个岁数，干到死也挣不了那么多钱。大海你也去呗。"

"去你的。你别一天天咒我死，要死你去死。"向大海骂了一句。

"怪不得潘婶最近没出摊卖水果。"赵霜说。

"不死也有发财的。你家青田离了你，烧烤店干得风生水起，不到两年就在城西买了一栋门市房。有时候啊，想有钱也得看命……"

赵霜像是被堵住了嘴，愣是没说出一句话。

"小霜，别搭理她。八婶这张刀子嘴，又不是一两天了。"我说。

"八婶你也真是的，就知道欺负小霜。"荷晴也凑过来。

"好了好了。我是说我自己没有富贵命。我家老头子要是有点能耐，也不用我起早贪黑的。"八婶摇头感慨着，转过去不再说话。

老潘在夜市卖过五六年水果，不少人认识他。大家惋惜了一阵子，又觉得他儿子买房子的钱有了着落，好像真的是一件喜事。

"一条人命都没有一套房子值钱了。"向大海坐在那里，呆呆地望着远处的楼顶。

苗苗高考完的夏天，沈平放弃了之前的项目，在清泉县代理了一个投资基金，又招募了不少人帮着做宣传，其中还有林志炎。

沈平以为林志炎对水街这片区域很了解，于是让他负责。附近的人对林志炎以往的人品和作风都有所耳闻，任他说得天花乱坠，也没人买他的账。

"你们不懂，这基金投进去，都是北京的大老板们拿去投资，赚了钱给咱们分红。这投资就相当于大老板做生意带上咱们，稳赚不赔。你们想想，钱放咱们手里，只能在银行存着。"

在我的摊位前，林志炎向我们介绍基金，我和向大海招呼着客人，只是尴尬地笑了笑。

"你也知道我得供两个孩子念书，苗苗今年也要上大学，手里哪有闲钱。"我不耐烦地说。

"姐夫，捧捧场，不能多投就少投点。"

我没再理他，他也知道徐三叔和赵霜更不愿意理他，识相地走了，顺着街去游说上面的摊主。

想不到过了几个月，清泉县第一批购买基金的人，都得到了丰厚的回报，有的人甚至本钱翻了番。整个夜市都在谈论沈平的基金，赚钱的志得意满，没投钱的坐立不安。

这消息让林志炎在夜市扬眉吐气，自然有人主动找他搭话，询问他如何购买基金。

大家的疑虑并没有就此打消。夜市的人挣的都是辛苦钱，用起来格外谨慎，起初都是投一点试试，在赚到钱后，才开始越投越多。

兰棋来我摊子上吃晚饭，我坐到她身边悄悄问："你说这基金稳妥吗？"

　　"我也不知道这个事情是否稳妥。他不听我的劝，执意要做，和我吵了好几次，我也拦不住。"兰棋放下筷子。

　　"你投了多少钱？"我问她。

　　"遥遥在国外花销大，我家留了些必要的开销，剩下的钱都被他投进去了。"

　　我压低声音说："你说会不会有这种可能，投出去的钱有一天拿不回来。"

　　"你别问我了，我真的不知道。"兰棋掩饰不住自己的焦虑，语气变得生硬。

　　"好，我不问了。"我忙说。

　　兰棋看了我一眼，深吸了一口气："对不起，文生哥，我不是针对你。说实话，沈平做事太急功近利，我心里总是没底。而且你也知道，现在有些人已经投了不少钱，要是真出事了，后果不堪设想。"

　　"不瞒你说，我和向大海也在考虑，是不是也跟着投点。"

　　"我身边的人每天都这样问我，我就是被问烦了。大家越问我心里越慌。不过沈平他自己肯定是相信这个基金没有问题，否则我肯定会告诉你。"

　　"你俩现在怎么样了？"我问。

　　"他不想和我离婚，无非是觉得我教师的身份还有一点价值，让那些投基金的人更放心一些。"兰棋说。

　　"这些年我真的受够了身边这些人的虚伪、迂腐和势利，有时候反而很羡慕你们，觉得夜市的人与人之间，还有那么一点真诚，不喜欢钩心斗角、尔虞我诈，累的时候也能苦中作乐。"

　　我打开一瓶饮料递给她："你想听真话吗？"

兰棋有些不解，随即点了点头。

"我承认我身边的人都不错，可夜市也不都是好人。"

我望着街上的行人说："不是夜市的人不喜欢互相算计，而是我们没有资格。"

"嗯？"兰棋盯着我，发出疑问。

"我们守着几平方米的小摊子，彼此只能抱团取暖。有什么难处互相帮衬着点才能过去，真有什么不如意的地方，也是得过且过，毕竟明天还要干活呢。谁有那么多闲工夫，计较起来又捞不到什么好处。"

兰棋皱了皱眉，苦笑了一下。

我笑了笑又说："况且我们每天只是平静地面对生活，图个安稳，也没有苦中作乐那么高的境界。"

"你说得有道理。不过文生哥，不管你在哪里，你一直都没变。别人可能没有苦中作乐的境界，你肯定是有一点。"

"也许吧。我改变不了世界，只能守住自己的底线，这也算是我的一点执念。"我笑着站起来，"我得干活了。你看看向大海，他一天到晚多开心。"

向大海听见我们提到他，回头大声问："你俩是不是又说我坏话了？"

犹豫了几天，我还是放弃了投钱。

不少人起初的想法和我一样，可看着投资的人都有了不错的回报，又忍不住眼红，多多少少也跟着投一点，向大海就是这样。他想投上几万块。这些钱大概是他一年的收入，虽然不算少，可风险还能承受。

荷晴却不同意，她想投更多的钱，两个人意见不合，大半夜吵架吵到我家。

荷晴嗓子吵得有点哑了，进屋喝了口水继续说："你就是胆子小。你看看咱们夜市有那么多人投了，不到两个月就挣了好几万。这样的机会去哪儿找？"

"我说不过你，你和你哥说。"向大海摊开手，倒在我的床上，丢下一句，"文生，你和她说。"

"我觉得这钱挣得太容易，心里总是没底。"我说。

"挣钱比咱们容易的人多的是。你俩和兰棋认识这么多年，有问题她能不告诉你吗？"荷晴在我的床头坐下。

"咱们老百姓可不一样，只有辛苦钱来得踏实。我前几天问兰棋了，她心里比谁都没底，所以我考虑了下，就不掺和了。"

荷晴盯着我问："哥，你没投吗？"

"我真一分没投。"我说。

"你看看，我没骗你吧？文生做事从来是有道理的。我投这几万，心都悬着。"向大海在一旁接话。

荷晴沉默了好一会儿，突然说："哥，那你把钱借我，我去投。"

我一时间说不出话。

向大海抓起枕头盖在脸上，挤出一句："我的天啊。"

"我有两个孩子，我有多少钱你大概也清楚，小墨马上毕业，要用一笔钱，所以暂时动不了。"

我说小墨用钱是骗她的，只是希望她心里会好受点。

"行，哥，那我们先回家了。"荷晴起身向门外走去，向大海和我摆了摆手，也紧跟她出去。

我躺在床上，对着窗外发呆，正要睡去，手机响了起来。

"荷晴在你家吗？"向大海问。

"不在啊，你俩不是一起走的吗？"我说。

"别提了，我俩半路上又吵起来了，她不知道跑哪去了。这么晚还没回来，手机也关机了。"

我穿好衣服出门，和向大海一起找荷晴。

向大海在路口走来走去，看见我，迎了上来："都这个岁数了，你说她怎么还像个孩子？"

"她也是想给小飞多挣点钱，你也知道她是急性子。"我说。

我们找了荷晴平时爱去的地方，又给赵霜打了电话，可还是没找到。

向大海连连跺脚："大半夜的她能去哪儿弄钱啊？"

"你说'去哪儿弄钱'什么意思？"我问。

"荷晴临走的时候对我说'我指望不上你，我自己去弄钱'。"

"那她可能是去找青田了。"我想了想说，"咱们认识的人里，现在就数他最有钱了。"

我和向大海赶到青田的烧烤店，掀开包间的门帘，看到青田和荷晴坐在一块喝酒。

"离远点。"向大海吼道，一把推开青田。

没等青田说话，他又骂道："你真不要脸。"

"你来干什么？"荷晴醉醺醺地说。

"我来干什么，我不该来吗？对哦，我来得不是时候，影响了你们的好事。"向大海怒吼着。

"你别误会，我们只是叙叙旧。"青田说。

"你以为我会信吗？小结巴我告诉你，别以为你有钱了我就不敢揍你。"向大海说着就要动手。

我从后面拦住他，对着荷晴说："你倒是说句话啊。"

"你让他打。"荷晴吼道。

屋子里瞬间安静下来。

荷晴拍了拍衣服，昂起头说："打啊，你最好连我一起打死。你除了会打人，还有什么能耐？"

向大海憋得满脸通红。

店里的十几个服务员围了上来："老板，有人找麻烦吗，要不要报警？"

"都是老朋友，喝多了，没事，你们散了吧。"青田优雅地做了个手势，一群人又各自散开了。

向大海悬在半空中的手无力地放下了，我抱着他肥胖的身子，感觉他整个人像被戳破的气球，瞬间泄了气。

"大海，人家快打烊了，咱们走吧。"我朝青田点了点头，拉着荷晴往外走。

向大海没有回头，青田把我和荷晴送到门口。

"咱们也好久没见了，今天都是误会，改天有时间来店里，我好好招待你们。"青田说。

我回望了青田的烧烤店一眼，高大明亮的招牌俯视着整条街的店铺。我看着向大海落寞的背影，相信青田没有生向大海的气。两个男人在自尊心上的较量，他已经赢了，而胜利者是不会抱怨的。

"我是来借钱的，你捣什么乱。"荷晴说。

"好，我以后不管了。"向大海有气无力地回答。

荷晴没有发火，坐在地上哭了起来："哥，他说他不管我了。我妈也走了，你也不管我。"

我听她这样说，心里更不是滋味。

我在她身边蹲下说："别哭了，要怨就怨哥没钱。"

折腾了大半夜，第二天我们像什么都没发生一样，照常出摊。

荷晴拿起竹扦和我一起穿香肠："我也想通了，我就没有发财的命。这么多年，你给我的工钱要比外面多多了，昨天我真不该去闹你。"

"都是自家人，事情过去了就别想了。青田他没借给你钱吗？"

"他也没有多余的钱了。"

"怎么可能，他现在那么有钱。"我有些疑惑。

荷晴耸了耸肩："青田也投了沈平代理的基金，他投了全部的存款，而且还抵押了烧烤店。"

"他胆子也太大了。他那烧烤店不是干得好好的吗？"

"昨天我和他聊了一阵子，听他的意思，他觉得这些年太累了，想再赚一笔钱后就把烧烤店兑出去。他还和我说自己想和赵霜复婚，当初不该和大家置气。"

"青田能这么想不容易。他要是能和赵霜复婚，倒是件好事。"

"青田这些年变了不少，胆子也大了。"

荷晴放下手里的竹扦："哥，我哭够了，闹够了，冷静下来，觉得你是对的，安安心心的也挺好。我可不想把钱投出去后整天提心吊胆的。"

"你心里舒服了就行，也别和他置气了。"我瞥了一眼身后闷头干活的向大海。

"我懒得理他。"荷晴收拾了一下桌子，起身去和赵霜聊天了。

向大海背对我们，听见我们说他也不吭声，埋头收拾着做麻辣烫的盆盆罐罐。

八婆在一旁乐了，跟着荷晴走过去说："人啊，就得心宽，要不就气死了。我家那个大孝子早把我们挣的这仨瓜俩枣霍霍没了，我想投也没钱投。"

"您老心宽，我学不来还不行吗？"荷晴噘着嘴不愿理八婆。

徐三叔点上烟说："街那边卖烤冷面的老周你们还记得吧？一天到晚变无数次脸，他高不高兴都是看别人。咱们摊子上客人多，他就唉声叹气，咱们客人少了，他就幸灾乐祸。"

"怎么不记得。一个大男人总是见不得别人好，见不得自己差，有点心思不好好卖东西，都放在挑别人毛病上。干了不到一年，自己就气出了病。"赵霜说。

徐三叔抽了口烟："前一阵子我遇见他了，他在城东的新小区当门卫。你猜他怎么说？"

八婆哼了一声："就他那德行，新小区都是有钱人，没给他气死？"

"还真没有。他说'这活我干得顺心，身边人都挣一样的工资，不管是有钱的还是当官的，想过这个门都得叫我一声大哥'。哈哈。"

街对面的理发店不干了，换成了一家彩票站。

彩票站的老潘，也成了我们摊子上的常客。

我们离得近，看着新店开业，都去随便买上几注彩票捧捧场，只有向大海一注也没买。

我回到摊位上问他："今天这是怎么了，这也不像你啊。你不是最爱给别人捧场吗？"

"不是不买……哎呀，你不要说话，我在想事情。"向大海一动不动坐在那里，表情扭曲着。

我忙着招呼客人，没再理他。

"啊，有了。"向大海喊完，起身拉住我的胳膊。

"你干什么？我干活呢。"

"快，文生，咱俩买彩票去。"

"我都买过了，你自己去吧。"

"咱俩盯着固定的号码一直买，中奖号码每天都变，总有一天能轮到咱们。"向大海一下子兴奋起来。

"我看你是想发财想疯了。你知道一共有多少种号码组合吗？"

"那还真不知道。"

"怎么也有几百万种。你这个办法要是管用，所有人都中大奖了。"

向大海泄了气，过了好一会儿又说："那就当玩了。我带上你，一天买一注，咱们碰碰运气。"

我也不想扫了他的兴，随意说了个号码，便由着他胡闹。

"你中奖了可得分我一半。"他说着就从我收款箱里顺走一百块钱，钻进对面的彩票站里。

老潘不紧不慢地走到我身后坐下吃面，我端给他两根香肠。

"大海最近是不是缺钱了？"老潘问。

"他就是玩玩，想一夜暴富。"我笑着问他，"你自己平时买彩票吗？"

"坐在我彩票站里的，都是想发财的。我可从来不买。省一点是一点。我还要攒钱给我儿子买房呢。要是都能靠彩票发家致富，那才荒唐呢。"老潘在香肠上撒了把辣椒面，吃得更香了。

我在网上看到不少大学生被诈骗的新闻，想着和小墨说一说，就给他打了电话。

聊着聊着，我听出小墨说话的语气不对劲，急忙问："你是不是有什么事瞒着我？"

"倒没什么。"他说。

"别和我说假话。是不是闯祸了？"

"哎呀，真不是……其实就是。"

"快说。"我急了。

"我有女朋友了。"小墨脱口而出。

"哈哈，我就说嘛，你肯定心里有事。"

"真是的，什么事都瞒不过你。"小墨害羞地说。

"你把照片发给我看看。"我笑着说。

我还想和小墨多聊一会儿，手机屏幕上向大海的电话不停地打进来，我只能先挂掉小墨的电话。

向大海气喘吁吁地说："文生，出事了。"

我心头一紧，忙问："怎么了？"

"基金赎不出来了，大家都围在沈平的家门口讨说法……兰棋也在里面。"

"见面说吧。"

我挂了电话，小跑出门。

兰棋家楼下围满了人，他们时而破口大骂，时而捶胸顿足。

"把本钱还给我就行啊，我不赚钱了。"

"什么情况你给我们个说法啊，躲着不出来什么意思？"

"让我投钱的时候痛快了，现在这是什么意思？"

他们朝楼上不停喊着。

我和向大海想上去，奈何楼道里挤满了人，根本进不去。

我给兰棋打电话，一直无法接通。

"还真让你说准了，这基金取不出来了。"向大海说。

"你还有多少钱在里面？"我问。

"幸亏你劝住我，还剩两万。"他叹了口气，又嘀咕着，"两万也不少啊，这得卖多少份麻辣烫？"

楼下的人越聚越多，他们听到消息，都找到了这里。

小区的保安过来维持秩序，被几个壮汉的气势直接吓了回去。

"我去把门砸开。"一个矮个子的男人提着斧头走过来，众人纷纷让开，楼上传来剧烈的砸门声。

"怎么办？兰棋还在里面。"我和向大海听见这声音都是一惊，推开众人挤上楼梯。

正在这时，楼下响起了警笛，几名警察和我们同时冲上楼梯，制止了男子砸门。

警察来了，大家安静了一些，带头的警察敲了敲门，往里面喊："沈平先生，你在里面吗？我们是公安局经侦大队的，需要你配合一下。"

"我在。"沈平声音颤抖，"可我不敢出去。"

"只要配合调查，我们可以保证你的人身安全。现在请你开门。"

沈平满眼红血丝，胡子也没刮，他见楼道里挤满了人，低着头战战兢兢地走出来，民警护着他走向警车。

"警察同志，你们一定要把我们的钱追回来啊。"围堵的人不停地喊。

"大家先回去吧，我们会处理的。"带头的民警一遍遍回答。

警车走后，大家一时愣在原地，人群中突然有人喊："那个女的还在屋里。"

门被砸得已经锁不上了，几个人抢在前面挤进了屋子，大声质问兰棋。

我和向大海上前拉起兰棋往外走。

"你们干什么？"堵在门口的人不想让开。

向大海眼睛一转，喊道："大家快让一让。她心脏病犯了，我们得送她去医院，耽误不得啊。"

大家看兰棋脸色惨白，都将信将疑，我和向大海趁着他们没有反应过来，带着她溜出了小区。

"你没事吧？"我问。

兰棋蹲在地上没有说话，身体不停地发抖。

"找个地方先坐坐吧。"向大海伸手去扶她。

"我回学校上课了。"兰棋自己站了起来。

"你都这样了，还去上课？"向大海说。

"那我还能去哪儿？"兰棋整理了下衣服，又说，"你俩先回去吧，我没事，学校里很安全。你们让我静静。"

我和向大海开车把她送到学校。

"你自己小心。"我说。

兰棋点了下头，下车走进校门。

投资的基金彻底破产，听说是总公司的老板卷钱跑到了国外，所有人投在里面的钱都血本无归，大家只能等待法院的判决。

林志炎倒是滑头，在这个节骨眼还能卷走沈平最后的十几万块钱，不知道逃到了哪里。

法院开庭那天，庭审现场挤满了人，他们或多或少都买了沈平的基金，其中自然有倾家荡产的青田，这次庭审是他唯一的希望。

兰棋和我坐在第一排，她不敢抬头，一直盯着手机屏幕。我听见兜里的手机响了，一看消息是身边的兰棋发的。

"我不敢回头。身后这些人，他们看我的眼神就像找我索命。我说不出话，感觉要窒息了。"

我看着她发来的消息，背后传来一阵凉意，那些怨恨的眼神聚集在一起，仿佛能吞噬一切。我的手有些不听使唤，勉强打出"你别怕"三个字发给兰棋。

开庭前短暂的安静后，沈平被带了上来。

"王八蛋，还钱。"

"那是我的血汗钱啊，畜生。"

斥责声、辱骂声、敲桌子的声音混在一起。

法警急忙维持秩序，法官接连喊了好几声，我身后的人才稍微安静一些。

法官看见这种情形也有点紧张，做了很长时间的开场白。大体意思是法律是公正的，但是法律的执行能力也是有条件限制的。

"这位法官，我就想知道我的钱能不能要回来？"一个中年男子猛地站起来，脸上青筋暴起。

"不好意思，请您按照我们的秩序听审。"法官说。

那个男人没有听，提高嗓门又质问了好几遍，后来几乎成了嘶吼。

不少人心里没了底，也跟着起哄，在场面彻底失控前，几名法警强制把他带出了法庭。

庭审的流程继续进行。

案件事实清楚，律师只是做了简单的辩护，即便没到最后环节，也能猜到结果。法庭大概会判沈平赔偿大家的损失，强制执行他所有的财产。

我和兰棋知道沈平早已穷途末路，根本没有钱赔给大家。

轮到被告人做最后的陈述，所有人将目光投向了沈平。

沈平是一个在任何场合都会努力保持风度的人，可这一次他没能保持住自己的风度，刚一张嘴就开始哆嗦："各位，对不起，我真的一点钱也没有了，我也是被别人骗了，我真的不知道会是这样，我赔不起了……"

说到这里，已经没人愿意听他往下讲了。

"这个王八蛋他说他不赔了。"一个人站起来喊。

庭审现场的人沸腾起来，大声抗议。我身旁的女人开始痛哭，后面几个男人抄起手里的饮料瓶向沈平砸去。

法警不停地喊着让大家安静，声音淹没在众人的喧闹声中。

青田跳过围栏，向着沈平冲去。

我跳出去，用力拉住他："你要干什么？"

"滚开。他毁了我的一切。"青田怒吼着将我推倒。

我清楚地看见，他从怀里掏出一把刀。

那一刻，我想都没想，向前奋力一扑，挡住了青田。

沈平和法警发现他手里的刀，同时惊呼一声，可已经来不及了。

"啊。"兰棋惊叫。

我听见兰棋的声音，才回过神来，我挡在了青田和沈平之间，那把刀插在了我胳膊上，鲜血喷涌而出。

我盯着青田惊愕的脸，他被吓得和从前一样，又结巴起来："你……你……怎么……"

我渐渐失去意识，隐隐约约听见向大海和兰棋不停在喊我的名字。

我醒来的时候，向大海和荷晴在我的身边。没等他们说话，我拉着向大海的袖子问："怎么样了？"

　　"哥，你流了不少血，别说话。"荷晴说。

　　我刚要起身，向大海按住了我。

　　我顾不得头晕，又追问一遍。

　　"青田被警察带走了，法院宣判的结果和咱们想的一样。你的伤没事，死不了。"

　　向大海说完，又嘀咕起来："青田这家伙，怎么捅人也不看准呢？你也真是的，帮沈平那种人挡什么刀子……"

　　向大海嘴上虽这么说，可他和我认识这么多年，心里也清楚，这一刀我是一定会挡的。

　　"兰棋呢？"我低声问。

　　"她……恐怕不太好。"

　　荷晴躲开我的眼神，支支吾吾地说："本来她也是要跟着我们一起来医院的。你也知道，那些人现在到处堵着沈平，当然也堵着她。"

　　"大海，你快帮我……"

　　"好好好，我知道了。我马上去打听兰棋的情况，你不要说话了。"向大海打断我。

　　麻药渐渐失效，我的伤口传来灼烧般的刺痛。

　　我不知道那些讨债的人会怎么对待兰棋。虽说兰棋和沈平已经离婚了，可这种情况大家心知肚明，那些人靠法律解决不了，私底下肯定不会放过她。

　　我正犯愁，赵霜带着女儿小颖走进病房。

　　"文生哥，你挡这一刀，是救了孩子她爸啊。小颖快谢谢你李叔。"

　　说着，她和小颖在病床前一齐跪下。

我下意识地要伸手去扶，被左臂的刺痛拉了回来，只能说："你这是干什么？快起来。"

荷晴见赵霜这样，也不好再说什么，赶紧将两人搀起。

"为了小颖，我也不能不管。我看着她长大，总不能让她爸爸变成杀人犯。"

"谢谢叔叔。"小颖说。

"帮人帮到底，我也不会起诉青田的，你放心。"

赵霜低下头："不管怎样，文生哥，我真的谢谢你。"

向大海走进来，对我摇了摇头："能问的人都问过了，谁都不知道兰棋在哪儿。"

赵霜犹豫了一下，转过头对向大海说："大海，我有一件事想麻烦你。"

"你说吧。"向大海说。

"我去看守所探望他，他不见我。你帮我想想办法，告诉他别再干傻事了，要好好活着，我和小颖等着他。"

向大海迟疑了一下，点头答应下来。

我叮嘱他们不要将我受伤的事情告诉小墨和苗苗，可事情闹得有点大，他俩还是知道了，纷纷请假从大学赶了回来。

"你逞什么能，学人家见义勇为，有本事别受伤啊。"小墨手里削着苹果，不停地埋怨。

"你就少说两句吧。"苗苗打断了小墨，对着荷晴说，"姑姑，你回家吧，我和我哥在这儿照顾爸爸就行了，你也辛苦好几天了。"

荷晴看了看我，我点头示意她回家休息，她知道我不好意思开口，临走前在我耳边低声说："有兰老师的消息我马上告诉你。"

第二天中午，向大海来看我："你好点没？"

"感觉没事了。医院真不是个好地方，没病也快闷出病了。"我说。

"我见到青田了。"向大海说。

"他怎么样？"

"挺好的。虽然在看守所里，可整个人看上去是放松的。他让我一定要转告你，他已经想清楚了，没你挡这一刀，他这辈子就完了，出来后一定好好做人，感谢你的大恩大德……"

我瞥了他一眼："行了，这些话你就不用一字不差地和我说了。赵霜的话你转达了没有？"

"当然说了。我把小霜和孩子给你下跪的事告诉他，他哭得一把鼻涕一把泪。"

"那就好。"我说。

"之前他只是觉得没脸见赵霜，不过他现在知道赵霜和小颖没有放弃他，应该不会再干什么糊涂事了。"

我长舒一口气，又问："还没有兰棋的消息吗？"

向大海皱紧眉头："我也找不到她。你也知道沈平还欠我几万块钱呢，我和那些讨债的人有点联系，他们到处找沈平和兰棋。有些讨债的人去学校闹事了，学校的人说兰棋现在休假不在学校。"

听完向大海的话，我更加心烦意乱，下午便办理了出院手续，小墨和苗苗也被我赶回了大学。

兰棋不在家，电话也打不通，直觉告诉我她肯定还在学校，她班上的学生要中考了，以她的性格不会丢下他们不管。

我来到第三中学的门口，门卫大爷听见兰棋的名字瞬间变了脸，一口咬定兰棋不在学校里。我反复告诉他自己不是讨债的，可他哪里肯信。

我只能留下一封信，快快地走了，信的内容很简单：兰棋，见信速回电话。李文生。

夜里，我接到一个陌生号码的来电，我知道一定是兰棋。

"文生哥，你的伤怎么样了？"

"放心吧，我没事！你在哪儿？"我急忙问。

"我在学校里。"

"你还好吧？"我问。

电话那边没有了声音。

"我想去看看你。"我又说。

兰棋沉默了片刻，说："我现在无所谓好坏了。你要来的话，就趁天黑来吧，我让大爷给你开门。"

我穿上衣服，匆匆出门。

教工宿舍在校外，兰棋的住处是教学楼里一间废弃的办公室，走廊里的灯光忽明忽暗，屋里只有兰棋的床和一套桌椅还算干净，墙角堆满杂物，散发着陈旧书本的味道。

兰棋招呼我坐下，说："我和校长说了，我先住在这里，让门卫大叔帮我拦住找我的人，等送走这届学生，我就辞职。"

"为什么辞职？"

"这样下去也不是办法，总能一直不出去，再说我在这里当老师，学校也有压力。"

"你啊，都这样了，还是替别人着想。"

我叹了口气，沉默良久又问："沈平怎么样了？"

"庭审后我没联系过他，他的死活我也不想知道。"

兰棋的泪水翻涌而出："他不为我着想，也不为遥遥想一想吗？幸亏遥遥出国了，要不然这孩子该怎么面对这些事……"

"别哭了，一切都会好的。"我递给她一张纸巾。

头顶的日光灯滋滋两声，灭了下来。

"这间屋子的电路不好，灯又坏了。"她起身说，"我去看看有没有手电筒和蜡烛。"

"不用了，能看清。"我说。

"你看，月光照进来了。"

兰棋破涕为笑，缓缓坐下："文生哥，你还记得念高中的时候，你借着月光给我讲课吗？"

"当然记得。"我说。

空气安静下来，月光映在兰棋的脸上，她凝望着我，一动不动，我也没有回避她的眼神，两个人就这样对视着。

晚风拂过窗外的柳树，月光下的树影微微晃动。

兰棋可能不知道，和她分别的这些年，每当月光照进屋子，我都会想起她。我想无论再过多少年，我也不可能把月光和兰棋在我的记忆里分割开。

巨大的沉默笼罩着整个校园。我知道她在想什么，因为我也在那样想。倘若当初我们在一起，这些年的月光和云影又会是什么样。

世事无常，一切都是愿景。

不知过了多久，她转过头，破涕为笑："你看我们的孩子，现在都这么大了。"

我也跟着笑。

"前几天在角落的杂物里翻出来的，这东西过时了，现在可很少见。"兰棋说着拿起一盘磁带，打开桌上的老式录音机，音响里播放起我们上学时的老歌。

我和兰棋时而畅谈，时而沉默。

兰棋送我出来的时候，东方已经隐隐透出白光。

我恢复了几周，重新出摊，和大家寒暄了一番，才知道凤姨病倒了，她已经被送进了养老院，徐三叔也提前为自己在养老院做了安排。

　　"干一天算一天，哪天挺不住了再说。"

　　徐三叔撸起袖子又说："讲真的，我宁愿累死在夜市，也不愿意去养老院躺着，活得没意思。"

　　"三叔，你这身板硬朗着呢，担心什么？"赵霜收拾好自己的摊子，又开始帮徐三叔和面。

　　"这次多亏了大海。我这把老骨头是真不行了，要不是他忙前忙后的，还真不能把你凤姨安排得这么好。"徐三叔不停地夸着向大海。

　　"好歹我叫她干妈，都是应该的。"向大海笑嘻嘻地说。

　　"三叔，这么大的事你们怎么也不告诉我，我都没帮上什么忙。"我有些懊悔。

　　"你没事就行。听说你挨了刀子，我们都吓坏了。"徐三叔看了眼八婆说，"你八婶都掉眼泪了。"

　　"滚滚滚，老娘才没呢。"八婆听见了，连忙否认。

　　我刚要说话，八婆故意转过身去。我笑了笑，顺手把几根香肠扔进油锅。

　　中秋节那天，沈平用一根长绳结束了自己的生命。

　　兰棋到西藏散心，一时赶不回来。因为欠债的事儿，沈平的亲友避之不及，最后只能由我和向大海到殡仪馆领取了他的骨灰。

　　向大海苦笑着说："沈平大概做梦也没想到，自己死后，是我们两个不相干的人为他收了骨灰。没记错的话，我们连一句话都没和他说过。"

"他曾经也是风光一时的人，请他吃饭都要排队，谁能想到最终是这样的结局。"

"我刚才想到个问题，好像谁都知道答案，又好像谁都不知道。"向大海长舒一口气说，"谁都知道人会死，可是人为什么要死？"

我望着殡仪馆高耸的烟囱："也许有死的存在，生才有它的意义。"

"搞不懂，不想了，反正我得好好活着。"向大海哼起了小曲，调子好像也比平时悲凉了一点。

"咱俩今天别出摊了，给自己放天假。"我说。

"好啊，正合我意。咱们去哪？"向大海问。

"去逛咱们水街的夜市。天天就顾着干活，自己从来也没好好逛过。"我说。

"夜市有什么稀奇的，你还没待够啊？"向大海不耐烦地摇了摇头。

"咱们今天又不干活，感觉不一样。"

"行行行，随你。反正荷晴问我，我就说是你的主意。"他笑了起来。

我们在烧烤摊上吃着肉串喝着酒，向大海挥舞着手里的竹扦，说："文生，真有你的。怪不得大家都爱逛夜市，坐下来吃点东西，真舒坦。"

我笑了笑，和他喝起酒。

街边有个流浪歌手，在调试着他的吉他。

"等老子有钱了，就再也不出摊了，天天来逛夜市，让别人给我做麻辣烫。"向大海大口吃着肉串。

我望见荷晴从向大海的身后走来，对着他说："你的麻烦来了。"

"我在那边忙里忙外的，你居然在这儿喝酒，你还有没有良心。你不是说你出去吃饭了吗？"荷晴怒气冲冲地说。

"这也是'出去'啊。"向大海看着我，投来求救的眼神。

我拉了拉荷晴说："这是我的主意，你也坐下，吃点东西。"

荷晴哼了一声，搬凳子坐下。

"收摊了吗？"向大海问。

"收了收了。我听说你俩在这儿喝酒，就气不打一处来。"荷晴坐下，拿起肉串往嘴里塞。

"老板，再来十串羊肉串。"向大海喊完，又贴着荷晴说，"我知道你最爱吃这个。"

"这还差不多。"荷晴给自己倒上啤酒，喝了一大口，"真舒坦。"

我笑起来，说："大海刚才也是这么说的。"

天色渐渐暗下来，我们三个也有些醉了。

"年轻人，吉他借我一下行吗？"向大海对着一旁的歌手招了招手。

那个小伙子爽快地递过吉他。

向大海回到我们身边坐下，拨动了几下吉他弦，唱了一首《春天里》，我从未想过向大海的声音竟如此沧桑而有力。

"大哥唱得真好。"那个小伙子边鼓掌边接过吉他。

"好……"周围人也跟着鼓起掌。

"荷晴。"

"怎么了？"

"我爱你。"向大海说。

"死胖子……"荷晴瘪着嘴揉了揉眼睛，"都多大岁数了，怎么还肉麻起来了？"

"今天这酒喝得开心。我想起二十多岁的时候，在工地上干一天活，大家都累啊，唯一的乐趣就是晚上聚在一起喝点小酒，听一个叫大头的小伙子弹吉他唱歌。我弹吉他就是他教的。"

　　"平时从来没见你弹过。"我说。

　　"看见吉他就难受啊。大头死了，我们眼睁睁看着他从楼上掉下去。"

　　"我第一次听见这首歌的时候，我就想啊，大头一定会特别喜欢这歌。他要是活到现在该多好啊，可惜他听不到了。"向大海说到这里，趴在桌上呜呜大哭起来。

　　旁边的小伙子拿起话筒，又唱了一遍那首歌："……也许有一天，我老无所依，请把我留在，在那时光里，如果有一天，我悄然离去，请把我埋在，在这春天里……"

　　我望着夜市的灯火，不知道为什么，没来由地觉得自己累了，那种从心底滋生出的疲惫，蔓延到每个毛孔，让人昏昏欲睡。

🥢 第十一章

生活和清泉县的晨雾一样，十年如一日。

小飞高考前，向大海还在担心孩子上大学花销大，可小飞用低于分数线一百多分的成绩，帮他彻底省下了这笔钱。

小飞在家住了两个月，身边上大学的同学都走了。小飞从小就不爱念书，丝毫没有复读的意思。清泉县没有什么像样的工作，他一直待下去也不是办法，大家商量了几次，决定让小飞去南方闯荡。送别的饭也吃了好几顿。

小飞买了南下的火车票，发车时间在晚上。由于之前做了充分的准备，当天我们正常出摊，让荷晴一个人去送他。

"爸，我走了哈。"小飞背着包来到摊子前，向我们摆手告别。

"要不再住两天？"荷晴拉着小飞。

"住什么住。两天完事又是两天，送他都送半个月了。再说了，孩子又不是不回来，别总是儿女情长，英雄气短的。"

向大海说得抑扬顿挫，抓了一大把青菜往锅里放，手一抖，菜叶掉了一地。

"出去闯闯挺好，说不定以后能当个大老板，再差也肯定比你爸强。"八婆说。

"好男儿志在四方。留在清泉县顶多接我的摊子，能有什么出息。"向大海也没心情和八婆顶嘴。

荷晴却说："不顺心就回来，大不了接你爸的摊子。"

"走吧，别晚了。"向大海又说。

荷晴和小飞的背影消失在街道尽头。

我用余光瞄了一眼向大海，他憋着没有哭出来，手里的勺子一抖，含泪唱起歌来："大河向东流哇，天上的星星参北斗哇……说走咱就走哇，你有我有全都有哇……风风火火闯九州哇……"

我长舒一口气，也低声跟着他唱了起来。

送走小飞没多久，小墨又遇到了麻烦。他两个月面试了三十多家公司，也没找到合适的工作。

"我最近有点累了，想回家住两天。"小墨在电话那边说。

"累了就回来休息休息，顺便回来看看我。"我心里清楚，他那么倔的性格，能这么说一定很不顺利。

"好，我下周就回去。我这边面试都差不多了，回家等消息。"小墨说。

我想他回家也好，我能借机开导一番，至少陪他说说话。

向大海听了我的想法一脸不屑："你觉得小墨在你身边，你就能放心了吗？你还当他是小孩子啊？他的事你可管不了，回来也是给你添堵。"

我听他这样一说，像被泼了一盆冷水。

小墨回到家后，一直闷闷不乐，我开导他，他也不反驳。一切如向大海所说，我的话一点用也没有。我说了几次也就不说了。

小墨毕业后，女朋友不在身边，夜里他们打电话，我隐约听到几次，也都是因为异地在闹别扭。

"小飞从学校出来，也是暗地里哭鼻子。社会哪有那么好混，过一段时间就好了。你看小飞现在都能混口饭吃，何况咱们小墨呢。"荷晴边招呼客人边说。

"我倒是觉得没什么。可你也知道，小墨这个孩子从小就脸皮薄，我是怕他想不开。"

"咱们也没什么办法，就别干着急了。"荷晴说。

"等个合适的机会，我有办法。"向大海说。

"你又说胡话，你能有什么办法？"荷晴转过头去擦桌子，没在意他的话。

我知道他是要找小墨喝酒。

向大海见我不搭话，嘴里哼着歌，转身去给客人上麻辣烫。

小墨晚上在房间里看书画画，累了就打游戏，熬夜到很晚，早上我出门时他都在睡觉，我也不想叫醒他，他一连在屋子里闷了十几天。

那天傍晚出摊，他开门跟上我说："我和你一起去吧，帮帮你。"

"不用，你在家爱干什么就干点什么吧，去了你也不会干。"

"我都快憋死在家里了。"

我听他这样说，心想他这样闷下去非闷出病不可，赶紧答应下来。

"好，那就一起来吧，去和大家说说话也好，他们平时都念着你呢。"

起初我以为他只是来逛逛，和小时候一样在附近和大家说说话，没想到他是真的来帮我干活。

搬桌子、生火烧炭、擦桌子、洗碗，他都抢在我前面。

到了第三天，他已经能在炭火前烤香肠了。

我见他烤得满头大汗，挤到他身边说："你去后面给我招呼客人就行。这里太热了。"

我把一条湿毛巾搭在小墨肩膀上，可他没有动，依旧低着头，烤着架子上的香肠。

"你这些年都是这么烤的吗？"他问我。

我没有听出他的语气，随口回答说："是啊。"

小墨站在原地没有动。

"爸。"

我愣住了："你……叫我什么？"

"爸。"

我的眼泪顺着脸颊流了下来。

我转过身去，对着向大海和荷晴说："你们听到没？他叫我爸，他叫我爸。"

向大海眼睛眯成一条缝，拍了拍我的肩膀："好了好了，孩子长大了，懂事了。你别哭了，这么多人看着呢。"

徐三叔看着我笑了笑，嘴里吐出一个烟圈，在半空中缓缓散开。

回去的时候，我竟不知道怎么和小墨开口。

"回头想想这么多年，你一个人供我和妹妹读书，挺不容易的。"小墨说。

"也没什么不容易的，稀里糊涂就过来了。"

"我俩都不是你亲生的，你却对我们这么好。"

"傻孩子，别计较这些了。你好好的，别让我担心。"

小墨点了点头。

"有时候我都不敢相信，你和苗苗都这么大了。我最近总是想起你刚会走路的时候。你说话特别早，那时候你就开始叫我老李。"

"以后再也不那么叫了。"小墨说。

接下来的几天，小墨和我一起出摊，整个人的精神好了不少。

这天傍晚，出摊没多久，空中乌云压来，狂风骤起，一场大雨的降临就在眼前。

"准备收摊吧，这雨马上就要来了。"我说。

"快一个月没下雨了，再不休息几天我都要累死了。"向大海捶了捶自己的肩膀。

"难得今天有时间。"

向大海又说："小墨长大了，以前我也不敢找你喝酒，现在你爸不能反对了，晚上我让你姑整几个菜，咱们三个喝点酒。"

"我就不去了吧，姑父。"小墨说。

"我主要是想请你，你要是不来，我就不请了。"向大海朝我不停丢眼色。

小墨听他这么说，只好答应。

雨天喝酒最是安心。自己出不去，外人也进不来。漫天的水汽隔绝了一切，平日的匆忙和浮躁都被窗外的雨声赶走。再加上几道可口的好菜，哪有不多喝几杯的道理。

荷晴吃完饭坐在一边，悠闲地哼着小曲。

我们三个男人越喝越来劲。

小墨平时不怎么喝酒，没一会儿就有了醉意。

"小墨啊，听说你找工作不太顺啊。"向大海说。

我心中暗暗骂他，真是哪壶不开提哪壶。

小墨却并没有在意，他借着酒劲说："别提了，太能扯了。我去最中意的那家设计公司面试，最后加我剩下三个人实习，只能留两个。"

"主管想留那个年龄大点的，你猜怎么说，年纪大有经验，成熟稳重。"

"那另外一个他怎么说的？"向大海问。

"年纪小有创造力，有朝气。"小墨说，"一张嘴怎么说都有理，后来我才知道那两个人和主管早就认识。"

"只要咱们有真才实学，不怕没地方去。"我说。

"文生，你这么说就没意思了。你就说这事气不气人？"

"气。"我说。

"干杯。"

"他们真是不要脸。"我又说。

"不用老子，老子还不给他们干呢。"小墨说。

"对，儿子，咱们还不给他们干了呢。"我说。

"我就看看，那几个呆头呆脑的货色，能设计出什么东西？哈哈。"小墨又喝了一大口酒。

向大海打开了话匣子，唠叨个不停。

"怎么计划的，你不回上海了啊？"

"再说吧。"

"那你女朋友怎么办？"

"不处了。"

"够爷们儿。"

小墨和向大海像多年不见的兄弟一样举杯痛饮，我坐在一旁默不作声。

我知道小墨说的都是气话，他和女朋友在一起四年，怎么可能说放下就放下。这些酒话，我听着更加心酸。

"小时候就羡慕大人可以出门赚钱，觉得他们抽烟喝酒很帅，谁知道挣点钱得受这么多窝囊气……"小墨说着，一只手支在桌上，渐渐昏沉。

"这孩子最近心里闷得慌，这叫酒后吐真言。"向大海兴奋地说。

荷晴瞪了向大海一眼："少说废话，哪有你这么灌孩子酒的，快把他扶到床上去。"

"外面雨这么大，你俩今天就别走了。"

窗外的雨还没停，我躺在小墨的身旁，看着他睡。

黑暗中，小墨微微睁开眼睛对我说："不知道今天怎么的，特怀念小时候，想我妈妈，想小来。"

"爸爸也怀念你们小时候啊。那时候你和苗苗天天都在我身边，现在你们大了，回家一趟都不容易。"

"爸，我是不是从小就特别让你操心？不像苗苗，她从来也不气你。"

"哪有。你别总和你妹妹比。你比大部分男孩子省心多了。"

"我记得从小到大你就打过我一回。"

"是啊。那次你淘气，拿我手机出去玩，结果弄丢了。"

"那时我太小，还不知道手机是我妈留给你的。"

"当时我也是着急，才动手打了你，现在都后悔。"我叹了口气，"你记不记得后来咱们爷儿俩，蹲在垃圾堆里翻了半天。"

"怎么不记得。好在后来还真找到了。"

小墨说："回头想想，我妈也真是的，送什么给你不好，非送部手机。这东西用几年就要淘汰，又留不长远。"

"那时候谁能知道科技发展得这么快。"

"终究是一点念想都没留下。"小墨失落地说。

"别这么说，最重要的不是留下了吗？"

"什么？"

"你啊。"

我靠近他说："你想想她多爱你。生活没有什么过不去的坎儿，为了我和你妈，你也要开心点。"

小墨点了点头，不再说话，拿出手机放起了民谣。

我和他躺在一起，听着音符在黑暗中跳动。

第二天早上，小墨还没有醒，他的手机响了起来。

我想让他多睡会儿，替他接了电话。

"你好，是李墨吗？"

"我是李墨的爸爸，我一会儿让他给你回电话。"

"好的，麻烦你转告他，尽快打给我。"

小墨听见了声音，悠悠转醒，接过电话："我在，您哪位……"

我没有在意，走出屋子和向大海闲聊。

不一会儿，小墨笑着从屋里走出来："公司说我可以去办入职了。"

"那太好了。"我说。

"我知道为什么他们又来找我。他们没有我，设计的方案肯定通过不了。"小墨耸了耸肩，做了个无奈的表情。

"不管怎么说结果是好的，也别多想了，回去就好好干吧。"我说。

向大海也笑呵呵地说："看吧，没咱小墨，他们不行。"

"什么时候走？"我问。

"恐怕今天就得走了，公司那边着急。"

"今天也没事，咱们一起去送小墨吧。"荷晴说。

我们四个人一起回到我家，收拾好东西，开着面包车把小墨送到了车站。

小墨陪在我身边一个多月，突然分开，我还真舍不得。没想到小墨竟不再像从前一样逞强，第一次在我面前掉下眼泪。

我拍了拍他的肩膀说："你这孩子，怎么越大越不中用了？快走吧，到了告诉我。"

雨季的清泉县云雾缭绕，小墨的工作有了着落，我也松了口气，整天和向大海打牌喝酒，日子倒也悠闲。

等到再出摊，八婆告诉我们，北山山脚下的平房要开始拆迁，新建一个小区。

"这个开发商，就是那个叫钱伟的土霸王。"八婆大声地嚷嚷。

向大海听见钱伟的名字，心里自然不舒服，荷晴也下意识地回避我们的目光。事情过去了很多年，谁也没有在意，只是钱伟在附近大兴土木，我们心里多少有点别扭。

清泉县新建小区早就不是什么新鲜事了，大家也没在意。只是每天传出一些关于拆迁的事，大家闲暇的时候作为谈资，多少有点看热闹不嫌事大的心态。

按理说遇到拆迁是好事，不用花钱就能换掉平房住上楼房，可北山下的住户，有不少年迈的老人，硬是不同意拆迁，这让钱伟也很头疼。

拆迁完，北山下开始施工，我们隔几天就要休市一段时间，就这样折腾到了入秋。

每年卫生检查和道路翻新已经耽误了不少时间，又加上施工休市，这一年夜市的摊主都没挣上几个钱。

"一年到头就靠这仨瓜俩枣过日子，还让不让人活了？"

"他们开发房地产，凭什么耽误咱们做生意。"

大家憋了一肚子气。

"今年挣不了几个钱，都不如去要饭。"向大海抱怨着。

听到这话，八婆也跟着骂骂咧咧个不停。

赵霜走过来说："好几天没休市了，今年就没消停过这么长时间。"

"工程队也没施工，这几天一点动静也没有，不知道怎么回事。"

"不是不施工。我听说今天工地的大小包工头都聚在钱伟的公司门口讨说法。可能是出什么事了。"

大家议论着，也说不出个所以然，不一会儿便散去了。

没等到收摊，钱伟破产的消息就在夜市传开了。

"这么大的老板一下子完蛋了。"

"人已经跑了，家产都拿去抵债了。"

"真没想到。"

大家七嘴八舌议论了一阵儿，也没说出个所以然，只盼着天冷前别再休市，趁着最后的光景赚些过年的钱。

给我供货的老杨的儿子结婚，在乡下办喜事，邀我去参加婚礼。我和老杨平日里相处得不错，而且他邀请了好几次，我实在不好再推辞。

我出发前，老杨打来电话。

"文生啊，孩子以前有个老师也在县里，你开车的话，把她捎来行吗？"

"没问题，你把我的电话号码给她，让她联系我吧。"我爽快地答应下来。

不一会儿，电话打了进来，竟然是兰棋。

"没想到你也会提前一天去。"我说。

"老杨这个人你也知道……"兰棋笑了笑。

"盛情难却，哈哈。"我说。

"对，盛情难却。"

老杨家距清泉县大概两个小时车程，刚出县城没多久，兰棋就倚在座位上睡着了，车子进村，她才醒来。

遥远的村落还保留着以前的风俗，婚礼前一天，村里的邻居到他家里帮忙干活，男人们杀猪杀鸡，搬运桌椅板凳；女人们采瓜择菜，将庭院打扫干净。

大家在门口的空地上立起几口大锅，同时生火做菜。村里操办宴席的厨师在大锅前不停翻炒，大手一挥，撒下各种调料。

我和兰棋压根插不上手，只能帮老杨贴贴喜字，归置一下喜糖和花生瓜子这些小东西。

忙活了一天，主人家自然是要管晚饭的，当地管这顿饭叫"半截席"，就是为第二天正席做准备的意思，顺便也招待提前来的亲戚朋友。

村里吹唢呐、拉二胡的手艺已经失传了，门口的音响反复播放着《恭喜发财》和《好日子》这些喜庆的歌曲。

第二天上午婚礼仪式结束后，又热闹了大半天，老杨留我们吃了晚饭，回去的时候天已经黑了。

狭窄的车道旁是整片没有收割的玉米地，玉米的叶子刮得车窗沙沙作响，视野尽头的黑暗被车灯一点点驱散，小小的面包车仿佛一艘潜水艇在深海中潜行。

"这儿真有点吓人。"兰棋说。

"来的时候你睡着了，等一下风景就不一样了。"我说。

过了玉米地，视线开阔起来，四下空茫无垠，万籁俱寂，两侧平坦的地势一直延伸到远处的山脉，铺开在我们眼前的是整个浩瀚的夜空。

我放缓车速，比来的时候开得还要慢。

"没想到这里会有这样的景象。"兰棋惊叹道。

"我也没想到，这条路夜里竟然比白天还要美。"

"好像伸手就能摸到月亮一样。"兰棋说完，眼泪也流了下来。

"怎么了？"我问。

"最近有点累……"兰棋停顿了一下，"前几天我母亲去世了。"

"你怎么不告诉我们？我们应该去帮忙的。"

"发生得有些突然，办得也很简单，我自己能应付。"

兰棋打开车窗，说："这些年你和大海帮了我太多，真的很感谢。"

"怎么和我这么客气。"我愣了一下。

"没什么。"

我握紧方向盘，偷偷看了她一眼。

兰棋捋了捋被风吹乱的头发，深吸一口气说："我最近才想明白，任何事情，都只是一件事情而已。人非要去分好坏，其实是自寻烦恼。"

晚风吹进车窗，带来一阵凉意，清冷的月光恨不得把一切都融进夜色。

到了她小区楼下，我下车送她。兰棋停下脚步，转过头看着我，欲言又止。

"走吧，出国去找遥遥吧。"

我抢在她前面开了口。

她又要说话，我打断她："你先听我说。"

"好。"她点头。

"我们一转眼都老了。你母亲走后，你也没什么牵挂了。我知道你和我一样，现在最放不下的就是孩子。"

"文生哥……我……"

"要是有下辈子，我希望和你一起考上师范，在一个学校里教书，一起平静地生活，身边三五个好友，我们偶尔吵架，你空闲的时候弹钢琴给我听，我悠闲的时候去路边下下棋……"

兰棋一下子哭了出来："我们都懂，你说出来干什么？"

"哎呀，别哭，我不说了。"我慌忙摆手。

兰棋擦了擦眼泪说："这些年我一个人的时候，只有在你那里坐坐，吃两根热乎乎的香肠，才觉得没有什么日子是熬不下去的。"

"是啊，不知不觉又过了这么多年了。"我不禁感慨。

"大海平时总是胡言乱语，可我觉得他对你的评价是最准的。"

"是吗？他怎么说的？"

"他说你好像没有什么特点，可有一点，任何人都比不了，那就是你可以让人安心。"

"真不知道他是在夸我还是在损我。"我笑了笑。

"当然是夸你了。真要走了，我最舍不得的竟然是水街的夜市。只要有夜市在，清泉县的夜晚就不会孤单。夜市陪伴了清泉县，而这些年你陪伴了我。"

"这年头，一个人事业有成固然重要，更难得的是有情有义。文生哥，你比大多数人活得强多了，我感激你一辈子。"

我拍了拍她的肩膀："好了，到了那边好好的。"

"文生哥，我早就把你当作我的亲人了。"

"我也是。"我说。

空旷的街道上，路灯出了故障没有亮，月光让我们不由自主地抬起头。

"这该死的月光。"我笑了笑。

"是啊，这该死的月光。"兰棋也笑了。

第二天晚上，向大海得知兰棋要出国后，异常激动。

"她出国是不是就不回来了？"向大海扔下手里的勺子。

勺子掉在桌上，吓了荷晴一跳。

"兰棋出国你这么吃惊干什么？她孩子在国外，出国不正常吗？"荷晴板着脸，有点不高兴。

"哎呀呀，你懂什么？"

向大海拉荷晴到一旁，背着我和她嘀咕着什么，荷晴偷偷瞥了我一眼。

"我有点事，今天先走了哈。"向大海扯下围裙，没等我回话转身就走。

我感觉不对劲，问荷晴："他去哪儿了？"

"他去办事了啊。"

"办什么事？"

"啊，他……有朋友来找他。"

"他是不是去找兰棋了？"

我看着她躲闪的眼神，不再理她，放下手里的盘子去追向大海。

“你站住。”

我对着走到十字路口的向大海喊。

向大海像没听见一样，继续往前走。

我跑过去拉住马路中间的他：“你去干什么？”

他从斑马线上退回来：“别管我，我有话对兰棋说。”

“行，我陪你一起去。”

“用不着，我不想和你一起去。”向大海甩开我的手。

“我的事，你别管行吗？”我大声说。

“李文生，你没权力管我。”向大海转身就要走。

我又上前拉住他，他不理我，用力挣脱。

我拉不住向大海肥胖的身体，上前一步抱住了他。

“回去。”我厉声喊。

向大海被我激怒了，和我较起劲来，我俩扭打在一起。我一用力，他没站稳，两个人一起倒在了地上。

一辆轿车急刹停在原地，司机打开车窗对着我们喊：“你们两个不要命了，在大街上打架。”

向大海坐在地上，哇的一声哭了起来。

我坐过去，搂住他的肩膀：“怎么了？摔疼了啊，哭这么凶。你都多大人了，不嫌丢人吗？”

“你不是人。”向大海擦了下眼泪。

“好，我不是人，你快起来吧，这么多人看着呢。”我说。

荷晴他们也赶了过来。

“这是怎么了？这么多年第一次见你俩动手。”荷晴扶起我和向大海。

“今天不出摊了，我和大海去喝酒。”我笑着拍了拍向大海身上的尘土。

“去吧去吧，别再闹了哈。”荷晴叮嘱着。

到了饭店，向大海故意点了几道最贵的菜："气死我了！今天你请客。"

　　我堆着笑答应下来。

　　向大海干了二两白酒，又倒上一杯："我可不想看你一辈子孤苦伶仃。兰棋心里是有你的，她要是走了，你肯定后悔。"

　　"我们两个都决定了，你说也没用。"

　　"你当你的伟人，我当我的小人。"

　　向大海吃着菜说："你拦着我，还不是怕我说动兰棋。"

　　"大海，我是打心里感谢你，可是那是我的决定。"

　　"你就不能为自己活一回吗？"

　　"你想听我真正的想法吗？"

　　向大海点头。

　　"我不管兰棋是怎么想的，我不会允许她留下，因为我不可能和她在一起。"

　　"是因为林小蝉？"

　　"不是。"

　　"那是什么？"

　　"我也说不清楚，只能说是一种孤独吧。那种孤独说不清道不明，即使现在林小蝉在我身边，也不会有丝毫减轻。我独自面对那种孤独的时候，反而会好受一点。"

　　"听不懂，听不懂。"向大海直摇头。

　　"再说了，她走了不还有你吗？"

　　"好吧，服了你了。"

　　向大海苦笑着和我碰了一下杯："不说了，咱们喝酒。"

　　兰棋走的那天风很大，天空一片冷蓝，我和向大海到火车站为她送行。

离别在即，向大海有些词穷，不停地重复着说："要是有机会回国，就回来看看我们。"

话虽这样说，可我们心里都清楚，这次分开后，今生再难重逢。

"文生哥，你记得吗？高中毕业的时候，你就是从这里送走我的。可惜现在的站台不买票不让进，你只能送我到检票口了。"

大厅里播报了兰棋的列车班次。

我们帮她将行李搬到检票口，我也同她走了进去。

兰棋回头诧异地看着我。

"我知道不让送到站台，可我为了送你，买了张票。"我笑了笑。

站台上的风，还是和从前一样，吹得人眼角生疼。

"天凉了，多穿点。"兰棋说。

我望着站台，想起几十年前的往事。我对着她浅笑，递给她一个饭盒。

"这是什么？"兰棋问。

"我烤好的香肠。"我说。

兰棋笑着点头，接过饭盒。

"保重。"

"你也保重。"我说。

兰棋走后的日子，我感觉自己在飞快地衰老，一到雨天身上就没力气，收摊后一个人躺在床上，浑身的关节便开始隐隐作痛。以前我害怕冬天，现在是盼着冬天，不出摊好偷懒，窝在家里躺着。

苗苗毕业后，决定去山区支教两年，我心里支持她，可总是担心她受苦，和她通了几次电话，仍拗不过她。

好在她支教的地方离清泉县不远，虽然不在一个市，可三四个小时的车程就能赶回来，这让我放心不少。

过了年，一个外地的房地产老板接过了北山下的楼盘。

当天夜里，来了一高一矮两个男人。

"来两碗油泼面。"高个子的男人对徐三叔说。

"来六根香肠，送过来。"他又向我喊。我和徐三叔先后应了一声。

"我来之前打听了，这两家味道不错。"

"这夜市好吃的真不少，我最近胖了好几斤。"

那两个人边吃边夸赞着。

"你说咱们老板，怎么看中这么一块破地方？就这废弃的楼盘，能挣钱吗？"矮个子的问。

"你小子还年轻，不了解咱们老板的手段。"

"回迁户太多，附近又是一堆烂摊子。我是真想不明白。你跟了咱们老板这么多年，你肯定知道，和我说说呗。"

"你小子就是不开窍。你看别人接手了烂尾楼，都急着建完，咱们老板根本不着急，你发现没？"

"是啊，我是越来越迷糊了。"

"不和你说了，咱们老板自有他的高明之处。"

那人又问："那这条街怎么办？早市夜市堵得死死的。现在人都有私家车，交通不方便，房子也卖不出去啊。"

"这你就别操心了，咱们老板自有办法。"两人会心一笑。

"抓紧机会吃吧，咱们一开工这里就要停业了。"

"老头，有蒜吗？"高个子的男人问。

"没有。"

徐三叔没有回头，皱着眉头点上旱烟。

我望着向大海锅里腾起的热气出神，他和荷晴还在忙活，街上的灯光在我眼中朦胧起来，行人闪过，眼前的一切像皮影戏一样，浮在半空中，轻盈而虚幻。

夜市又开始反反复复地休市，眼看又是一年挣不到钱，不少摊主熬不住了，只能去外地打工，留下的大多是老摊主。

夜里大家坐在一起，垂着头不说话。

"不能这么下去啊。"徐三叔开口说。

"那能怎么办，也没人管啊。"

"他们无非是害怕咱们影响卖楼，咱们也退一步，以后，路中间谁也别摆摊了，不影响交通。"

"可是行人咱们管不了啊，多少人在这条街上吃东西，你也不是不知道。"

"明天咱们一起去找姓何的吧，看看有没有商量的余地。"

第二天上午，我们聚在何江山公司的门口，何江山却并不和我们见面。

大家只能散去，我也转身要走。大门里走出一个高个子的男人，正是之前来我们摊子上吃饭的那个人。

"请问哪位是李文生？"他问。

"我是。"

"你和我来吧，我们老板找你。"

我和向大海都是一愣，大海说："我陪你进去吧。"

"对不起，我们老板只接待李先生一个人。"他拦住向大海。

向大海担心我，执意要进去。

284

"没事，我又没得罪他，你先回去吧。"我对向大海说。

我随他来到何江山的办公室。

"你就是李文生？"何江山跷着二郎腿问我。

"我是。"我说。

他打量了我几眼，掐灭手中的烟头："坐吧。"

我坐在身后的皮沙发上，客气地说："何总，我们做点小本生意不容易，您高抬贵手，多少户人家靠着夜市吃饭呢。我们不少摊主都想和你商量商量，看看能不能找一个两全其美的办法。"

何江山的眼睛眯成一条缝，转而假笑起来："可能我们之间有什么误会。夜市的任何事情和我毫无关系，都是政府决定的事，咱们这些老百姓哪里做得了主。你说是不是啊？哈哈。"

我见他这么推诿，也没办法，起身要走。

"等一下，我找你来是有别的事。"

我不知道他想说什么，转过身看着他。

何江山站起来走到我面前："二十多年前，你在水街上捡到一个小女孩，是不是？算岁数，她现在差不多大学毕业了。"

我身体一震："是的。你是怎么知道的？"

"这段时间我调查过了。如果没错的话，我应该是那个女孩的亲生父亲。"他看着我说。

我重重地坐回了沙发上。

"当年我不在清泉县，她妈妈……疾病缠身又欠了不少债，只能丢下了她。"

"那孩子的妈妈呢？"我追问。

"我打听了，几年前死在了上海。"

"你确定李秋禾是你的女儿吗？"我又问。

"八九不离十。时间能对得上，做个亲子鉴定就知道了。"

"那你为什么这么多年才来找她？"

"我自然是以事业为重。"

何江山走到窗边，望着正在施工的工地，又点起一支烟："否则，我哪有今天的财富和地位。"

我气得胃里上下翻涌，几乎要吐出来。

何江山转过身，看我紧皱着的眉头，他微微一笑："你不要着急。我了解你们这些人的想法，不要拿一些是非对错来评价我。你可以先听听我的条件。"

"你让李秋禾来和我做个鉴定，假如她是我的女儿，我会带她走，保证她将来过上优越的生活。"

"你凭什么提出这样无理的要求。这些年你没照顾过她一天，现在告诉我要带走她，你也太过分了。"听到这里，我再也控制不住自己的情绪。

"你让我把话说完。"他又说，"听说你还有个儿子，以你的经济条件，两个孩子你都管不好。我不会让你白养我的女儿。"

他指了指窗外："新建的小区我会给你三套房，再给你三百万现金，足够你下半辈子享清福了。"

"何总倒是把价钱都想好了。"

"不错，在我的世界里，任何东西都是可以交易的。你也要为她考虑一下。这些年她跟着你吃了不少苦，只有我能给她更好的生活。"

何江山又坐回他的办公桌，抬起头盯着我，一副志在必得的样子。

我从他办公室里出来，一个人走在路上，像是丢了魂。

这时向大海给我打电话，告诉我小飞从南方回来，让我晚上一起吃饭。

饭桌上，荷晴忧心忡忡地问："那要不要把这件事告诉苗苗呢？"

"苗苗还是要知道的。何江山可能是她的亲生父亲，咱们不说，他也会找苗苗的。"我说。

向大海把筷子往桌上一拍："老子最讨厌这种人，有点钱就不知道北了。想丢就丢，想要就要，他当孩子是小狗吗？就算是小狗，也不能这样吧。"

向大海喝了一杯酒，继续说："反正我不同意。苗苗和咱们生活了这么多年，我可舍不得她跟别人走。"

"你不同意有什么用，能不能少说两句？"荷晴说，"哥，你是怎么想的？"

"我当然舍不得苗苗了。"

"那不就得了。"向大海说。

我想起苗苗从小跟我吃过的苦，深吸一口气说："让她自己选吧。苗苗跟着咱们，下辈子也过不上那么富裕的生活。"

"唉……"向大海叹着气，不停喝酒。

"我不知道怎么和苗苗说，你帮我告诉她吧。"我对荷晴说。

荷晴连连摇头："我可不知道怎么说。"

我瞄了一眼向大海，荷晴说："至于他，更不知道会说成什么样子，就算你放心，我都不放心。"

我看着对面沉默已久的小飞，荷晴也转过去盯着他。

向大海一拍桌子大声说："就你去。"

"不是吧，我第一天回家，怎么就遇见这么难办的事。"小飞抓了抓头发。

小飞给苗苗打了电话，苗苗第二天就回了清泉县，可我没有联系她，和平时一样出摊。

"我听赵霜说，今天她看见苗苗了。"荷晴说。

"这孩子哪去了？"向大海问。

"不知道。"我说。

"难道真跟她的富豪爸爸跑了？不会吧？"向大海自言自语。

"你不说废话会死啊。"荷晴瞪了他一眼。

我收摊回家，苗苗在厨房烧水。

"爸爸。"苗苗轻声唤我。

"啊，回来了。"我应了一声，再没有说话。

"我见过他了。"苗苗说。

"啊……好。"我总觉得有人要抢走苗苗，眼睛酸酸的。

"我和他谈好了。"

"哦，怎么样？"

"不管他是不是我的亲生父亲，我都不想和他一起生活。"

苗苗上前一步抱住我："可能在他眼里，我们活得很失败，生活窘迫，可我这些年活得很开心。不管他拿多少钱，爸爸，我都不会离开你。"

我擦干眼泪："我只是想，如果你愿意的话，爸爸希望你过上好点的生活。"

"爸爸，我和你在一起，就是最好的生活。"

我听见她这么说，悬着的心总算踏实了。

苗苗打开厨房的灯，说："爸，我给你做夜宵了，你吃一点。"

"好。"我到灶台前又打着火。

"爸爸，你干什么？"

"我再做几个你爱吃的菜。"

"你都累了一天了，快歇着吧。"

"我可睡不着。"我笑着说。

"爸爸，今天我陪你喝点酒。"

"女孩子，喝什么酒。"

"你都陪我哥喝过，不能偏心。"苗苗撒着娇。

"哈哈，好，咱们今天喝点酒。"

我给苗苗做了她最爱吃的锅包肉，她去楼下买来一瓶二锅头。

我吃着菜对苗苗说："你俩都大了，前一阵你哥回来，我也陪他喝酒，我这老身板可受不了。"

"那可不好办了，以后你可能甩不掉我了。"苗苗向我这边挤了挤，"爸爸，我和你说个事。"

"谈恋爱的事吧。"我说。

苗苗的脸红了起来："你怎么知道？"

我笑了笑："叶昭那孩子不错。你俩高中就挺好，你以为我不知道啊。夜市的女人最喜欢传这些消息了。叶昭跟着你一起去支教，早就传开了。"

"你别瞎说。我们上高中时还没那么好，他大学才追的我。我一个人去支教他不放心，非要跟着一起去，我有什么办法。"苗苗害羞地转过头。

"爸爸没什么不同意的。"我笑了笑又问她，"我记得他家搬到北京了是吧？"

"嗯。"

我有点失落。

苗苗看出了我的心思，笑嘻嘻地说："我不是说了吗，以后你可能甩不掉我了。我和他决定，支教完就回清泉县当老师。"

我又惊又喜："可是……回县城教书，有点委屈你们了。叶昭能同意吗？"

“他不同意我就不嫁啦。”苗苗噘着嘴。

“别耍孩子气，那是一辈子的事。”

“放心吧。他是一个喜欢安静的人，不喜欢大城市的节奏。我可没逼他。”

苗苗要回到我的身边，我乐得合不拢嘴。在那一刻，我感觉自己真的老了，活着早已没有太多奢望，所有的盼头都放在了孩子们身上。

苗苗走后那几天，夜市的客人特别多。

“苗苗到底是咱们看着长大的孩子，谁也抢不走。”向大海挥舞着勺子，累得满脸通红。

“我也没想到这事儿这么快就解决了。”我说。

“何老板也真就再不闻不问了？你说这年头想挣大钱的人，是不是都无情无义？”荷晴说。

“你忘了沈平了吗？天道好轮回啊。”徐三叔不紧不慢地说。

向大海喝了一大口水：“对，老子改变不了这个世界，甚至想多挣点钱都难，可我也不想成为他们那样的人。”

我们正忙着，北山下的一栋楼冒起了黑烟。

“着火啦。”大家纷纷抬头望去。

消防车的警笛声在路口响起。

“消防车怎么选了这条路？”一个客人问。

“想进去也没有其他的路啊。”大家回答他。

“街上的人快让一让吧，消防车进不去。”我喊道。

向大海也跟着喊。

“里面的摊子也得收一收，要不车还是进不去啊。”街口又有人向这边喊。

可很多人还是不着急。

"没看见上面着火了吗？再耽误会出人命的。"徐三叔吼道。

我们几个带头撤了摊子，街上的人才缓缓散去。

折腾了好一阵子，消防车才勉强开进去。

"一个个磨磨蹭蹭的，还来得及吗？"八婆问。

"早烧得干干净净了。"向大海望着不远处渐渐散去的浓烟。

赵霜打听完告诉我们："烧了五六家的房子，好在没烧到人。"

过了几天，街上贴了许多告示。政府决定月末前整治，水街不允许再摆摊了。

夜市的摊主们商量好，聚在政府门口问个究竟。

等了大约一刻钟，我望见董磊走了出来。

门卫说："这是我们办公室董主任。"

董磊也发现了我，他移开目光装作没看见。我不想让他为难，也装作不认识他。

董磊靠前站了站说："领导同意接待你们，不过只能派两个代表进去。"

见大家面面相觑，八婆站出来说："让文生去吧。他好歹念过几年书，和这些当官的打交道，能说明白话。"

烧烤摊的老刘大声说："再去个硬脾气的，给文生帮帮腔。咱们不能进去被欺负了。"

大家齐声说："那就你一起去吧，我们信得过你。"

老刘也不推辞，和我一起在董磊的带领下走了进去。

董磊弯着腰靠近我说："老同学，刚才没看见你，你帮帮忙，一会儿见了领导别太激动。你看看我一把岁数了，干这个工作也不容易。"

我看着董磊的样子，只是觉得可悲。我瞥见他满头的白发，心里一软："放心吧，我们不会给你添麻烦。我知道这也不是你的决定。"

"是啊，是啊。"董磊连连点头。

我和老刘在会议室等了半小时，有几个人进来读了一份文件给我们。

董磊催促着一旁的年轻人："快，都记下来。"

等他们读完散去后，老刘看我还呆坐在那里，拍了拍我，问："文生，他说的话什么意思？"

"反正是没希望了，夜市保不住了。"我说。

"哎呀，都怪我没听懂，想发火都没来得及。"

"发火也没用，走吧。"我向他摆了摆手。

我走出会议室，董磊在等我。

"你也知道，火灾的事影响极为不好。上级已经有了批示，不管县里什么意见，结果已经定了。夜市是保不住了，你们也别忙活了。"董磊小声对我说。

"好，谢谢你。"我点了下头，大步走出办公楼。

✑ 第十二章

夜市关停的消息传开后，一到黄昏，水街就挤满了人。大家惦记着多吃几回喜欢的小吃，也和我们这些老摊主告个别。

夜市承载了小城几十年的记忆，行人惋惜之余拿出手机，对着夕阳下的街道拍下照片。

那些天，不管晚上有多忙，我都会腾出些空闲，到街上逛一阵子。

我穿过热腾腾的香气，游荡在人群间，品尝那些一直没时间吃的美味，一切平常而自然，恍惚间忘记了所有烦恼与得失，心中生出喜悦。夜市最让人舒服的感觉就是这样，来去时不急不慢，俯仰间众生平等。

那种气息是生命最真实的质地。

熟悉的客人来了，免不了感慨一番。

"以后吃不到你的烤香肠了。"

"你去城南盘一家店吧，到时候我们还去吃。"

"我从小就在这条街上玩儿，夜市突然要没了，还真舍不得。"

"要是换成门店，总觉得没那味儿了。我们就喜欢路边摊，累了到这里坐着，只是吃喝不想别的，轻松自在。"

我们听了，只是笑笑，然后埋头干活，一起守着离别前最后的时光。

摊主们很默契，一起经营到最后一天。

招呼完最后一拨客人，徐三叔点起烟说："没想到啊，我这把老骨头没倒下，夜市却先没了。"

"你带我在夜市卖东西的时候，我还是个小伙子，一眨眼，我的两个孩子都长大成人了。"我在他身旁坐下。

"不容易啊，这个小摊子养活了我们这么多年。"徐三叔拍了拍桌子，板着脸咬紧牙。

"三叔，你以后什么打算？"

"还能干啥？借这个机会不干了，正好回家养老。我这个岁数了，还能有几年活头？"

"你再给我做碗油泼面吧。"我说。

我大口吃着碗里的面，强忍着让眼泪不流出来。

向大海也走过来："给我也来一碗吧。"

"你们别这么伤感行不行？想吃面的时候就去看看三叔，三叔还能赶你们走不成？"荷晴嘴上虽这么说，可还是一脸莫名的怅然。

徐三叔笑了笑，指着荷晴说："就你这丫头嘴甜。以后没事，你们多来看看我这老头子，做几碗面还难不倒我。"

"文生哥，你一会儿给我烤两根香肠，我也馋了。"赵霜帮徐三叔打着了火。

"你也别闲着，给我打包一份生煎包，我拿回家吃。"荷晴说。

"没人要吃我做的麻辣烫吗？"向大海看了一圈。

八婆走过来说："臭小子，我还没吃过你做的东西呢，今天我捧你个场，给我做一份。"

"八婶你这么贴心，倒是头一回。"向大海笑了笑。

"你不叫我八婆，也是头一回。"八婆坐在一旁，嘴里不知道念叨着什么。

大家都不着急回家，聚在一起闲聊，说起这些年夜市上形形色色的人。每当这个时候，我总是不由自主地想起林小蝉。

我望着对面的摊位，已经记不清那里换过多少人了。我们这些人都老了，可她在我的记忆里，永远是从前的样子，在路灯下捏着小馄饨，目光倔强而深情。她没有感受生命的完整，便不会经历生命的衰败与凋零。

夜深了，大家相互告别。

一个背着行李包的女生在摊位最后面坐下，一直偷偷盯着我，我有些不自在，又不知道怎么开口询问。

我总觉得她面熟，至于在哪儿见过，却怎么也想不起来。

"小姑娘，我们收摊了。"

"叔叔，我不是来吃东西的。"她看着我说。

我在她身边坐下，问："你是找我有事吗？"

"请问您是李墨的爸爸吗？"

"是的。"我回答。

她确定后，看了我一眼，眼泪汪汪地对我说："叔叔，我是专程来找您的。"

"你是？"

"不好意思，叔叔，我忘了介绍自己，我叫宁小桐。"

我听到她的名字，立马想了起来，我见过她的照片，可没想到她会出现在夜市。

"你看看我这记性，你是李墨的女朋友。"我说。

"嗯。"她点了点头。

"哎呀，怎么来了也不提前告诉叔叔一声？你看叔叔在这忙活了半天，也没招待你。"我慌忙脱下围裙，抓起纸巾擦了擦手上的油。

"是我来得唐突，不好意思。"她说。

"李墨这孩子也真是的，你来了也不说一声。他怎么没和你一起回来？"我问。

"他不知道我来这里了。叔叔，您能答应我别告诉他吗？"宁小桐说。

我知道她这样说，一定是有什么事情。我向荷晴招了招手："我有点事，一会儿你帮我收摊。"

我让宁小桐坐到屋里，给她倒了一杯水。

"你们是不是吵架了？李墨那个倔脾气真是不像话，再怎么也不能让你一个女孩子自己来啊？"

我看她一直低着头，一时搞不清状况。

"我们分手了。"她说。

"怎么搞的？李墨经常和我提起你，说你们感情很好。你们都还年轻，不要太冲动。有什么事，你尽管和我说。"

"李墨有没有和您说过他去我家的事？"

"没说过，他有些事情并不愿意告诉我。有什么事你就直接说吧。"

"我爸爸妈妈生我比较晚，现在已经六十多岁了，他们想让我早点结婚。我爸妈知道我和李墨的感情不错，就请他到家里吃饭，饭桌上就提起了结婚的事……"

"李墨也真是的，从来不告诉我。"

"我不知道是不是我爸爸妈妈说错了什么，他没有和我生气，只是说不想耽误我。"

"他没和你说为什么？"我问。

"你了解他的，他不想说很难问出来。"

"这头小犟驴。"我骂了一声。

"叔叔，身边的朋友都劝不动他，您帮帮我。"宁小桐眼泪流了下来。

我拿起纸巾递给她说："你放心，我一定帮你问清楚。"

"你一个女孩子大老远来找我，我知道你对李墨肯定是真心的，你等我消息。"

我打车送她回了酒店，一个人沿着大街往回走，心里乱成一团。

小墨是我一手带大的，他想什么我怎么可能不知道。他知道家里的条件，买不起房买不起车，他支撑不了这场婚姻，选择了逃避。

从见到宁小桐的第一眼，我就在极力掩饰自己的惊讶。她眉眼间的那股灵气，说话时嘴角上扬的样子，像极了林小蝉。

我心中默念着林小蝉的名字，又想起了她那倔强而清澈的双眼，她到死都不屈服于人世的薄凉。小蝉嫁给我，是想最后赌一次，而她唯一的筹码，便是我的良心。我想她应该感到欣慰，因为她赢了，我愿意为小墨付出一切。

我走到十字街头，望着夜市最后一次收摊，过去几十年的日子在我眼前缓缓落幕，我心中只有一个念头，绝不能让我和林小蝉的悲剧在下一代身上重演。

夜市不摆摊了，水街再也没了烟火气。

年纪小一点的摊主,大多离开清泉县到外地谋生。向大海去保险公司当了业务员,荷晴和赵霜一时没找到工作,到处做零工。

三十多年来,我早已习惯了出摊的生活,夜里的安静让我有些落寞。

我一个人忙活了几天,收拾好店铺,卖掉用不上的东西,锁上了门。

闲来无事,我去保险公司看向大海。

我进门见他忙得晕头转向,我走到他眼前,他都没有注意到我。我刚要开口,他下意识地塞给我一张纸。

我拿在手里简单看了下,那是一张人身意外险的传单。

"文生啊,怎么是你?"他整理着一桌文件,想要给我倒杯水,却发现桌上没有一点空间。

"你不用给我倒水,我顺路过来看看你,没想到你这么忙。"

向大海环视了一周,见办公区的几个人都站得比较远,才放心和我说:"这行也不好干。我新来,现在是试用期,这个月业绩不够就要被炒鱿鱼了。"

"那我买一份保险,就当给你捧个场。"

"我卖的是人身意外险,你买这个有什么用?"

一个年轻的男子从他身后经过,听到向大海的话,转身瞪了他一眼:"老向,你就是这么推销保险的吗?咱们这个意外险,你逐条介绍一下。难道上门的单子都做不成吗?"

说完他轻蔑地看了眼我,踱着步子走了。

"小兔崽子,居然挤对老子。"向大海嘀咕了一句。

"我看他也就三十来岁,年纪轻轻怎么对你冷嘲热讽的。"我问。

"谁让人家是总公司派下来的经理。人在屋檐下,不得不低头。"

趁着那个经理没走远，我提了下嗓门说："给我开保险单吧。"

办理完手续，向大海送我到门口。

"等我明天看看能不能走个内部流程，把保险取消了，钱退给你。这个保险每年都要交钱的。"

"今年就这样吧，就当我帮你冲业绩了，明年你要是不干了，我再退不迟。"我安慰他。

办公区的气氛让我不舒服，我匆匆和向大海告了别，一个人蹲在路边看了看保险单上的条款。

七月下旬，青田出狱了。

他出狱的第二天，就急着请我和向大海吃饭。

向大海忙着到处卖保险，没来得及换衣服便直接来了。我见他五十多岁的人，穿着一身正装，显得身体更加臃肿，我总觉得好笑，却笑不出来。

我们三个喝了不少酒。

青田经历了大起大落，憋了满肚子的话，借着酒劲讲起来。他喝得又多又快，很快就醉了。

直到赵霜来接他回家，青田才清醒了一点，他一手抓住赵霜，一手抓住我。

"我和小霜要复婚了，过几天你们一起来喝喜酒。"青田咧嘴笑了起来。

赵霜羞得满脸通红："又不是大姑娘小伙子结婚，还喝什么喜酒，让不让人笑话？"

"哈哈，是我没说明白，反正我俩又在一起了，要请大家好好吃上一顿。"

我见他拉着我不放手，笑着说：“你们两个复婚，你拉着我干什么？”

青田的目光转向我，双手拉着我，说：“文生哥，我一直没机会当面向你道谢。当初是我糊涂。幸亏你挡了那一刀，是你救了我，救了我们全家啊。”

说着他放开手又拿起酒杯，倒满白酒，赵霜也倒了满满一杯，一起说：“我们两个敬你。”

没等我阻拦，他俩已经一饮而尽。

“酒大伤身，这又是何必呢？”我扶住他摇晃的身体。

青田勉强站稳，拍了拍我的肩膀，又拍了拍向大海：“我不行了，先走了，你俩尽兴，咱们改天再聚。”

赵霜搀扶着他，离开了饭店。安静的街道上，回荡着青田爽朗的笑声。

“他倒是洒脱了不少。”向大海说。

“该经历的都经历了，也想开了。”我倒上酒说，“大海，咱们老哥俩喝一杯，我敬你。”

“和我客气什么？”向大海举起酒杯，和我碰了一下。

我和青田一样，一口气干了一杯，可我没有他们的酒量，辛辣的白酒刺得我胃疼，一下子涨红了脸。

“你这是干什么？慢慢喝，我又没救过你的命。”向大海伸手拍了拍我的后背。

“我要走了。”我咳了一声。

“你要去哪儿？”他愣了一下。

“到外地打工。”

“你家在这儿，这个岁数了还折腾什么？”

“我就不瞒着你了。我早就想好了，店铺和房子我准备都卖了，自己去外地干活。我不能耽误小墨结婚。我需要一笔钱，卖了这些再加上存款，尽量帮他凑个房子的首付，总不能让他们租房子结婚。"

"你要干什么活儿？"向大海的脸沉了下来。

"那你就别管了，我托老潘给我介绍的活儿，是危险了点儿，不太累，挣得也不少，等干几年攒点钱我就回来了。"

"开什么玩笑，你都多大岁数了还出门打工，这是拿命换钱。你是不是疯了？"向大海站了起来。

"我是老了，可夜市没了，你劝我也没用。"我说。

向大海借着酒劲，一屁股坐在地上，放声哭了起来。

我抓着他的肩膀，将他扶起来，说："你快坐下，这么多人看着呢。"

"咱俩初中就认识，我可不想看着你出什么事。"他坐下来，哭得更凶了。

"你别多想，我是岁数大了，可打工也不一定会出事啊。"

向大海平静下来，坐在那里一动不动。

我第一次见到他这样长久地沉默着。

回去的时候，他坚持要送我。

路上他还是不说话。

到了我家楼下，他突然开口说："你记不记得初中宿舍后面那片狗尾巴草。"

尘封的记忆瞬间被打开，我的视线开始模糊，恍惚间我和他仿佛还是校园里顽皮的少年。

"大海，你记住，我从来没有把你当我妹夫，这辈子你在我这里只有一个身份，那就是我的兄弟。"

我没有看他的眼睛，忍住眼泪快步上楼。

当初小墨上大学，我就答应会去上海看他，可一拖再拖，这么多年也没有去过，正好苗苗放假回家，我决定和她一起去上海。

我们坐长途客车去机场，然后坐飞机直达上海。

太久没出门了，外面的一切我都觉得陌生，苗苗和我一起，我反而像个孩子一样被她照顾。

飞机在夜里抵达上海机场，小墨穿着一身藏蓝色的西装来接我们。他笑了笑，接过我手中的行李，我和苗苗坐上他身后的出租车。

"爸，你终于来看我了。"小墨在副驾回头说。

"夜市关了，总算能清闲一段时间了。"

"这么多年了，有点可惜。"

小墨拧开一瓶矿泉水递给我："这次来了，就多住几天。"

"怎么回事？哥，你把我忘了啊？"苗苗插话。

"你脸皮厚，我赶你走，你都不会走。"小墨说。

苗苗从后座伸出手，狠狠掐了他一下。

小墨无奈地举手求饶。

"你和嫂子怎么样了？"苗苗问。

车里安静下来，小墨迟疑了片刻，回答苗苗说："挺好的。"

我没有拆穿他，只是淡淡地说："明天带我见见她。"

小墨没有说话。

车窗外是一片绚烂的灯火，望也望不到尽头，深夜的高架桥上车水马龙，林立的高楼一片片压到我眼前，车子穿梭在城市中，如同大海里的一条小鱼。

苗苗盯着窗外问："我们晚上住哪儿？"

"酒店早就订好了。"

"不住你家里吗？"苗苗又问。

"这是上海哎，我住的地方只能挤下我自己。"小墨说。

"酒店离你住的地方近吗？"我问。

"倒是……不远。怎么了爸？"

"我想去看看。"我说。

"别去了吧。合租的屋子，有什么可看的，大半夜去也影响别人休息。"

小墨一脸为难。

"那我改天再去，你住的地方，我总要去看看。"我没有给他再拒绝的机会。

小墨把我和苗苗安顿在酒店，并介绍了之后几天我们的行程安排。前几天无非是和旅行团差不多的参观游览，周末他再亲自带我和苗苗四处走走。

"这几天公司有个大订单是我负责，周末前就能忙完，这两天没法陪你们了。"

"有我陪着爸爸，你就放心吧。"苗苗说。

"有事随时给我打电话。"

"你先把工作忙完，我们既然来了，也不着急回去。"我说。

在上海的几天里，苗苗带着我逛了大部分景点，我有些心不在焉，却也享受着这难得的旅途。

整个上海仿佛坐落在云端上，那种繁华几百个清泉县也比不了。摩天大楼下的白领们穿过熙熙攘攘的街道，他们排着队买完咖啡，又飞快地消失在人群中。

我摆了一辈子路边摊，对夜市总有些不同的情感，我让苗苗带着我逛了城隍庙的夜市，又去了趟南京路的夜市。

我逛了两天，却找不回以前的感觉。也许夜市是有灵魂的，我不能和它对话，但是我能感受到它的存在。

不同的夜市有着不一样的呼吸和语言。如果说上海夜市璀璨的灯光向人们展示着城市发展的辉煌，那么清泉县上空散去的烟火，更像在诉说这个时代耗尽的温情。

　　夜里，叶昭发来一条消息："叔叔，您睡了吗？"

　　我以为他和苗苗吵架了，马上回："没有。"

　　"苗苗饿了，不敢自己出门，她怕吵醒您……"

　　我笑了笑，回他："知道了，我真没睡。"

　　我敲了敲隔壁的门："苗苗，饿了就出门走走吧。"

　　"哎呀，叶昭真是的。我叫个外卖就行了，他怎么能给你叫醒。气死我了，等我收拾他。"

　　"倒是你，女大不中留，半夜饿了怎么不告诉爸爸？"

　　我和苗苗走在街上，苗苗问："爸爸，你最近是不是有什么心事？"

　　"夜市没了，心里难免空落落的。"

　　"爸爸，我也是，我从小在夜市长大，真是舍不得。"

　　地铁口有个孤零零的小摊在卖炒饭，灯下是对父女，爸爸在炒饭，女儿在一旁看书，男人时不时地回头看看女儿，嘴角露出一抹微笑。

　　苗苗停下脚步，呼吸变得沉重，没忍住哽咽起来。

　　"爸爸……"她抱住我。

　　"好了，好了。"我拍了拍她，"都过去了。"

　　我们走近，男人问："要炒饭吗？"

　　"要。"我说。

　　小女孩站起来拿出两个餐盒，笑着问我们："要加鸡蛋吗？"

　　"加。"苗苗说。

　　"你多大了？"苗苗问。

　　"六岁了。"女孩答完，站回到男人身边。

"爸爸，我跟朋友去过许多夜市，都没找到水街夜市的那种感觉，一直不知道为什么，我今天一下子想明白了。"

　　"你和爸爸说说。"

　　"路边摊好像就该破一点乱一点才接地气。"

　　"那些年摆摊的人都穷，来照顾我们生意的客人，有意无意地都心怀悲悯。他们也许不是喜欢那样的夜市，而是喜欢那样的自己。"

　　我听完点了点头，盯着餐车旁的小女孩，几十年往事历历在目："苗苗，爸爸真舍不得你长大。"

　　周末我去了小墨的住处，那是个三室一厅的户型，客厅用隔板改装成了一个卧室，小墨就住在这里。整个屋子这样一改，除了卫生间和厨房外，公用面积所剩无几。

　　"我们这里能住四户，那三户都是刚毕业的大学生。地方是小了点，可我一个人也够用。"

　　小墨说着，一直在观察我的表情。

　　我只是说："挺好，收拾得挺干净。"

　　"这里也就一张床了，哥你挤不挤啊？"苗苗问。

　　"我回来就是睡觉，地方大了也没用。"小墨说。

　　"年轻人吃点苦，锻炼一下也好。"我说。

　　听我这样说，他反而松了口气。

　　小墨陪了我们一整天，他把晚饭安排在外滩的一家高档饭店，透过巨大的玻璃窗，可以俯瞰黄浦江的夜景。

　　"这里吃一顿饭要多少钱？"苗苗问。

　　"怎么请你吃饭都堵不上你的嘴。你就管吃，又不用你花钱。咱爸辛苦半辈子了，好不容易来上海一次，我总得有点表示吧。”

“这么说苗苗是沾了我的光。”我说。

苗苗对着我噘了下嘴。

“要不是夜市没了，还不知道你什么时候能来一趟呢。爸，你以后有什么打算？”小墨问。

他这么一问，倒是把我问住了：“还没想好，回去再看看吧，再找个什么活。”

“爸，有件事我一直想和你说，你回去也别找工作了，我一个月给你寄点钱，你也享享清福。”小墨劝我。

“对啊，爸爸。我哥说得对，我也挣工资了，以后每个月我也能给你一份钱。”苗苗说。

“我还没老到那个程度，你俩管好自己吧……”我正说着，对面的小墨静止在那里。

宁小桐穿着一条白色碎花裙子，走到我们面前。

“嫂子。”苗苗兴奋地喊。

“我哥说你出差了，没想到你回来了。”

宁小桐笑了笑，站在原地和李墨对视着。

苗苗感觉不对，瞬间安静下来。

“你怎么来了？”李墨问。

“是我打电话让她来的。”我说。

李墨见我一脸严肃，有些不知所措。

“苗苗，你坐过来。”我说。

苗苗做了个抱歉的手势，溜到我身边，把李墨身边的位置让给了宁小桐。

“小桐，你坐吧。”我说。

李墨低下头，没有说话。

服务生过来上菜，苗苗只是闷头吃饭，不敢出声。

"你俩的事我都知道了。"我说。

"爸，你别管了。"李墨说。

"出了事情就知道逃避，你这是和自己过不去。今天当着小桐的面，我问你，你到底想不想和她在一起？"

"我……"李墨说不出话。

我见他犹豫的样子更生气了，打断他说："你什么你！你想说不想欠我的，还是想说不想让小桐陪你吃苦。你连人家小桐一个女孩都不如，我没有你这样的儿子。"

李墨被我骂得哑口无言。

"爸爸，别生气了。"苗苗拉了拉我的衣袖。

我叹了口气："唉，算了。你小子怎么想的，我能不知道吗？可你有什么事总该告诉我啊。"

李墨抿了一下嘴："那不是……不想给你添堵吗？"

"你们两个都是好孩子，刚工作买不起房子不是你们的错，找家里帮忙不丢人。"

"我这辈子已经亏欠你太多了。"李墨低着头，泪水夺眶而出。

"好了，这次我来也有件事要告诉你们，我手头能凑一些钱，你们拿去买房子。"

"你哪来的那么多钱？"李墨瞪大眼睛。

"你爷爷留下几样古董，前几年让我卖了，没想到值那么多钱，一直没告诉你俩。"我说。

"爸……我……"李墨半信半疑。

"好了，别说了，我都明白。"

我站起来拍了拍他的肩膀："你也不是小孩子了，别当着这么多人的面哭鼻子。你不欠我什么。"

我拉了一下苗苗："这个酒店真不错，你陪我到那边看看夜景。"

苗苗陪着我离开座位，留下李墨和宁小桐。

我望着黄浦江上的灯火，对这个世界感到无比陌生。外滩上的人行色匆匆，他们中又有多少人忍受着孤独，一个人无依无靠。

再回到座位上，李墨和小桐已经和好了。

"过一段时间，我把钱打给你。你们两个快点买房子准备结婚，别再让小桐伤心了。"我说。

李墨和宁小桐轮流为我夹菜。

"叔叔，你们来上海，我还没招待你们，明天我请你们吃饭。"小桐说。

"是啊，爸。要不再多住一天吧，明天我们两个一起陪你。"李墨说。

我摆手说："玩得差不多了，再说机票已经买了。只要你们两个好好的，我这趟才算没白来。"

第二天早上，李墨和宁小桐送我们到机场。

"你们照顾好自己。"我说。

"放心吧，叔叔，我们能互相照顾。这次真的要谢谢你。"宁小桐说。

"以后都是一家人，谢什么？"

我回头看了眼李墨，不敢开口和他说话，怕他听出什么不对。

我上前拍了拍他的头。

李墨本来想躲开，身体却又停了下来，小声嘀咕着："我都多大了，你还是喜欢这样摸我。"

飞机降落后，我打开手机，一下子跳出一堆消息。

我急忙点开，发现都是向大海发的："方姨病危住院，收到速回。"

我和苗苗在机场雇了一辆车，直接赶到清泉县医院。

方姨戴着氧气罩躺在病床上，我问医生："她情况怎么样了？"

医生摇摇头："病人年纪大了，身体的各个器官都开始衰竭，估计熬不过今夜了。"

我让苗苗先回家，一个人守着昏迷中的方姨。

我想打电话告诉李墨，我刚拿起手机，听见方姨唤我："文生，文生……"

那声音太微弱了，又被氧气罩挡住了一半，说什么实在听不清，我急忙喊来医生和护士。

"她要说话，要不要把氧气罩拿下来？"一旁的女护士问。

医生有点犹豫，方姨又呜咽了几声，自己要伸手去摘氧气罩。

"那就摘下来吧，她是有话要说。"医生说。

"抓紧时间。"医生在我耳边低声说，"她时间不多了。"

我点了点头。

"文生，文生……"摘掉氧气罩，方姨的声音清晰了。

"我在呢。"我答应道。

"我知道我要死了，谢谢你来送我。"

"别这么说。我去上海看小墨了，不知道你病了，过来晚了。"我抓住她的手，感到一阵冰冷。

"他好吗？"

"好，一切都好，工作不错，和女朋友要买房结婚了。"

"那就好，那就好。这些年多亏了你。"

"你好好休息，病会好的。"

"医生的话我都听见了，你不用骗我，你让我把最后的话说完。"

她又咳了两声："我早就写好了遗嘱，在我家的电视柜下面。"

"好好好，你放心，我都会照做。"我连连答应。

"文生，你还记得我年轻时候的样子吗？我那时候好不好看？"她突然问我。

"好看，那时候你特别好看。"

我靠近她说："你别看我爸从来不当面夸你，他可没少向别人炫耀，说你是城北最好看的小媳妇。"

方姨的嘴角轻轻上扬，像一个准备睡觉的孩子："你给我唱首歌吧。"

"方姨，我唱歌跑调的。"

我见她闭上了眼睛，不知道想到了什么，两行泪水滑过长满皱纹的眼角，我知道那不是悲伤的泪水，因为她一直微笑着。

"真好听……"她说。

可我没唱歌，屋子里也没半点声响。

我喊来医生和护士，他们看了看仪器，向我摇了摇头。

我叹了口气，继续握着她的手。

我第一次在病床前陪伴一个人走向死亡。

我曾经猜想过一个人临终前会有什么样的情绪，会有什么样的遗言，是难过不安，还是释怀坦然？原来他们在这个世界的尽头，留下的只是深深的沉默。

料理完方姨的丧事，我找到了那份遗嘱，可能在她眼中，李墨还是个孩子，她把房子和存款都留给了我，没有附加条款。

方姨有三万块钱存款，那是她日积月累存下的辛苦钱。卖了房子又有十多万，我合在一起，存在了李墨的名下。

我把荷晴叫到家中，给她几本存折。

"这些钱都是苗苗的嫁妆。"我说。

"哥，你就不怕我偷跑了？"荷晴说。

"少和我贫嘴，我现在记性不好，担心忘了。"

"你真是老了，忘了可以去银行挂失，这都不知道。"

"行了，我这不是放心你嘛。"

"大半辈子了，第一次对我放心，也真是难得。"

荷晴朝我翻了个白眼，找朋友打麻将去了。

下午，我拉着苗苗去爬山。

山顶的清泉寺被重新修缮，和大多寺庙、宫观不一样，这里的僧人和道士各占了一半。

阳光照耀着红墙上的琉璃瓦，大雄宝殿中金色的佛像眉眼低垂，慈悲而庄严，殿前香烟袅袅，僧人诵完经走出大殿，对着我们合十行礼；三清殿前晾晒着许多不知名的中药，几名道士在打太极拳。

下山走到半山腰时，我犹豫了一下，对苗苗说："爸爸有件事一直不知道怎么和你开口。"

"咱们家根本没有什么古董，是不是？"苗苗叹了一口气。

我点头说："我想把房子和店铺都卖了，给你留好嫁妆，就出门打工。我本来是不想告诉你的，可怕你和叶昭回来了，我却不在清泉县。"

"爸爸，我懂你的难处，我可以不要嫁妆，甚至可以让叶昭……"

"苗苗。"我摆了摆手止住她说话，"爸爸怎么想的，你还不清楚吗？"

"爸爸，我舍不得你出门打工……我哪儿也不去，就在清泉县等你回来。"苗苗神色黯然。

我拍了拍她的肩膀："走，咱们到前面的亭子里坐坐。"

夕阳穿透云层，天空一半深红一半灰暗，山上寺庙的钟声响起，惊起林中鸟群，鸟群在空中盘旋了一阵，又飞回原处。

"爸爸活到今天，别的都不遗憾，只是觉得人这一生中，能这样静下来的时间太少了。"

"谁说不是呢，一生中这样的时光真的难得。"

苗苗看着亭子上的字，喃喃道："以前我怎么没体会到这几句诗的韵味，竟会让人如此着迷。"

"山气日夕佳，飞鸟相与还。此中有真意，欲辨已忘言。"她又低声读了一遍。

暮色里的钟声仿佛还在耳边回荡，一种莫名的欣喜涌上我的心头。

苗苗走之前，我给她做了一桌好菜。

我盯着她吃饭，总感觉她的脸蛋和小时候还是一个样。我想起高中的时候，学校里的孩子都在攒钱给朋友买礼物，而她却省饭钱给我买衣服，两个月饿瘦了十多斤。

也许是我自私，太喜欢自己的儿女了，总觉得没有比苗苗更懂事的孩子了，现在小墨也懂事了，改口喊我爸了。有这样一对好儿女，我还有什么不满足的呢？

我看着她吃完一大碗饭，背着包依依不舍地走了。

夜色阑珊。

我站在阳台上，看着楼下的街道，万千回忆涌上心头。

"那不是李文生吗？"楼下有人大声地喊。

我被这一喊拉回现实。

"是他，是他。"他们又喊，"快下来，下来。"

我很纳闷。

"文生，开门，开门……"

我听出是向大海的声音，他将门敲得咚咚响。

"快啊，你再不出来我就砸门了。"他的喊声和敲门声更加剧烈。

没等我说话，向大海上前抱住我说："太好了，太好了。"

"恭喜恭喜……"他身后还跟着几个人，一起看着我。

我更糊涂了，我有什么可恭喜的。

"一百万大奖，我们小彩票站第一次出。"

这时我才看清向大海身后那个人，正是对面彩票站的老潘。

向大海放开我，兴奋地伸出手："你的彩票中奖了，中了一百万啊。"

我不敢相信，被簇拥着走下楼梯。

所有人都向我道喜，向大海高兴地重复着那句："太好了，你不用走了。"

"我以为你早就不买彩票了。"我说。

"我好久没买了，前几天又想起来了。"向大海转过头去，避开我的眼神。

我知道他买彩票是为了我，又问他："你最近一共了多少？"

"最近买了很多，说起来也奇怪，买了这么多，中奖的却是你以前选的那组号码。"

"真荒唐……"我摇头笑了笑。

彩票站的门口搬来了鞭炮和烟花，按我们当地的规矩，中大奖庆祝的烟花爆竹要我买单，老潘向我使了个眼色征求意见，我点了点头。

向大海坐在路边，手里紧握着那张彩票。彩票是不记名的，他笑了笑，伸手递给了我。

我紧挨着他坐下，却怎么也高兴不起来，两个人都没有说话。

鞭炮响起，烟花在空中绽放，我和向大海倚在路边的银杏树上，一起仰望着夜空中绚丽的色彩。

苗苗和叶昭支教回来后，一起在清泉县当了老师。两家人见过几次面，结婚的事定了下来。

第二年春天，李墨和宁小桐在清泉县举行了婚礼。

自从大家不在夜市摆摊，好久都没聚在一起热闹热闹了。青田和向大海去养老院接来了徐三叔，我们坐在一起，聊起那些年夜市发生的事，自然也聊到了林小蝉。

有些人很早就离开了你的世界，可他们却用另一种方式陪伴了你一生。

酒店的大厅里，循环播放着一首老歌"因为爱着你的爱，因为梦着你的梦，所以悲伤着你的悲伤，幸福着你的幸福……"

那天，我一反常态，拉着向大海喝了许多酒，等到宾客散去后，我和向大海也没走，我俩像疯子一样举杯痛饮，一会儿哭，一会儿笑。

这一生，我该做的都做了，剩下的就是静静等待死亡。我这么说可不是悲观，而是我每天都活得心安理得。

我也曾抱怨命运不公，后来才知道冥冥之中一切自有天意。我望着楼下的银杏，总会想起很多以前的事。我相信等到人的生命归于虚空，灵魂归于寂灭，离别的故人终会相逢。

夜市消失后，更多人离开了清泉县。夕阳洒在街道上，一切又回归了平静。

我在这条街上过了大半辈子，以后也不准备走了。

我想看看再过三年、十年、三十年，这条街会变成什么样；我更想知道再过三年、十年、三十年，这世道人心又会变成什么样。

　　李叔说完，喝掉酒杯里的最后一口酒，默默走进卧室。长达几个小时的叙说，几十年的光景仿佛就在眼前。

　　雨不知道什么时候停了。

　　李墨站在阳台上凝望着夜色，我看不清他的脸。

　　我没有打扰他，独自躺到床上。

　　第二天早上，李叔开车带我们到修理厂，又送我们到了国道口。

　　我们相互挥手告别。

　　夏季的树木在雨后疯狂生长，远山必将更加翠绿。

　　李墨放缓车速，将手机递给我："这里面有一个相册，都是水街夜市的照片，是这些年我收集的，你可以看看。"

　　曾经的画面浮现在我眼前，川流不息的行人、昏黄的路灯、繁茂的银杏，以及弥漫在夜市上空的烟火……耳边仿佛有个声音在不停地告诉我，这一切真实存在过。

　　车子开上盘山公路，一路爬到山顶。

　　李墨在一片空旷的地方停了车，站在路边的岩石上向我招手："你从这儿往下看。"

　　我放眼望去，起伏的山峦像一朵巨大的莲花绽放在天空之下，头顶大片的云层错落开来，一缕缕光束倾泻而下。

　　浮云氤氲进山谷，薄雾笼罩着小城。

　　我沉醉在这苍茫的天地间，久久不愿离去。